MILIEU DE SIÈCLE

Mémoires
d'un Critique

PAR

JULES LEVALLOIS

PARIS

À LA LIBRAIRIE ILLUSTRÉE

8, RUE SAINT-JOSEPH, 8

Λ

Monsieur HENRY FERRARI

Mon cher ami,

C'est vous qui m'avez déterminé à écrire ce livre,
auquel la *Revue Bleue* a offert une si large et si précieuse
hospitalité. Acceptez-en aujourd'hui la dédicace comme
témoignage d'une sincère gratitude et d'une vive sympathie.

Jules LEVALLOIS

PRÉFACE

J'entends par *milieu de siècle* la période qui s'étend de 1840 à 1870. C'est un moment de l'histoire que j'ai bien vu et sur lequel, grâce aux circonstances de ma vie, à mes relations et à mes observations personnelles, je crois être à même de fournir quelques détails intéressants.

De ces générations nées sous Louis-Philippe, éveillées au collège par la révolution de Février, entravées et comprimées sous l'Empire, je voudrais donner fidèlement l'esprit et le caractère. Ce n'est pas d'un panégyrique qu'il s'agit, mais d'un simple témoignage qui en rencontre d'autres et les confirme.

Les manières de sentir, de concevoir, de vouloir changent si rapidement qu'à la distance d'un petit nombre d'années, les hommes d'une même nation, d'une même culture se connaissent à peine, souvent se méconnaissent. Les derniers venus, dans leur impatience d'émancipation et leur fièvre de croissance, s'imaginent ne rien devoir à ceux qui les ont précédés. Aujourd'hui dédaigne Hier et volontiers l'oublie, sans prévoir que Demain lui infligera le même traitement. De leur côté, les vétérans, que les nouvelles formules déconcertent et que blessent les irrévérences, sont tentés de se cantonner dans leurs souvenirs et de se détourner d'un Présent qui leur mesure la place et se dérobe à leur influence.

a.

Ils auraient tort de céder à cette tentation; leur sévérité se tournerait contre eux. « Nous sommes ce que vous nous avez faits, auraient le droit de dire les hommes du jour. Si nos actions et nos œuvres vous déplaisent, ne vous en prenez qu'à vous-mêmes, car elles sont le reflet plus ou moins direct de vos enseignements et de vos exemples. »

Quelle fureur avons-nous de toujours comparer! Il n'y a pas de procédé moins légitime ni plus trompeur. « Comparaison n'est pas raison », dit la sagesse populaire. Rien de plus vrai. Chaque époque, chaque génération, chaque individu a sa tendance, son instinct, son génie particulier, *incomparable* : voilà ce qu'il est nécessaire de marquer et utile de savoir.

Aucun de mes contemporains ne me démentira si je dis que de notre jeunesse première à l'âge suffisamment mûr, le sentiment auquel nous sommes restés le plus fidèles sous des formes bien différentes, à travers la diversité des destinées et des organisations, a été l'enthousiasme, un fond de respect pour les idées, pour les écrivains en qui elles s'incarnent, pour les livres où elles se manifestent. Nous n'avons pas tous été, tant s'en faut, des littérateurs ou des philosophes, mais nous avons eu presque tous la superstition du livre, et nous ne nous en sommes pas plus mal trouvés. Cette disposition au respect s'étendait à nos maîtres. Lorsqu'il nous est arrivé d'avoir des professeurs ridicules ou peu dignes, nous en avons souffert comme d'une déchéance personnelle, et ce n'est pas sur eux que notre souvenir (ou notre sourire) s'arrête.

L'histoire occupe dans notre enseignement une place considérable. Nombre d'excellents ouvrages, composés par des universitaires, attestent que cette science n'a rien perdu de sa précision ni de son élévation. Je doute toutefois qu'elle ait pour les élèves d'aujourd'hui l'attrait exceptionnel qu'elle offrait vers 1840. On avait beaucoup bataillé sous la Restauration pour obtenir la création des chaires d'his-

toire dans les collèges, et l'agrégation historique ne fut
accordée que très tard. On vit en elle une conquête de la
révolution de Juillet.

La révolution se fit réellement dans la manière d'enseigner. Jusqu'en 1831, cette chaire avait été occupée au
collège de Rouen par un descendant du grand Corneille,
honnête homme s'il en fut, professeur détestable, sans
aucune autorité. Je l'ai connu dans sa vieillesse, inspecteur
d'académie. On l'avait chargé, je ne sais pourquoi, d'inter-
roger en histoire naturelle, ce qui n'était pas sa partie.
Aussi, tous les ans, se bornait-il invariablement à demander
quelles étaient les mœurs de la taupe. C'est, je crois, le seul
point sur lequel il était un peu ferré.

Avec Chéruel le ton changea et l'on vit se relever le
niveau. Ses débuts, à ce que raconte un biographe bien informé (1), furent très brillants et tranchèrent singulièrement
sur la routine scolaire. Sorti tout fraîchement de l'École normale, où de jeunes maîtres faisaient une rude guerre aux formules surannées comme aux traditions suspectes, il aborda
résolument la philosophie de l'histoire. Au grand bénéfice et
au vif plaisir de tous, il dégagea des faits impartialement
enseignés les idées qu'ils contenaient ou suggéraient.

Cet homme de mérite n'était pas destiné à languir indéfiniment

> Dans les honneurs obscurs de quelque légion

Sa réputation, rapidement étendue, lui attira la confiance
d'un grand éditeur parisien, M. Hachette, en même temps
que celle du gouvernement. La publication des *Carnets*, et
Lettres de Mazarin, continuée aujourd'hui avec tant de soin
et de compétence par M. Georges d'Avenel, lui fut
confiée officiellement tandis que M. Hachette l'appelait à
diriger une édition véritablement magistrale de Saint-

---

(1) F. Bouquet, *Notice sur Adolphe Chéruel.* — *Souvenirs du Collège de Rouen.*

Simon. Les personnes qui ont connu ce Chéruel des dernières années n'ont pu voir en lui que le savant exact, consciencieux jusqu'à la timidité. De l'ardent professeur, qualifié d'audacieux par les sages de 1830, il ne restait que le champion décidé de la précision scientifique. Nous-mêmes, vers 1842, nous l'avions connu très calme et très reposé. Son cours conservait cependant un accent de libéralisme nettement prononcé. Il était impossible de joindre à plus de prudence une loyauté plus grande, et cela nous le comprenions très bien. Ce que nous lui avons dû aussi, c'est le goût des fortes lectures. L'attrait qu'il nous inspirait pour l'histoire se reportait sur des ouvrages qu'on aurait pu croire arides, par exemple *la Civilisation en Europe* de Guizot. Grâce à cette excellente direction, nous n'avons pas lu de romans au collège. Au point de vue de l'imagination et de la couleur, *les Récits Mérovingiens* et *la Conquête de l'Angleterre* nous suffisaient parfaitement.

J'avais un véritable culte pour Augustin Thierry. Sa biographie dans les *Contemporains illustres* étant tombée entre mes mains, je ne rêvai plus que d'être présenté au célèbre aveugle. Cela faisait partie pour moi de mon initiation à l'étude. La fille de Michelet, Mᵐᵉ Alfred Dumesnil, m'avait promis de satisfaire ce désir, mais l'état aggravé du malade n'en permit pas la réalisation. J'ai eu plus tard l'honneur de connaître son frère Amédée, l'éminent historien, trop peu apprécié encore, et je lui ai souvent exprimé le regret de n'avoir pu approcher ce fondateur de notre histoire nationale. Tous, plus ou moins, nous avions ainsi quelque intime et haute préférence. Cette disposition s'affirma d'une manière bien unanime en 1848 par notre enthousiasme pour Lamartine. Nous étions loin de connaître l'ensemble de son œuvre, mais ce que nous en avions lu nous remplissait d'admiration et nous attachait passionnément à lui.

Éducation purement *livresque*, dira-t-on. Idéalisme chimérique. Libéralisme enfantin. Manque de sens pratique

et de saine judiciaire. Ce serait nous juger sans équité et
en contradiction avec les faits. Cet idéalisme, chez la
plupart d'entre nous, a résisté à plus d'une tentation, ce
libéralisme à plus d'une déception. Grâce à cette impulsion
initiale, notre génération a conservé une faculté précieuse
et qui tend à devenir rare, la jeunesse de l'esprit. Sans
doute il n'est rien qui ne puisse devenir dangereux, et la
lecture comme autre chose. Puisque je parle de ces premières impressions, si importantes à déterminer et que l'on
néglige trop de noter avec exactitude, je dirai que dans
cette période deux ouvrages de nature et de valeur fort
différentes exercèrent une assez mauvaise influence : l'*Histoire de dix ans* de Louis Blanc et le *Jérôme Paturot* de Louis
Reybaud. Ce dernier livre, maintenant très oublié, ne
manquait pas d'une certaine verve au gros sel. Sous
prétexte de réfuter les modernes utopies, l'auteur déclarait
la guerre aux idées nouvelles ; il *blaguait* — passez-moi le
mot qui est du temps — les aspirations généreuses en les
confondant à dessein avec des sottises ou des exagérations.
Aussi la bourgeoisie conservatrice crut-elle faire merveille
en adoptant et patronnant cet ouvrage. Ce fut du reste un
feu de paille, et le nombre de ceux que ces railleries phi-
listines découragèrent demeura restreint. Lorsque Reybaud
voulut récidiver et donna après 1848 son *Jérôme Paturot à
la recherche de la meilleure des républiques*, il ne rencontra
plus aucun écho. L'écrivain valait mieux cependant que
ces écrits de pacotille. Ses *Études sur les Réformateurs* le
conduisirent à l'Institut. Il y devait mourir. J'étais à
l'Académie des sciences morales le jour où Reybaud, très
vieux alors, tomba frappé d'apoplexie sur les premières
marches de l'escalier.

L'action exercée par l'*Histoire de dix ans* a été plus fâcheuse et plus durable. Lu avec avidité, non seulement
lorsqu'il parut, mais jusqu'à la révolution de Février, ce
livre produisit chez beaucoup de jeunes esprits une confusion irrémédiable entre la liberté et les procédés

révolutionnaires. On a dit plaisamment de Montesquieu qu'après l'avoir lu on éprouvait le besoin d'écrire une constitution, on pourrait dire qu'après avoir lu l'*Histoire de dix ans* on éprouvait le besoin de construire une barricade et de faire le coup de fusil. Le récit de la mort du prince de Condé est merveilleux de talent, mais c'est un modèle d'injustice et de perfidie. Louis Blanc, que j'ai rencontré chez son frère et chez des amis communs, parlait volontiers de sa *Révolution*, je ne lui ai jamais entendu souffler mot de l'*Histoire de dix ans*.

Je n'en persiste pas moins à croire, malgré ces exceptions à l'innocuité ou plutôt à l'efficacité de la lecture. Lisez beaucoup et lisez de tout. Le frivole vous mènera au sérieux. Ce goût immodéré de la lecture que je trouvais dans Sainte-Beuve fut une des raisons qui me retinrent et me captivèrent dans son œuvre. Sa méthode peu dogmatique, presque constamment historique, semblait faite à souhait pour répondre à mes instincts et à mon éducation d'historien. Je ne savais pas encore que je serais critique, mais je me disais que si je devais l'être un jour, c'est dans cette voie-là que je voudrais marcher.

Il ne m'appartient pas de dire si j'y ai réussi ni comment j'ai pratiqué la critique ; encore moins me serait-il possible d'estimer quels services j'ai pu rendre aux lettres dans la mesure d'une action restreinte. C'est l'affaire d'autrui, non la mienne. Mais je profiterai de l'occasion pour répondre à deux reproches qui m'ont été quelquefois adressés, et qui d'ailleurs se confondent l'un dans l'autre.

On m'a blâmé de m'être montré trop habituellement bienveillant, plus prompt à la louange qu'à la censure, plus enclin à l'indulgence qu'à la sévérité; on m'a qualifié *bénisseur*, ce qui est, paraît-il, une mauvaise note. Il est vrai que je n'ai jamais porté dans mes appréciations cette morgue et cette arrogance qui font tout le prestige de certains critiques, rien de cette négation quasi perpétuelle qui gâtait la justesse de Nisard, de cette dureté tranchante

qui était le vice de Gustave Planche. Si j'avais eu à prendre
une devise, j'aurais choisi volontiers ces belles paroles de
Chateaubriand : « Laissons de côté la stérile critique des
défauts, celle des Geoffroy et des La Harpe, pour le commentaire fécond des beautés. » La critique m'est toujours
apparue et m'apparaît encore comme la mise en lumière
du talent ; elle me semble faite pour susciter, non pour
entraver.

C'est en vertu de cette même pensée que je n'ai jamais
marchandé mon appui, lorsque j'avais quelque influence,
aux inconnus et aux méconnus. J'ai pu être taxé de complaisance ou d'exagération. C'est un reproche qui ne
m'émeut guère.

Les véritables amis des Lettres, ceux qui en font leur
dilection plutôt que leur profession, savent tous combien,
dans ce domaine de la publicité comme ailleurs, règnent
l'injustice, le hasard, la chance. Qui peut y apporter
quelque correctif ne doit pas hésiter à le faire. On le verra
dans ce volume à ce que j'ai dit d'Eugène Mordret, de
Ferdinand Fouque, de Marc Trapadoux, de plusieurs
bohèmes si vite emportés et oubliés. Je n'ai qu'un regret,
c'est d'en avoir laissé de côté plus d'un qui aurait dû aussi
avoir sa part de souvenir.

Pourquoi, par exemple, n'ai-je point parlé de Rouvière,
qui fut l'objet de mes plus vives et de mes plus constantes
admirations ? Les gens sensés lui ont péniblement concédé
cet éloge qu'il avait du talent, mais un talent profondément inégal. Rien de plus inexact. Que ce fût dans *les
Mousquetaires*, dans *Faust*, dans *Maître Favilla*, *Le roi Lear*,
Hamlet, il était toujours lui-même, toujours à la hauteur
de son rôle, souvent plus haut. Dans le *Faust* de Dennery,
à la Porte-Saint-Martin, une pauvre pièce vraiment, il
remplissait à merveille le rôle de Méphistophélès. Le soir
où je le vis jouer, un commencement d'incendie assez
sérieux éclata dans les coulisses, Méphisto resta en scène
imperturbablement et aucun spectateur ne se douta du

danger. Ce fut ce soir-là aussi qu'on le mit à l'amende
pour avoir ajouté quatre mots à son rôle. Un feu-follet
traversait la scène, Rouvière trouva ingénieux de lui
dire : « Bonsoir, mon feu-follet ». Ce qui lui attira les
sévérités du régisseur.

J'ai vu jouer *Hamlet* par un grand acteur anglais,
William Wallace et, plus tard, par Mounet-Sully. Ni l'un
ni l'autre ne donnaient l'impression profonde que le maigre
et souffreteux tragédien communiquait à son auditoire.
« Quand même Rouvière jouerait dans une grange, j'irais
l'entendre, » écrivait Théophile Gautier. La belle étude de
Champfleury, *Le comédien Trianon*, n'est qu'un véridique
et coloré portrait de Rouvière. Baudelaire en a parlé
finement, mais que ce Baudelaire était lâche ! Un soir,
chez Sainte-Beuve, ayant cru remarquer que le maitre
avait reçu de mauvaises impressions sur l'éminent acteur,
il le renia tout à plat. J'en fus indigné et j'eus peine à
m'empêcher de lui en faire honte.

Rouvière était d'une très bonne famille du Midi, de Nîmes,
je crois. Il avait d'abord voulu être peintre, et j'ai vu de
lui, à une exposition, un portrait du chanteur Gueymard,
non sans mérite, assurément. Ses études d'art le servirent
beaucoup au théâtre pour le choix et la disposition de ses
costumes. Son Hamlet était celui d'Eugène Delacroix, mais
le roi Lear était bien à lui, et il arrivait à lui donner des
attitudes sublimes. Cet homme singulier était très cultivé,
d'une culture toute particulière. Deux auteurs, qu'il relisait
sans cesse, formaient toute sa bibliothèque : Shakspeare et
Platon. C'est sans doute dans les *Dialogues* de ce dernier
qu'il avait pris ces habitudes de dialectique subtile qui
faisaient de lui un véritable sophiste. Le plaisir était grand
de le voir aux prises, dans quelque brasserie, avec Marc
Trapadoux. Ils dissertaient à l'infini et j'ai rarement
entendu plus captivante conversation.

Parmi les humbles que j'aurais dû nommer quand j'ai
raconté nos gaies réunions de Saint-Cloud, le doux original

que Claretie, Magnard et bien d'autres appelaient le père
Woinez, mérite bien qu'on lui consacre quelques lignes.
C'était un poète de talent, un peu trop amoureux des
vieilles formes et trop prolixe, mais qui avait souvent de
belles rencontres. Il se montrait justement fier de deux
sonnets, l'*Aloès et Brutus*, que j'ai cités dans quelque article.
Témoin de mes études entomologiques dans la forêt de
Meudon et les bois de Fausse-Repose, il composa un poème
intitulé *la Guerre des Fourmis*, qu'il me dédia en le faisant
précéder d'une fort jolie lettre. Woinez eut ce malheur
de n'être jamais qu'un grand enfant, incapable de se
diriger, toujours condamné par son insouciance et ses
distractions à d'infimes besognes, au bénéfice de patrons
peu scrupuleux. Il avait été riche ou du moins fort à son
aise, et son imprimerie à Caen, sa ville natale, était mon-
tée sur un bon pied, lorsque, très républicain et déjà
quelque peu socialiste, il s'avisa de vouloir mettre en
pratique le système de la participation. Cela ne réussit pas
et la débâcle qui s'en suivit resta définitive. Jamais
désastre ne fut supporté avec une sérénité plus grande. Le
poète se consolait de tout par sa poésie. Pourvu qu'il eût
une plume, du papier et qu'il pût aligner quelques rimes,
les laideurs et les duretés de la vie n'existaient plus pour
lui. Il a vécu comme un rêveur, et il est mort comme un
innocent.

En parlant de la Bohème il m'aurait été facile d'évoquer
un plus grand nombre de noms et d'entrer dans plus de
détails, mais peut-être aurait-ce été donner à ce qui ne fut
qu'un moment, un épisode, trop de développements et une
importance exagérée. Ce qui demeurera réellement intéressant, ce ne sont pas des singularités quelquefois voulues,
des excentricités d'un goût plus ou moins douteux. On
aimera mieux ce qui signale dans cette armée de la
fantaisie, de la pauvreté et, quoi qu'on dise, du travail, les
individualités résistantes, capables de se faire une place et

de laisser une trace. Il en est plusieurs que leur œuvre relie
trop au temps présent pour qu'on les puisse mettre en oubli :
Champfleury, par exemple, et Baudelaire. Nul aujourd'hui
ne s'avisera, je pense, de contester l'influence exercée par
l'auteur des *Fleurs du mal*; qu'on s'en réjouisse ou qu'on
s'en irrite, le fait est là et il le faut bien accepter.

De même, en ce qui concerne Champfleury, l'écriture
« artiste » imaginée ou renouvelée par les Goncourt, a très
injustement rejeté dans l'ombre et sur quelque troisième
plan le véritable initiateur (si nous prenons ce mot en son
acception rigoureuse) du réalisme en France. Lisez les
romans de Rosny et vous verrez que, sciemment ou non, il
marche dans la voie ouverte par *Chien-Caillou, les Oies de
Noël, l'Usurier Blaizot* et aussi par les compagnons du maître,
Barbara dans *l'Assassinat du Pont-Rouge*, Duranty dans *le
Malheur d'Henriette Gérard* et *la Cause du beau Guillaume*. La
critique fit son devoir en appelant sur le mérite de ces
œuvres l'attention du public ; elle le fait encore en montrant le lien qui rattache à l'effort actuel tout le labeur
d'antan.

A vrai dire, et je n'y saurais trop insister, ce livre n'a
pas d'autre but. L'utilité des « Souvenirs » ou des « Mémoires », quand on en écarte les questions d'amour-propre
ou la préocupation d'amusement anecdotique, consiste
précisément à indiquer la continuité de l'évolution humaine
à travers les années, les milieux et sous la diversité des
formes. Ainsi les renseignements que l'on trouvera dans ce
volume sur le protestantisme libéral n'ont pas uniquement
une valeur documentaire. Telle réforme qui n'aboutit pas
exactement et sur-le-champ au but qu'elle visait, n'en a
pas moins à distance et indirectement des conséquences
heureuses. Ce mouvement du protestantisme libéral, s'il
n'a pas gagné en étendue, a gagné en profondeur et j'oserais
presque dire en hauteur. Nous lui avons dû par les Pécaut,
les Réville, les Fontanès, un renouvellement de l'histoire
religieuse, un approfondissement de l'éducation morale, un

élargissement de la prédication chrétienne. Dans mes ouvrages : *La Piété au* XIXᵉ *siècle, Déisme et Christianisme*, j'ai
contribué, autant que je l'ai pu, à cette émancipation dont
nous profitons à l'heure qu'il est.

Les livres d'ailleurs, il convient de l'avouer, sont sortis du
journal. La situation exceptionnelle occupée pendant quelques années par *l'Opinion Nationale* conférait à ses collaborateurs une puissance d'action qui, rarement depuis, s'est
retrouvée. En religion, en philosophie comme en politique,
Adolphe Guéroult était le type de l'esprit vraiment libéral ;
ce n'est pas lui qui, sous prétexte d'inopportunité, aurait
écarté des colonnes de *l'Opinion* les articles sur la question
religieuse, pas plus qu'il n'interdisait les études sur la
question sociale.

Cela se comprend du reste d'autant mieux que Guéroult
avait appartenu à l'école saint-simonienne et que par consé-
quent le socialisme n'était fait ni pour le rebuter, ni pour
l'effrayer. Le socialisme de cette époque pouvait avoir les
mèmes inspirations, mais n'avait certainement pas les
mèmes allures que celui d'aujourd'hui. Est-il besoin de rappeler à des générations peut-être trop aisément oublieuses,
le magnifique élan de charité, de fraternité, de justice dont
témoignent les ouvrages de Lamennais, de George Sand, de
Pierre Leroux, de Proudhon ? Que ce socialisme ait sa base
dans le sentiment au lieu de prétendre s'appuyer sur la
science, cela ne doit à nos yeux rien lui enlever de son mérite.
Il s'y mêlait parfois de l'enfantillage, mais non pas du res-
sentiment ou de l'âcreté. A ce propos, il y a sur Jean Journet,
celui qui s'intitulait *l'Apôtre*, une historiette que Charles
Sauvestre contait à ravir et qui est tout à fait signalétique.

Au moment où venait de s'installer le Gouvernement
provisoire, lorsque Lamartine logeait, je crois, au ministère des Affaires étrangères, Jean Journet eut besoin de lui
adresser une sollicitation pour je ne sais quelle œuvre
démocratique. Il alla donc au boulevard des Capucines, se
nomma. On le fit entrer dans un petit salon réservé, con-

tigu à la pièce où se tenait le ministre. Dans ce salon un
beau et riche tapis commun aux deux pièces couvrait le
parquet. Jean Journet s'ennuie, s'impatiente, regarde le
plafond, le tapis. Tout à coup une idée géniale s'éveille
dans son cerveau. Avec ce que produirait la vente d'un
pareil tapis, on pourrait nourrir plusieurs familles. Il ne
s'agit que de le restituer à la communauté. Rien de moins
embarrassant.

Jean Journet, qui était tapissier à ses heures comme
saint Paul, portait toujours sur lui les outils nécessaires à
sa profession. Il se met conciencieusement à déclouer le
tapis ; au fur et à mesure il le roulait. Lamartine, en train
d'écrire à son bureau dans l'autre pièce, sentit bientôt son
fauteuil se mouvoir sous l'action d'une force invisible. Ce
n'était pas seulement le fauteuil qui marchait, c'était le
tapis qui s'acheminait vers la pièce voisine. Le ministre
ébahi se lève, va ouvrir la porte et trouve Jean Journet à
genoux, tout entier à son travail, nullement troublé ni
intimidé : « Ne vous inquiétez pas, citoyen ministre, dit-il
placidement, j'accomplis une œuvre de charité : ce sera
fini dans un quart d'heure. »

Si tous les socialistes de 1848 n'étaient pas aussi naïfs que
celui-là, ils partageaient avec lui ce sentiment vague et
pourtant vif de l'universelle réciprocité. On s'est beaucoup
moqué de Pierre Leroux qui prêchait toujours l'amour, et
l'on a même fait à ce sujet des chansons assez réjouis-
santes. Je ne vois pas cependant quel autre mobile l'on
pourra jamais invoquer, et c'est là qu'il en faudra revenir,
qu'on en revient dès à présent. On ne fonde rien avec la
haine. Or c'est d'édifier qu'il s'agit, et non d'abattre. Le
vrai socialisme ne saurait être destructeur. Il est construc-
teur par définition et par son essence même. Cette idée,
du plus grand au plus petit, du plus obscur au plus célèbre,
nous l'avions, non seulement en Février, mais sous le second
Empire, surtout aux approches de la catastrophe. J'écrivais
alors un livre, *La petite Bourgeoisie*, publié en livraisons

sous des titres différents, et dont l'une, *Les prolétaires à la Chambre*, fut épuisée en quelques jours. Tel était le courant, nullement haineux, hautement libéral et qui, les événements l'ont prouvé, n'aspirait à rien de chimérique.

Que l'on donnât à ces revendications la forme littéraire, c'est ce que l'on nous a souvent reproché. Il aurait fallu, paraît-il, leur imprimer la rigueur d'une démonstration scientifique. Je déclare qu'à cet égard ma conscience me laisse parfaitement tranquille, et je crois que celle de mes contemporains ne l'est pas moins. Nous ne pensions pas — et les bons esprits du jour ne le pensent pas non plus — que dans la philosophie sociale il y eût entre la littérature et la science une telle incompatibilité. Notre temps est au contraire celui où des littérateurs comme Michelet, dans ses charmants ouvrages d'histoire naturelle, comme Quinet, dans la *Création*, comme Eugène Noël, dans *La vie des Fleurs* (1), se sont en quelque sorte consacrés à humaniser la science par l'attrait du style. Et si l'on se borne simplement à la production socialiste, qui donc a été plus éloquemment littéraire que Proudhon en son beau livre, *La Justice dans la Révolution?* Non, si ce milieu de siècle a honoré la littérature, il n'a pas dédaigné la science; s'il a pratiqué le libéralisme, ce n'est pas aux dépens de l'amélioration sociale; et s'il a suivi l'idéal sans défaillance, il ne l'a jamais confondu avec la chimère, le rêve ou le mysticisme.

(1) Et c'est aussi ce que j'ai voulu faire dans l'*Année d'un ermite*.

Paris, mai 1896.

MÉMOIRES D'UN CRITIQUE

Se raconter c'est aussi raconter son époque ; se peindre c'est souvent peindre ses contemporains. Les auteurs de Mémoires n'ont point de meilleur titre ou de plus valable excuse. Si l'on faisait de propos délibéré ce qu'ils font presque toujours à leur insu, cela offrirait peut-être quelque intérêt. Convenons que *moi* voudra dire *nous*, et le *moi* cessera bientôt d'être haïssable : on ne verra plus en lui que le document sincère et le témoignage parlant.

CHAPITRE PREMIER

L'ÉDUCATION DE LA FAMILLE

Les écrivains au temps de Louis-Philippe ont beaucoup médit de la bourgeoisie. Les révolutionnaires l'ont excommuniée, les romantiques l'ont

bafouée. La plupart des hommes de ma génération, bourgeois comme moi et fils de bourgeois,
parleraient probablement de nos pères avec plus
d'indulgence. Pour moi, si je devais adresser un
reproche à cette bourgeoisie, ce serait au sujet de
son indifférence, de son trop grand détachement
en ce qui touchait à l'intérêt général. J'ai été élevé
dans un milieu cultivé, distingué. Mon père était,
avec Senard et Frédéric Deschamps, l'un des plus
brillants avocats du barreau de Rouen. Ma mère
avait l'esprit vif, juste et ferme. Je ne me souviens
pas de les avoir entendus échanger entre eux quelques mots sur les questions qui nous troublent tant
aujourd'hui. Même remarque pour les amis qui
fréquentaient la maison. Tout ce monde, fort jeune
encore, trop insouciant sans doute, mais très
aimable, était d'une grande gaîté. On se visitait
beaucoup, on se réunissait sans cérémonie. On
dansait presque tous les soirs. Chez nous, mon
père, qui faisait office d'orchestre (il jouait très
bien de la flûte), trouvait pourtant moyen de se
mêler aux danseurs. La chansonnette comique et
la romance sentimentale alternaient, et l'on se
trouvait avoir passé bien innocemment d'agréables
soirées.

Nous devions être abonnés à quelque journal de
la localité, mais on ne recevait régulièrement à la
maison qu'une feuille parisienne, *le Charivari*.

C'est là que je lisais avec ébahissement les questions posées par M. Dupin au chancelier Pasquier et les étonnantes réponses de celui-ci : « Qu'est-ce que dit le pain quand on le coupe? — Il diminue (il dit minue). — Quelle est la nation qui a inventé les gants? Ce sont les Carthaginois. — Pourquoi? — Parce qu'ils craignaient les Romains (l'air aux mains). » Et autres calembredaines de même farine. On n'était pas alors difficile sur la plaisanterie, et l'on goûtait fort les trois hommes d'État du *Charivari*, comme ils s'intitulaient, Altaroche, Albéric Second et Albert Cler.

La fête du roi au 1ᵉʳ mai et la célébration des journées de Juillet, 27, 28, 29, qu'on appelait *les Glorieuses*, n'excitaient ni enthousiasme ni hostilité. Mon père avait été cependant presque un combattant de Juillet. Il s'était mis en marche avec un certain nombre de nos compatriotes sous les ordres du général Pajol, pour aller assiéger Charles X à Rambouillet, et même afin d'entretenir l'ardeur de ses compagnons de route, il avait composé un hymne patriotique, la *Rouennaise*, très pâle imitation de la *Parisienne*. La colonne n'alla point jusqu'à Rambouillet. Elle revint sur ses pas en apprenant l'abdication de Charles X. C'est à cette promenade inoffensive que se borna la carrière militaire de mon père. Il n'y prit certes pas des goûts guerriers, car il se montra le plus

réfractaire des gardes nationaux. Il fut même
emprisonné pendant deux jours à l'*Hôtel des Hari-
cots* de Rouen, mais le règlement ne devait pas
être bien sévère ; le soir du premier jour, ma
mère et quelques personnes étant venues le voir,
on organisa un quadrille dans la chambre du prisonnier. Un *captif*, qui gémissait dans une chambre
au-dessous, se plaignit du tapage que nous faisions :
« Eh bien ! dit mon père au geôlier, faites-le
monter. » Ainsi fut fait, et il y eut un danseur de
plus.

Telle était cette paisible époque, où les secousses
de la politique ne retentissaient guère profond. Je
note à peine deux ou trois circonstances par lesquelles la quiétude habituelle fut troublée : le bombar-
dement de Beyrouth, l'émeute du 12 mai 1839, qui
fit à Rouen une très vive impression. C'est alors
que j'entendis prononcer pour la première fois le
nom de Barbès. Enfin la mort du duc d'Orléans, qui
arracha de véritables larmes à mes parents. Mais
la grande émotion de mon enfance fut le passage
des cendres de l'Empereur.

On a dit quelquefois, avec une apparence de
raison, que les d'Orléans et les partisans de cette
famille n'avaient négligé aucun des moyens propres
à entretenir ou à ranimer dans l'âme de la nation
le culte de l'Empire. Comme exemples de cette dis-

position maladroite et sans toutefois les mettre sur le même rang, on a cité l'*Histoire du Consulat et de l'Empire*, et plus précisément le retour des Cendres qui raviva la légende de Sainte-Hélène. Je ne crois pas, et pour de bonnes raisons, que la maladresse ait été si grande. Il en rejaillit incontestablement quelque popularité sur la dynastie, et notamment sur le prince de Joinville. D'autre part, au milieu de l'indifférence générale qui caractérisait cette époque,—les discussions parlementaires et les émeutes parisiennes restant à la surface, — le souvenir de l'Empereur demeurait beaucoup plus profond et plus vif qu'on ne le croit communément. Sur la Restauration, qu'on n'aimait pas et que l'on estimait peu, je n'ai entendu dans mon enfance qu'un petit nombre de récits, tous favorables à l'opposition (les quatre sergents de La Rochelle, l'expulsion de Manuel, etc.). Il n'en était pas de même quand il s'agissait de l'Empire. Dans la vie intime, dans les livres, au théâtre, le nom de Napoléon était une attraction dominante.

Le vieux grognard n'était pas encore un mythe. Que de soirées j'ai passées à écouter l'un de nos voisins raconter ses campagnes, d'Austerlitz à Waterloo ! Nous l'avions surnommé *la Bérésina*, parce que cet épisode revenait le plus fréquemment à sa mémoire et nous frappait toujours. Les chansons patriotiques de Béranger l'emportaient de beau-

coup alors sur ses refrains égrillards ou anti-
cléricaux. C'était presque avec recueillement que
l'on chantait les *Souvenirs du peuple*, le *Vieux
Sergent*, le *Vieux Caporal*, le *Cinq Mai*. Le premier ouvrage qu'on me donna pour mes étrennes
lorsqu'on me jugea digne de m'élever à des lectures
sérieuses et de quitter le *Télémaque*, fut l'*Histoire
de Napoléon* par Norvins, en quatre volumes, que
j'ai encore dans ma bibliothèque. L'*Histoire*
illustrée de Laurent de l'Ardèche, où l'on voyait
Bonaparte pointer lui-même une pièce d'artillerie
au siège de Toulon, faisait également mes délices.
Mais ma satisfaction fut au comble lorsque mon
père m'emmena voir représenter un drame en cinq
actes et je ne sais combien de tableaux, intitulé :
Napoléon.

Malgré les années écoulées, je n'ai de cette
pièce oublié aucun détail. L'acteur qui remplissait
le rôle de Napoléon n'appartenait pas à la troupe
ordinaire du Théâtre des Arts. C'était une célébrité
parisienne. On le nommait Gobert. Sa spécialité
était de jouer les Napoléon, et je ne crois pas
qu'en dehors de ce personnage il ait jamais obtenu un réel succès. Le fait est que, soit ressemblance physique, soit art de se grimer, il incarnait
parfaitement l'Empereur. Combien le cœur me
battit violemment lorsque je vis l'étudiant alle-
mand Stabs s'approcher du souverain pour lui

donner un coup de poignard ! et quelles larmes je
versai lorsque, au tableau final, à Sainte-Hélène,
l'illustre prisonnier se faisait apporter le portrait
du roi de Rome, en citant ce vers plus ou moins
en situation :

> Je ne l'ai point encore embrassé d'aujourd'hui.

Avec quel plaisir j'aurais souffleté l'acteur
chargé du rôle d'Hudson Lowe. Il s'était fait une
tête affreusement laide. Je ne pouvais voir sans répulsion sa plate figure et ses cheveux rouge carotte.

A propos du théâtre et de Napoléon, voici un
souvenir de la même époque, qui montre combien, en dehors de toute politique, l'impression
napoléonienne était vivace. On jouait au petit
Théâtre de Rouen, au Théâtre français, un mélo-
drame intitulé : *le Juif Errant*. La pièce, bien antérieure au roman d'Eugène Sue, ne comportait
aucune visée antireligieuse. J'ai retenu les noms
des deux auteurs : Maillan et Fontan. L'ur
d'eux avait eu son heure de notoriété, parce qu'à
la suite d'une condamnation pour délit de presse,
il avait été conduit, les menottes aux mains, avec
un autre journaliste, Magalon, à la maison cen-
trale de Poissy.

> Ne crains plus qu'on t'emprisonne,
> Du moins à Poissy,

disait plus tard Béranger faisant allusion à ce fait.

Quoi qu'il en soit, ce *Juif Errant*, qui n'avait rien de subversif, se terminait par la réconciliation d'Ahasvérus avec le bon Dieu. Le drame fini, la toile se relevait pour une sorte de tableau-épilogue et apothéose, représentant l'intérieur du Paradis. On voyait, dans un décor de fond suffisamment éclairé, les anges, vertus, dominations, tout le personnel paradisiaque, parmi lequel saint Pierre introduisait le Juif réconcilié. Dieu-le-Père, au centre bien entendu, avait à sa droite Jésus-Christ et à sa gauche Napoléon en grande toilette d'empereur.

On comprend que lorsqu'il fut question, non plus d'une représentation théâtrale, dont je démêlais déjà le côté factice, mais d'un spectacle imposant en sa réalité, mon attente fut bien plus vive, elle allait presque jusqu'à l'anxiété. On avait tant parlé de ce passage des Cendres, que j'avais une peur horrible de le manquer. Il fallut des négociations pour se procurer des places à un balcon sur le port. C'était en décembre et il faisait un froid terrible. Arrivés bien à l'avance, nous grelottions. L'attente, le froid, tout fut oublié, tout cessa d'être au moins pendant quelques instants. Le corps débarqué de la *Belle-Poule*, au Val de la Haye, avait été placé, pour remonter la Seine, sur un des bateaux à vapeur qui faisaient alors le service entre Rouen et Paris, la *Dorade*, je crois. Quel silence! puis quelles clameurs! puis quelle véritable effusion de tristesse! Ce sont là des impressions inoubliables. Je ne pense pas, quoi qu'on ait dit, que ce spectacle ait fait beaucoup de bonapartistes. Le bonapartisme du coup d'État a eu des origines moins belles et moins nobles. Les d'Orléans n'ont point eu à pâtir de leur générosité en cette circonstance. On leur en sut gré alors, et, en dépit de ce qui est arrivé, on ne doit point leur reprocher une initiative contre laquelle pas une voix n'aurait osé s'élever.

En dehors de la légende ou de Norvins, je connaissais parfaitement le règne de Napoléon Ier, grâce à la méthode que mon père employait pour m'enseigner l'histoire. Elle n'a jamais été usitée, à ce qu'il me semble, et je ne prendrais pas sur moi de la recommander. Toutefois elle a fort bien réussi. Cette méthode consistait à commencer par la fin, c'est-à-dire par l'histoire contemporaine, en remontant de règne en règne, de Louis-Philippe à Pharamond, de la France à la Gaule, de la Gaule à Rome, de Rome à la Grèce. En fait de livres d'éducation, j'avais l'excellent *Cours d'études*, que Condillac a écrit pour l'infant de Parme, et les *Tableaux synchroniques* de Thouret, le célèbre constituant, destinés à l'instruction de son fils. Tout cela a été fort dépassé depuis, mais n'en

1.

reste pas moins très bon. Nous y joignîmes plus
tard le *Manuel d'histoire ancienne* de Heeren et
quelques pages de Rollin en son *Traité des Études*.
Je lus aussi, à titre de divertissement, les *Vies
des hommes illustres* dans l'adorable traduction
d'Amyot. Cette lecture ne fit pas de moi, comme
de Rousseau et de Mme Roland, un émule des héros
grecs et romains, mais ce langage gaulois me fut
un véritable enchantement.

J'ai su le français de naissance, je ne l'ai jamais
appris. Mon père avait dans sa bibliothèque un
assortiment de grammairiens : Lemare, Domergue,
Girault-Duvivier (*Grammaire des grammaires*),
Napoléon Landais. Il me les faisait lire, je m'ar-
rêtais aux exemples qui m'amusaient, je sautais
les règles qui m'ennuyaient et je me tirais tout de
même des interrogations. Mes parents parlaient
très purement ; je parlais comme eux, voilà toute
ma science. Quant à l'orthographe, il me suffisait
d'avoir lu un mot pour ne plus l'oublier.

Si je n'ai su lire qu'à neuf ans, je me suis bien
rattrapé. La lecture a été la grande et continuelle
joie de ma vie. Il n'entrait pas chez nous de mauvais livres, et on me laissait tout lire. Cependant
je n'ai jamais lu ce qu'on appelle des livres d'enfant, à moins qu'on ne range *Télémaque* dans cette
catégorie. Ce pauvre *Anacharsis*, dont on dit tant
de mal, me donna de l'antiquité un premier goût,

qui ne devait plus s'éteindre. Un confrère de mon père me fit cadeau de Le Sage. L'avouerai-je? Ce n'est pas *Gil Blas* qui me plut davantage. *Guzman d'Alfarache* et le *Bachelier de Salamanque* me divertissaient infiniment. Je dévorai aussi *Crispin, rival de son maître* et *Turcaret*, quoique de cette dernière pièce je ne comprisse pas tout.

C'était du théâtre; il ne m'en fallait pas plus. Tout ce qui se rattachait au théâtre avait le don de me passionner. A douze ans je connaissais, par les *Annales théâtrales* et autres recueils de ce genre, les biographies des moindres acteurs et actrices de Paris. Qu'on ne s'étonne pas de cette érudition précoce. Mon père était très lié avec le directeur du Théâtre français, M. Houdard, qui possédait une fort belle bibliothèque dramatique. C'est là, le croiriez-vous, que je me lançai dans la *Correspondance* de Grimm et Diderot!

Je n'étais pas constamment dans la bibliothèque. Il venait beaucoup de monde chez Houdard, artistes, auteurs, acteurs, actrices. Quelques-unes de celles-ci voulaient bien s'intéresser à ce petit bonhomme qui lisait toujours. L'une d'elles me prêta les romans de Fenimore Cooper. Le directeur donnait souvent des dîners en l'honneur des auteurs ou des acteurs parisiens en représentation. C'était une fête pour moi d'entendre ces conversations si spirituelles, si gaies! J'avais quelquefois des surprises.

Un jour, mon père me dit : « Nous allons dîner avec deux croque-morts. » Cette perspective me souriait médiocrement. Au dîner, je ne vis que deux auteurs parisiens dont le nom n'a pas entièrement péri, Ferdinand Langlé et Gabriel, causeurs aimables et de très bonne humeur. « Et les croque-morts ? dis-je ensuite à mon père. — Tu les as vus. »

Il m'expliqua que Gabriel et Langlé appartenaient à l'administration des pompes funèbres ; qu'ils étaient venus à Rouen pour régler un grand enterrement et qu'on leur avait offert ce dîner afin de les égayer un peu.

Peu de temps après j'eus un étonnement d'un autre genre. Quoique déjà familiarisé avec les *trucs* du théâtre, je conservais encore quelques illusions. J'avais assisté à la représentation d'un drame très en vogue, œuvre de Victor Ducange : *Il y a seize ans.* C'est là que se trouve le fameux pont du Torrent, ce pont qui se rompt brusquement au moment où passe le personnage sympathique. Je rêvai toute la nuit du pauvre vieillard si méchamment mis à mort par traîtrise.

Justement le lendemain nous dînions chez Houdard. La première personne que j'aperçois c'est le vieillard du torrent, Guiaud, ancien pensionnaire de la Comédie-Française, et qui courait la province avant d'entrer à la Porte-Saint-Martin.

Cette aventure m'inspira un certain scepticisme à l'égard des catastrophes scéniques.

Parmi les comédiens qui m'ont laissé le plus vif souvenir, je citerai Déjazet, Arnal, Bouffé. Ce dernier surtout, avec son jeu plein de finesse dans le *Muet d'Ingouville*, la *Fille de l'Avare*, le *Père Turlututu*, *Pauvre Jacques*, *Clermont le peintre*, le *Gamin de Paris*, me causait une extrême émotion. Il est demeuré longtemps pour moi le type du parfait comédien. Les grands opéras, *Robert le Diable*, *la Juive*, me plaisaient beaucoup moins que les *Rendez-vous bourgeois*. Un opéra, qui faisait fureur alors, *Gustave III*, est resté dans ma mémoire à cause de la scène finale. J'avais toujours envie d'avertir ce malheureux roi dont je voyais les assassins circuler dans le bal, — détail prodigieux, — avec leurs carabines sur le dos. Qui se souvient aujourd'hui du galop de Gustave avec son étonnant défilé des célébrités du temps? Je remarquais surtout la figure falote de *Môsieu Mayeux*, cette création si drolatique, si populaire de Traviès, de ce Traviès que j'ai vu longtemps après si pauvre, si ignoré, gardant avec fierté son surnom de Traviès-Mayeux, pour se distinguer de son frère Traviès-les-Oiseaux, illustrateur de Buffon.

Je dois être né bien équilibré, car cette vie de théâtre, de relations bizarres, de lectures en tous sens ne me troublait nullement. Du reste ce monde, où je fréquentais si souvent, était très gai, très fou, mais nullement inconvenant ni grossier. La santé décroissante de mon père l'en éloigna d'ailleurs, comme j'approchais de la première communion. Mes parents n'avaient jamais dit devant moi un mot sur la religion. Ma grand'mère allait aux vêpres, à la chapelle du Saint-Sacrement, parce qu'on y chantait bien et que ces vêpres se disaient à une heure commode. Ma mère s'abstenait. Mon père gardait également envers moi un silence absolu.

Il avait été destiné à l'état ecclésiastique, étant par sa mère, Flore de Saint-Mars, petit-neveu du cardinal de Belloy, archevêque de Paris. On l'avait placé, pour achever son instruction, chez le curé de Conches, en Normandie. Ce prêtre, nommé La Jeunesse (j'ignore si c'était son nom ou un sobriquet), apparaissait dans les récits de mon père comme un personnage fantastique. Il avait dû refuser le serment constitutionnel, et pendant plusieurs années, à force d'audace et d'adresse, il s'était dérobé à toutes les poursuites. Un jour, à la porte de je ne sais quelle ville, un citoyen cordonnier l'arrêta en lui demandant son certificat de civisme. La Jeunesse n'avait sur lui qu'une prière à la Sainte Vierge imprimée en gros caractères, il la tendit ingénument au vigilant citoyen, qui,

prenant le texte à l'envers, le parcourut gravement et lui dit : « Je vois dans ce papier que tu
es un bon patriote; tu n'as rien à craindre (1). »
Bien que cet abbé La Jeunesse fût très indul-
gent, il ne put pas garder longtemps son élève. La
rue où il demeurait était fort étroite et, de sa
fenêtre, le jeune étudiant apercevait une voisine
tout à fait à son goût. Peut-être n'avait-il pas
encore lu l'histoire du maréchal d'Ancre et ne
connaissait-il pas le Pont d'Amour. Il en fit un à
sa manière, et La Jeunesse, rentrant au presbytère,
trouva son pensionnaire en train de se rendre chez
la voisine par cette voie aérienne.

Pour calmer ce singulier lévite, on le mit au
séminaire d'Écouis près des Andelys. Il s'y fit une
grande réputation comme joueur de barres.
« C'était, m'a dit Adolphe Guéroult, son condisciple, le plus agile coureur du séminaire. » Le
régime n'était pas très rigoureux; la plus grave
des punitions consistait à se tenir debout sur une
grosse pierre, au milieu de la cour, pendant la
récréation. L'étudiant fut puni, refusa de se soumettre et, comme le supérieur insistait, il l'écarta
d'un geste plus que vif, suivi d'effet. Pascal parle
quelque part de soufflets problématiques. Il paraît
que celui-là ne l'était pas, et le jeune homme quitta

---

(1) On raconte du philosophe Senancour une anecdote
presque semblable.

le séminaire où il se permettait de donner si lestement la confirmation. C'est là que se termine sa
carrière religieuse. Il ne lui en était resté ni bon
ni mauvais souvenir, plutôt une tranquille indifférence ; il me lisait des fragments de *Jocelyn*, mais
me défendit *Spiridion* de George Sand qui ne
pouvait que « me brouiller la cervelle ».

Personne ne me parlant de religion, je m'en fis
une à moi tout seul. Elle n'était pas très compli-
quée, mon *Credo* se composant d'un article unique :
l'existence de Dieu. Il ne me fallait rien de plus,
mais rien de moins. Le séjour que je fis quelques
années après chez un oncle absolument incrédule
ne me convertit pas plus à l'athéisme que les enseignements ecclésiastiques ne m'avaient incliné
au mysticisme. Nos prêtres d'ailleurs n'y son-
geaient guère. Sous la Restauration les mission-
naires avaient soulevé à Rouen des orages ; depuis,
on était retombé au calme plat. Le clergé de Saint-
Ouen, notre paroisse, n'avait nulle ardeur propa-
gandiste ; il faisait honnêtement et bénignement
son métier. A la maison, nul émoi religieux à la
veille de la première communion, ce grand événement dans les familles. On ne s'occupait que de la
beauté de mes habits, on se demandait si, à la
procession, tenant mal mon cierge, je n'y laisse-
rais pas tomber des taches de cire.

Je respirais pendant la retraite, non pas que je

fisse grande attention aux cérémonies, mais je m'absorbais dans la contemplation des rosaces illuminées par le soleil, dans l'émerveillement que me causait l'architecture aérienne. Je ne vivais plus dans le présent et j'avais du passé une vision intense, qui n'était pas trop inexacte. Augustin Thierry et Michelet m'étaient encore inconnus. Un livre de Théodore Licquet, l'*Histoire des ducs de Normandie*, que j'avais eu quelque temps entre les mains, suffisait à me donner la vision d'autrefois. Combien j'aimais aussi les vieux édifices! les maisons à pignon, tout ce qui évoquait en moi le Rouen du Moyen-Age. Je ne me doutais pas de ce que c'était que l'archéologie, et cependant j'étais archéologue d'instinct, notant précieusement dans ma mémoire chaque antiquité, « chaque vieillerie », comme disait ma mère. La passion de l'histoire se déclarait : j'ai eu le bonheur de la conserver toujours.

CHAPITRE II

A la mort de mon père (j'avais près de quatorze ans), il se fit en moi comme un arrêt de la vie intérieure, une stagnation endolorie de l'être intellectuel et moral. Je me sentais désorienté, ayant perdu tout aplomb, toute confiance, cherchant la mesure, me cherchant moi-même, ne trouvant plus rien. Cela devait durer plusieurs années. C'est dans ces conditions que j'entrai au collège royal de Rouen, où l'ordre des avocats disposa d'une bourse en ma faveur.

Une éducation familiale qui n'a pu s'achever ne saurait être jugée d'après ses résultats. En ce qui me concerne, l'épreuve était trop incomplète. J'étais fortement préparé, mais pas du tout au point de vue du milieu où j'entrais. Ni inférieur ni supérieur à mes camarades, tout autre, à vrai dire, et je restai tel. La maladie s'en mêla, qui acheva de m'isoler. Ce fut en un sens un commencement de salut. Je passais une grande partie du temps à l'infirmerie, replié sur moi-même, sans amertume comme sans désir, paisiblement rêveur, singulièrement engourdi. J'étais *absent*. Rien ne me rappelait ni ne m'excitait. Ce qu'on appelle l'émulation me manquait et m'a toujours manqué. Le sentiment de la comparaison avec le prochain m'est tout à fait inconnu. Quand j'étais le premier je n'étais pas fier, et lorsque j'étais le vingtième je ne me trouvais point humilié. Mon âme ensommeillée n'en recevait aucune secousse.

Est-ce à dire que je n'aie rien dû à l'enseignement ou à la vie du collège? Une semblable affirmation serait parfaitement inexacte. J'ai rencontré au collège de Rouen d'excellents camarades, dont quelques-uns sont encore mes amis, et des professeurs fort honnêtes gens, plusieurs très capables; deux ou trois éminents. Je ne garantirais pas que le personnel des maîtres d'études fût également irréprochable. Nous en avons eu un bien extraordinaire, et qu'aucun d'entre nous, je crois, n'a oublié. Sarrus (ainsi se nommait-il comme un capitaine du temps d'Alaric), quand il nous voyait trop indociles, ce qui arrivait souvent, nous enseignait le phalanstérianisme. Ses considérations astronomiques faisaient notre joie. « La Terre, disait-il avec son accent méridional, n'a qu'un satellite et il est mort, et même il pue. » L'indiscipline s'élevait-elle à des proportions

épiques, Sarrus du fond d'un tiroir atteignait sa
flûte (l'instrument commençait à passer de mode),
et se mettait à en jouer ni plus ni moins qu'un
berger antique, estimant sans doute que la musique
est faite pour calmer et « accoiser » les esprits. Il
fallait voir la tête du censeur accouru à ces modu-
lations et nous trouvant en train de décrire les pas
les plus gracieux. Pendant l'été, on nous emmenait
en promenade dans les fermes des environs. La
flûte de Sarrus, éminemment champêtre, l'accompagnait dans ces excursions. Il s'y délecta tellement
un jour que toute la division put s'échapper et
retourner en ville sans qu'il s'en aperçût. Ce fut
pour lui le coup de grâce.

Je ne faisais pas partie de cette promenade, le
médecin me l'ayant défendue comme trop fatigante. Appelé un jour chez le proviseur Forneron,
j'entendis en ouvrant la porte le docteur Leudet
lui dire : « Laissez faire à Levallois ce qu'il voudra,
il ne passera pas vingt ans. » C'était du reste le
sentiment unanime autour de moi. Longtemps
après, mon cher et ancien condisciple, Georges
Pouchet, ne manquait jamais de m'interpeller par
ces mots : « Te voilà encore ! »

Il y avait alors au collège de Rouen, au-dessus
de la cour dite des Moyens, trois jardins superposés
et suspendus comme ceux de Sémiramis : jardin de
l'économe en bas, jardin du censeur au milieu,

jardin du proviseur au sommet. Vous voyez que
la hiérarchie était strictement observée. J'eus la
clé de ces jardins et la permission d'y passer tout
le temps qu'il me plairait. Ce fut un été délicieux.
A dix-sept ans, on ne croit pas aisément à la mort,
et la menace même qui m'arrivait si durement
me redonna un instinct de vitalité. Dès le matin.
j'étais dans les jardins, emportant Virgile et le
lisant sans cesse. Depuis la quatrième, sous
l'excellent humaniste Bouquet, je savais le latin,
que je n'ai plus oublié. En accord avec la saison les
Bucoliques furent pour moi un enchantement. Je
reçus aussi de l'*Énéide*, surtout des six derniers
chants, qu'on lit si peu et si mal, une très profonde
impression. J'en écrivis même un commentaire,
lequel retrouvé trois ou quatre ans plus tard, au
fond d'une armoire, chez ma mère, me valut les
compliments d'amis lettrés. Quant aux *Églogues*,
j'en raffolais. La fade traduction de Gresset étant
venue à tomber sous mes yeux, je me mis à rimer
aussi des vers assurément plus faibles que les siens.
Combien je regrettai d'être un si médiocre grécisant
et de ne pouvoir aborder directement Théocrite !
Pendant une convalescence à l'infirmerie, j'avais
lu en quelques semaines, dans d'assez bonnes traductions, Hérodote, Thucydide et Xénophon. Je
me sentais grec jusque dans les moelles. Toutefois ce qui m'entraînait vers Théocrite et Vir-

gile, ce n'était pas seulement l'instinct littéraire,
c'était aussi comme une poussée d'amour vers
la nature.

Diverses vacances passées à la campagne, chez
un de mes oncles, ou, pour mieux parler, le mari
d'une de mes tantes, achevèrent ma guérison. Ma
tante était une longue, dolente et intelligente
personne, qui me faisait lire à haute voix les romans de Walter Scott. Quant à mon oncle, ce
qu'il me faisait lire c'étaient ses propres romans.
Bien que médecin de profession et même assez
bon médecin, il avait le goût de l'écriture. Son
début n'avait pas été heureux. *Kercheville ou les
Originaux* en quatre petits volumes, fortement
imités de Pigault-Lebrun (l'un de ses auteurs favoris), avait obtenu peu de succès. Le docteur
Laloy, pour se dédommager, écrivit des romans
historiques, genre *Notre-Dame de Paris* : *Étienne
Marcel, Château-Gaillard*, d'autre encore dont j'ai
oublié le titre. Ces volumineux manuscrits atten-
daient et attendent encore la lumière de l'impression. Mon oncle, trop heureux de trouver un
public, m'en imposait la lecture à chaque
voyage. La partie fictive était insuffisante, mais je
me demande comment, au fond d'une campagne,
un homme très occupé, n'ayant sous la main
qu'un petit nombre de renseignements, avait pu

traiter avec autant de soin et d'exactitude la partie historique.

D'ailleurs le docteur Laloy était un curieux. Il
s'était formé une très belle bibliothèque, d'où il
avait banni Jean-Jacques Rousseau comme trop
religieux; elle renfermait des livres tout à fait
étranges, et que je n'ai retrouvés nulle part, entre
autres *Imirce ou les Enfants de la nature*, histoire
de deux bébés qui ont deviné le naturalisme et le
mettent en pratique. On rencontrait là quelques
vieilles éditions achetées à la foire Saint-Romain.
Le *Monde enchanté* de Balthazar Becker, le *Cym-
balum mundi*, les *Relations* de Spon et Wheler,
l'*Histoire des Larrons* contenant le grand récit de
la Poire d'angoisses. Mais ce n'est pas ce que je
recherchais. Pendant longtemps il me fut défendu
d'entrer dans la bibliothèque. Je n'en étais que
plus prompt et plus habile à m'y glisser dès que
mon oncle se mettait en route pour ses visites.
Pendant ces heures de solitude, j'avais pour fidèle
compagnon un squelette, belle pièce d'anatomie,
dont la présence ne me gênait nullement et qui ne
paraissait pas scandalisé quand je riais en lisant
les *Voyages* de Gulliver, *Caquet-bon-bec ou la
Poule à ma tante*, *l'Art de dîner en ville*, le *Geôlier
de soi-même* et *Don Bertrand de Cigarral* de Thomas Corneille, etc. L'oreille aux aguets, j'enten-
dais de la grande route, située à quelques cen-

taines de mètres, le pas de Cocotte qui revenait.
En un clin d'œil la bibliothèque était fermée, et
je me tenais innocemment dans la serre, située
tout auprès, à contempler les *mimosa pudica* et
les agavés d'Amérique. Le squelette n'en a jamais
rien dit.

Un soir on vint chercher le docteur Laloy pour
donner ses soins à un cultivateur de Servaville,
frappé de congestion cérébrale pendant la mois-
son. Le temps était magnifique. De Martainville-
sur-Ry, où nous demeurions, à Servaville il n'y
a qu'une plaine à traverser, mais assez étendue.
Mon oncle me proposa de l'accompagner. En route,
il me parla de ses chansons, car il en faisait, et
de très lestement tournées. Il excellait surtout
dans ce genre aujourd'hui abandonné, qu'on
appelle le *pot-pourri*, genre que les *Cadet Buteux*
de Désaugiers ont rendu célèbre. C'est une sorte
de composition consacrée à la parodie de quelque
grand événement ou de quelque œuvre considérable. Le rythme y varie sans cesse ainsi que les
airs sur lesquels se chantent les couplets. M. Laloy,
membre du Caveau rouennais et correspondant
du Caveau parisien, avait obtenu un joli succès
avec un pot-pourri sur le *Paradis perdu*. Le voilà
qui se met à me le fredonner, et il touchait au
moment le plus gai quand nous arrivons chez le

pauvre diable de moribond. Ce n'était pas un spectacle très réjouissant, et je ne pensais plus au
Paradis perdu, lorsqu'une fois sorti et ne songeant
guère au bonhomme, qui n'avait pas longtemps
à vivre, mon oncle reprend de plus belle la chanson interrompue au meilleur endroit, celui où le
messager de la colère divine venait expulser Adam
et Ève de l'Éden :

> Du haut en bas
> L'ange balance
> Et puis s'élance
> Du haut en bas,
> Et cela sans faire un seul pas.
> D'une main brandissant son glaive,
> Il toise Adam et regarde Ève
> Du haut en bas.

C'étaient ainsi pendant les vacances des séries
de promenades, agrémentées de causeries et de
refrains. Ma santé de corps et d'esprit s'en trouvait à merveille. Ce n'est pas que cette campagne
du pays de Bray se recommande par une beauté
remarquable. Ce ne sont que des plaines coupées
çà et là par quelques antiques hêtrées. *Bray* veut –
dire boue dans le patois local, et le pays justifiait
alors amplement son appellation. Sauf les grandes
routes, à peu près entretenues, les chemins étaient
affreux, impraticables. Mais que m'importait
cela ! C'était la nature, et j'en jouissais avec
délices, ma première enfance s'étant passée dans

les villes. Quand ses visites ne l'appelaient pas au dehors, mon oncle se cantonnait dans sa bibliothèque, sa serre et principalement son jardin anglais, œuvre de ses mains dont il était très fier. Il y faisait volontiers admirer un bassin traversé par un petit pont très élégant, et au fond duquel dormait une barque qu'il n'eut jamais le plaisir de voir à flot.

Son fils étant venu s'établir médecin à une lieue de là, j'eus la permission d'étendre un peu le rayon de mes courses. C'est alors que je découvris les vallées de Héronchelles, de la Crevon, de l'Andelle. Je partais de Ry, où s'était fixé mon cousin : je courais les châteaux du Héron, de Vascœuil, de Morgny, de Mulvoisine, sans pressentir qu'à peu de temps de là, j'aurais à Vascœuil une de mes meilleures relations, sans me douter surtout que dans cette petite bourgade de Ry se déroulait sous mes yeux le roman et le drame que Gustave Flaubert devait illustrer plus tard dans *Madame Bovary*.

J'ai connu en effet, ou plutôt j'ai vu la véritable Mme Bovary (je dis la véritable, car la *vraie* est celle du roman), et je n'en suis pas plus fier. J'ai connu Homais, dont le second fils, qui ne s'appelait pas Napoléon, a été mon camarade ; je suis allé en visite chez Boulanger de la Huchette ; j'ai

voyagé dans l'*Hirondelle*. A tout cela, faut-il le
dire, je n'ai guère fait attention sur le moment.
Je ne connus le dénouement tragique de l'histoire
que deux ou trois mois après qu'il fut accompli.
Mais la façon dont je l'appris m'est restée très
présente. Par une claire après-midi d'été, sur la
grande plaine d'Épreville, nous voyions venir
à nous, se détachant à l'horizon, un cheval
qui rappelait Rossinante, surmonté d'un cavalier
que Gustave Doré n'aurait pas dédaigné pour
ses illustrations de *Don Quichotte*. Ces deux
êtres fantastiques s'arrêtèrent à quelques pas
de nous. Une conversation insignifiante, traî-
nante, s'engagea. Puis l'homme triste, affaissé,
accablé, l'animal lamentable s'éloignèrent, se
perdirent dans la direction de Ry. « Tu l'as reconnu,
me dit mon oncle? C'est **D**... l'officier de santé,
tu sais le malheur qui l'a frappé. » Il m'en fit alors
le bref récit, et je n'eus pas de peine à me représenter Mme **D**... que j'avais vue, presque tous les
jours, aux dernières vacances.

Ce n'était certes pas une figure à passions. Elle
était blonde avec des yeux bleus et un teint de
Normande, qui pourtant, vers la fin, tendait à se
couperoser. Je ne sais si ses toilettes étaient d'une
élégance irréprochable. Ce qu'il y a de certain c'est
qu'elles étaient, comme on dit chez nous, très -
voyantes. Elle avait pour les robes roses une prédi-

lection toute particulière. Je ne puis dire si elle était
intelligente. Mon cousin et D... étant médecins
dans la même localité, porte à porte, on ne se
parlait pas; chacun avait son clan qui tournait
aux Montaigus et aux Capulets. D'ailleurs ma
tante avait dit de Mme D... : « C'est une évaporée,
elle finira mal. » Prédiction, hélas! trop justifiée.

Mon oncle s'était trouvé quelque peu mêlé au
drame final. Est-ce lui, comme on l'assure, que
le romancier a voulu peindre sous les traits du
docteur Canivet? Je ne sais, mais je lui ai entendu
dire qu'il fut le premier appelé auprès de Mme D...
lorsque le mal se déclara avec une violence
inouïe. Il me parlait aussi de la visite *in extremis*,
du grand docteur Flaubert, de celui qu'il appelait
avec emphase le Dupuytren de la Normandie, et
dont le portrait, dans notre salle à manger de
Martainville, faisait pendant à la lithographie de
Napoléon.

Je ne m'amuserai pas à donner une clé de
Madame Bovary, parce que ces mesquines révélations locales n'intéresseraient que peu de personnes aujourd'hui et pourraient en contrister
quelques autres fort honorables. Aux gens du
métier que ces minuties affriandent je dirai seulement que dans le nom de Boulanger de la Huchette,
l'harmonie syllabique correspond à peu près exactement au nom du personnage réel. Pour baptiser

Homais, Flaubert ne s'est pas donné beaucoup de peine. Il a pris simplement le nom d'un filateur voisin du pharmacien. Enfin, dans la syllabe terminale de Bovary, on a vu l'intention raffinée d'*incruster* le nom de la localité dans celui de la personne.

Il serait curieux de savoir comment Gustave Flaubert fut amené à s'occuper de cette histoire assez vulgaire qu'il a transformée en l'admirable roman que tout le monde connaît. C'est ce que Maxime du Camp aurait bien fait de nous apprendre au lieu de nous dire que Bovary s'appelait Delaunay, ce qui n'est pas exact, et d'entrer sur les misères physiques de Flaubert dans des détails qu'on s'était entendu pour laisser dans l'ombre. Puisqu'il n'y a plus maintenant de difficulté à toucher ce sujet, j'ajouterai que l'origine assignée par Maxime du Camp à la maladie nerveuse de Flaubert, est en désaccord avec la tradition rouennaise. Voici ce que j'ai entendu raconter à ma mère, dont le docteur Achille Flaubert, frère aîné du romancier, était le médecin et l'ami : Gustave avait une sœur qu'il aimait tendrement, et qui lui fut soudainement enlevée. Lorsque le convoi arriva au cimetière, il se trouva qu'on avait mal pris les dimensions pour le cercueil, et qu'il fallut se mettre en travail afin d'agrandir la fosse. Gustave, qui avait voulu conduire le deuil, ne put supporter ce spectacle et fut pris d'une crise nerveuse, qui

2.

devait se renouveler à diverses époques de sa vie.
Il était aussi de tradition parmi les camarades
de collège du romancier que celui-ci et son quasi-
frère, Louis Bouilhet, sous prétexte d'évoquer l'inspiration, ingurgitaient de pleines *soupières* de café
noir, sans une parcelle de sucre. Ce traitement
n'était pas de nature à calmer les nerfs.

Les générations qui nous avaient précédés,
celle particulièrement des Flaubert, des Bouilhet,
des Noël, des Dumesnil, des Baudry, étaient per-
dues et éperdues de littérature ; elles la portaient au
plus intime d'elles-mêmes ; la prenant au sérieux,
en vivaient ; quelquefois, la prenant au tragique, en
mouraient. Qu'on lise la préface des *Dernières
Chansons*, et l'on verra que je n'exagère pas. Nous
n'étions point au collège de Rouen tout à fait indignes de ces aînés. Nos curiosités, nos activités
s'éparpillaient sur bien des points, et si je voulais
citer tous les noms d'hommes distingués qui ont
appartenu à cette volée de 1848-1850, je ferais
aisément un dénombrement à la manière d'Homère.
Ce serait justice et non complaisance de rappeler,
dans l'érudition et le professorat, Léon Heuzey,
l'éminent helléniste des Inscriptions et Belles-
Lettres, avec lequel j'avais en seconde commencé
un roman, *Marguerite de Rieux*, lequel n'alla pas
plus loin que le premier chapitre ; le géographe

Périgot, qui chercha longtemps sa voie, et que je retrouvai à la bibliothèque de l'Arsenal en train de reconstituer la musique des Odes d'Horace ; l'excellent professeur d'histoire, Charles Vallin, dont on a tardivement récompensé le mérite ; dans le roman, Hector Malot, une célébrité européenne ; dans le journalisme Charles Lapierre, Gustave Desbois, Ernest Chesneau, le brillant et aventureux critique d'art ; dans l'administration et la magistrature, Gustave Lizot, Jean-Baptiste Leroux, André Huet ; dans la science, Henri Beaunis, le très distingué physiologiste ; Georges Pouchet, l'anatomiste si écouté au Muséum, le biologiste si applaudi à l'Hôtel de Ville.

Plusieurs de ces noms reviendront sous ma plume. En ce moment je voudrais m'arrêter sur la trop peu connue et très intéressante figure d'un poète mort jeune, notre camarade Eugène Mordret.

L'histoire littéraire et la vie nous montrent plus d'une nature d'élite à laquelle la destinée a manqué de parole, plus d'un esprit supérieur qui s'est éteint et a disparu sans avoir obtenu la part de renommée que tout semblait lui réserver ; aucune déception en ce genre n'a été plus inattendue pour moi, plus douloureuse que la fin obscure de Mordret. Et quand je dis pour moi, je devrais

dire également pour tous ceux, de plus en plus
rares maintenant, qui l'ont apprécié et qui con-
servent son souvenir.

Ce n'est pas qu'il eût dans son extérieur cet
aplomb qui commande la confiance ou cette verve
qui éveille l'enthousiasme. Il avait au contraire
l'attitude modeste, la parole timide et souvent em-
barrassée, une gaucherie virgilienne, que corrigeait
le charme de ses grands beaux yeux bleus, très
limpides et très doux. On ne saurait dire non plus
qu'il fût un élève hors ligne, bien qu'il obtînt parfois
les premières places et qu'il eût des prix aux distri-
butions solennelles. Enfin ce n'était pas son talent
de poète, tout développé qu'il fût dès cette époque,
qui lui créait parmi nous une sorte d'autorité, car
de ce talent et de ses productions très peu recevaient
la confidence. Non, sa supériorité lui venait de sa
très calme et très loyale nature, de la pureté qu'on
sentait dans sa conscience, de la clarté que son
esprit dégageait, d'un je ne sais quoi de paternel,
qui, lorsque j'y ai réfléchi plus tard, me faisait
penser à Vauvenargues.

J'en parle avec d'autant plus de liberté que, si
nous vivions dans de bons termes, nous n'étions ni
intimes, ni même amis. Je le trouvais trop sage,
trop froid, trop réservé. Il me jugeait une tête
folle, passablement exaltée, et il n'avait pas tort.
Nos préférences personnelles étaient ailleurs.

Mordret m'avait lu cependant la plupart de ses
poésies, et je l'engageais vivement à les publier,
persuadé que la faveur publique ne lui ferait pas
défaut.

Elle était née en lui tout naturellement cette
poésie, dans son hameau de Pithienville, près
d'Évreux, entre sa mère, personne distinguée et timorée, et son père d'humeur excentrique, auteur
d'un petit recueil d'insignifiantes poésies et d'un volume de fables demeuré inédit. L'oncle de Mordret
n'était rien moins que Dupont de l'Eure, chez lequel il allait de temps en temps, à Rougeperriers,
où sa cousine Pauline lui faisait le meilleur accueil. C'était une belle relation que Dupont de
l'Eure sous une république : Mordret n'en sut rien
tirer.

A quel point il manquait d'entregent, de cette
souplesse qui s'insinue, de cette ambition inquiète,
toujours aux aguets pour saisir l'occasion et conquérir la vogue, le poète nous en a fait saisir l'aveu
dans des vers charmants, aussi propres à le faire
revivre à nos yeux qu'à le révéler aux personnes
qui ne l'ont pas connu :

> On m'a dit bien des fois que j'avais le défaut
> D'aller trop rarement chez les gens comme il faut ;
> C'est vrai : dans un salon je fais triste visage,
> Je salue assez mal et je manque d'usage :
> Aussi l'on me voit peu dans le monde. Pourtant,
> J'ai cinq ou six maisons dont je suis très content :

Virgile m'a reçu la semaine dernière ;
Je fréquente Shakspeare et je hante Molière,
Un bon bourgeois tout rond, un pauvre homme de rien
Qui fait rire son monde et qui traite fort bien ;
Je vois intimement Victor Hugo, mon maître.

. . . .

. . . .

Puis j'entre chez Barbier, chez de Musset ; je passe
Des heures chez Brizeux, le chanteur plein de grâce,
Qui me dit à mi-voix un air de son pays,
Un air tout embaumé du parfum des taillis,
Et Topffer et Sandeau...
Je soupe chez Balzac ; j'ai mes grandes entrées
Chez George Sand ; je vais à certaines soirées
Où l'on voit Bellini, Donizetti, Weber.

. . . .

. . . .

C'étaient là de belles fréquentations assurément,
mais non pas de celles qui donnent le crédit ou
préparent la fortune. La puissance de ce rêveur
était tout entière tournée au dedans de lui-même,
appliquée à la réalisation d'un certain idéal.
Lorsqu'il rentrait de chez ses hôtes aimables et illustres, c'était pour allumer la lampe en sa tour
d'ivoire, se mettre à jeter les assises de son
œuvre, qu'il voulait forte et grande. Il n'a pu en
édifier qu'une faible partie ; si restreintes cependant qu'en soient les dimensions, cette partie est
plus qu'une ébauche et mieux qu'une promesse.
Elle offre aux esprits sérieux une double qualité,
aux goûts délicats un double attrait : une matu-

rité précoce de la pensée où se mêlent et apparaissent çà et là, dans la fluidité de l'exécution, les indécisions et les flottements de la jeunesse.

Les *Récits poétiques* — tel est le titre de l'unique ouvrage que Mordret ait publié, en 1856 — contiennent cinq poèmes : *Louarn, Galatée, Marguerite, Nicolas Flamel, l'An mil*, qui présentent son talent sous des aspects différents. *Louarn*, cette évocation de la Bretagne druidique, malgré ses incontestables mérites de sobriété et d'énergie, est peut-être la composition qui me plaît le moins. Ce poème a l'accent de l'épopée sans en avoir le cadre, et cette sauvagerie armoricaine a demandé au poète, pour la peindre, des couleurs plus marquées que celles qu'il aime à employer. *Galatée*, sur un thème si connu, est ce que je connais de plus artistement enlevé, de plus gracieusement réussi comme rajeunissement. L'hymne qui commence par ces paroles : « Voici le gai matin », est une des meilleures pages de ce temps-ci. J'en dirai autant du début de *Marguerite*. Si l'affabulation de cette idylle dramatique est enfantine, les détails en sont d'une touche bien fine et le parfum de rusticité exquis. *Nicolas Flamel* et l'*An mil* révèlent le studieux travailleur, plongé si avant, dès le collège, dans la vie du Moyen-Age. Un de nos anciens camarades, homme de goût,

Gustave Desbois, me faisait observer qu'on pourrait très bien tirer de l'*An mil* un de ces drames
comme *Grisélidis*, mélange de fantaisie et d'exactitude, relevé par la naïveté savante du ton (1).

La composition des poèmes ne prenait pas tout
le temps de Mordret. Dans ce contemplatif il y
avait un observateur. Plus d'une pièce originale
est là pour en témoigner : le *Roitelet*, le *Rouge-
Gorge*, surtout le *Scarabée* :

Insecte lumineux, chatoyant, diapré,
Qui promènes gaiment ton corselet doré,
  Tes antennes souples et frêles,
Et reluis au soleil comme un atome d'or
Sur une feuille humide où la rosée encor
  Tremble et scintille en étincelles,

N'es-tu pas bien heureux de rôder à loisir,
Trainant de fleur en fleur tes cuissards de saphir
  Et ta cuirasse de topaze,
Joyeux, bourdonnant d'aise au milieu des gazons
Où le soleil ardent infiltre ses rayons
  Dans les brins d'herbe qu'il embrase ?

N'es-tu pas bien heureux tant que durent les jours
De picorer sans fin les beaux fruits de velours
  Savoureux à ta friandise,
Puis, le souper fini, de trouver pour les nuits
Un lit doux et tremblant dans les feuilles d'un lis
  Ou dans les grappes d'un cytise ?

Le sculpteur éternel, insectes scintillants,
Épuise à découper vos contours sémillants

(1) Il fut question un instant d'en tirer le livret d'un opéra.

Sa plus exquise orfèvrerie ;
Trésors de ciselure au merveilleux détail,
Diamants animés, bijoux d'or et d'émail,
Miniatures de la vie !

Vous êtes sous les yeux de l'artiste divin
L'ouvrage favori qui pare son écrin,
Son plus étincelant caprice ;
Quand il a retiré de ses larges fourneaux
Tous les êtres géants, tous les forts animaux
Moulés par sa main créatrice,

Ses doigts, comme en jouant, façonnent avec art
Quelques brins de métal échappés par hasard
Du grand creuset de la nature ;
Puis il vous éparpille, ô chefs-d'œuvre mignons,
Dans les recoins ombreux des prés et des sillons,
Dans les replis de la verdure !

Ici la forme est précise, nerveuse ; elle serre de près l'idée et la met en relief. C'était l'ambition clairement accusée du poète de toujours dégager de la réalité une pensée qui la rendît plus pénétrante ou plus noble. Il aurait fait volontiers du Coppée avant Coppée, car lui aussi aimait les humbles, et sa pièce *A la mémoire de Césarine Ango, couturière à Pithienville*, ne le cède pas en sentiment populaire au *Petit Épicier de Montrouge*. Mais au Coppée il aurait voulu joindre du Sully-Prudhomme avant Sully, toucher et philosopher. L'élévation dans la simplicité : ainsi concevait-il la vie et l'art. C'était une manière de stoïcien,

Je me souviens qu'un soir — nous n'étions ni

du même âge ni de la même classe, mais de la
même étude et tout voisins — nous avions longuement parlé de la nécessité de trouver pour la
prière une formule concise et expressive. Le lendemain, Mordret arrive tout joyeux et me dit :
« J'ai trouvé notre affaire ! C'est un vers d'Horace :

Fortiaque adversis opponite pectora rebus.

« Nous y pourrions joindre aussi ces vers de
Brizeux :

Oui, nous sommes encor la race d'Armorique, etc. »

Je lui fis observer qu'il était d'Évreux, moi de
Rouen, et que nous n'avions rien à démêler avec
l'Armorique. Mais pour le vers d'Horace, il tint
bon et, pendant assez longtemps, nous répétâmes
pieusement le *fortiaque*.

Mordret dut se le répéter souvent aussi pendant
les dures années qui suivirent. Il était sorti du
collège deux ans avant moi. Je le revis quelquefois
à Paris, à de très longs intervalles. Notre dernière
rencontre m'a frappé. Je le trouvai au Palais-
Royal. Il venait de chez Ledoyen, un médiocre
éditeur de la galerie d'Orléans, auquel il avait vendu
ou donné, je ne sais, le volume des *Récits poétiques.*
Il paraissait soucieux, quelques paroles banales
furent échangées. Nous ne devions plus nous
revoir. Longtemps après, j'appris qu'on l'avait

envoyé professer à Tourcoing, puis à la Roche-sur-Yon, d'où il revint s'éteindre dans le voisinage de sa douce et agreste solitude de Pithienville.

Comment, avec un mérite si incontestable, avec une supériorité si évidente, Mordret a-t-il pu échouer si complètement dans sa double carrière? Cela tint, je crois, aux scrupules de sa nature. Il ne put jamais, étant pauvre, se décider à courir les risques de la vie littéraire, craignant — et je ne l'en blâme pas — de tomber dans la bohème; d'autre part, il ne sut pas aimer assez fortement son métier pour s'y faire une place prépondérante (1). Mais je parle ici un peu à l'aventure, n'ayant rien su de précis sur ses dernières années.

Le hasard d'un voyage m'a récemment conduit à la Roche-sur-Yon. L'un des côtés de la grande et triste place est occupé par le lycée. Je ne pouvais m'empêcher de penser que, dans cette lourde caserne, loin de Paris et du monde lettré, loin des siens et de sa chère Normandie, est venue végéter, s'étioler cette nature d'élite. J'aurais voulu prendre quelques informations, recueillir quelques renseignements. Tout le monde universitaire était

(1) Cette conjecture était inexacte. Un témoin, très bien informé, M. Cauët, m'apprend que Mordret, jusqu'à la fin, demeura fidèle à son idéal de vie littéraire, y sacrifiant sa modeste position. Cette existence noble et touchante mériterait d'être mise en pleine lumière.

en vacances, et puis, après tant d'années, qui se
souvient d'un passant? Je me promis au moins
de protester contre cet oubli, de réveiller ce souvenir : où pouvais-je le faire à propos, sinon à
cette place?

CHAPITRE III

La Révolution de Février.

AUGUSTE DEBS. — LE CURÉ DE CIDEVILLE. — MICHELET
ET SA FAMILLE.

Ce ne sont pas des jugements que je porte, mais
simplement des impressions que je rappelle, des
témoignages que je m'attache à rendre aussi sincères, aussi exacts que possible. Dans ce qui va
suivre sur la révolution de Février 1848, qu'on ne
voie aucune passion politique. A vrai dire, nous
autres jeunes gens, nous ne savions pas du tout
ce que c'était qu'un pareil sentiment. Il n'y avait
point dans nos cœurs la moindre parcelle de
haine contre « le tyran ». Seulement tout le
remue-ménage qui se faisait autour de nous
ébranlait un peu nos esprits. Des libertés indé-
finies se jouaient devant nos imaginations, à condition, bien entendu, qu'il n'y aurait ni désordres
graves, ni vilaines actions commises. Cette digne
Université, sur laquelle si volontiers on daube et

que je puis défendre sans scrupule puisque je n'en
fais point partie, ne s'était nullement évertuée à
préparer en nous des révolutionnaires.

Si notre professeur d'histoire moderne, le cor-
rect, le judicieux, l'impeccable Chéruel, ancien
élève et secrétaire de Michelet, avait eu autrefois
des démêlés avec le clergé rouennais, cela se
perdait dans des temps si éloignés que le souvenir
même en était aboli. En rhétorique nous n'avions
eu qu'un pantin ridicule, mais en seconde l'irréprochable Delzons s'était fait notre initiateur,
très distingué, très compassé, très froid, d'un
certain xviie siècle, celui de Segrais, de Racan, de
Malherbe. Nous étions admirablement conservés
dans la glace, et aucune ébullition prochaine ne
paraissait à redouter.

Le seul original qui eût pu agir sur nous, le professeur d'histoire ancienne, Marguerite, dans les
classes d'humanités, manquait trop de suite et de
tenue pour exercer aucune autorité. On l'appelait
le *Père Progrès* parce que dans ses leçons ce mot
revenait sans cesse. Pour nous familiariser avec
l'histoire romaine, il nous lisait *Virginie* de Latour-
Saint-Ybars. Son extérieur inquiet et débraillé me
déplaisait. Quelques-uns l'ont plus favorablement
apprécié, entre autres Hector Malot, qui le garde
encore en certaine estime.

Quoi qu'il en soit, son enseignement était depuis

trop longtemps oublié pour influer sur nous, lorsque
la révolution éclata à l'improviste, Nous fîmes un
club. Mordret le présida et je le « vice-présidai ».
Ce n'aurait été toutefois qu'une effervescence de
surface, si la question religieuse n'était venue s'y
mêler et l'aggraver.

Jusqu'à cette époque, la plus douce indifférence
avait régné parmi nous sur cette matière, une indifférence à faire le désespoir du premier Lamennais.
Notre aumônier, l'abbé Cochet, archéologue remarquable, ne s'occupait que de fouilles, d'urnes
funéraires et, comme disaient méchamment les
Rouennais, de vieux pots cassés. Son successeur,
l'abbé *Desinar*, ainsi surnommé à cause du mot
italien dîner, ne songeait qu'à la gastronomie. L'un
et l'autre, pour nous endoctriner, employaient un
procédé si enfantin que je ne puis résister au
désir de le citer ici.
Ils nous lisaient invariablement dans les
Mélanges de Théodore Jouffroy ces pages si
célèbres desquelles on a tant usé et abusé, sur la
douleur éveillée dans l'âme du jeune philosophe
par l'apparition du doute. Là, ils s'arrêtaient, faisaient comme un point d'orgue, et renonçaient
à continuer. Je le crois bien : s'ils avaient tourné
la page et poursuivi la lecture, on aurait vu que
Jouffroy s'était parfaitement consolé, et qu'il

avait lancé contre ses anciennes croyances le
terrible et magistral article du *Globe : Comment
les dogmes finissent.* A la fin, le truc, comme on
dit aujourd'hui, se trouva dévoilé. Il fallut abandonner la fameuse citation ; ce fut la mort des
conférences religieuses.

La guerre ne vint point de l'épicurien *Desinar.*
Une dénonciation, partie d'un élève catholique,
mit en éveil l'archevêque Blanquart de Bailleul, et
les foudres de l'Église, s'unissant à celles de l'administration, menacèrent la tête de notre sympathique professeur de philosophie, Auguste Debs.
Je ne nommerai pas le mauvais drôle, auteur de
cette dénonciation funeste, que désapprouvèrent
nos camarades catholiques, Émile Malherbe,
Lenormand, aujourd'hui curé près de Mantes, et
que ma mère avait surnommé *Tout-en-Dieu.* Il
s'agissait d'une leçon dont la prière faisait le sujet,
et où, paraît-il, l'impression produite sur la Divi-
nité n'était pas suffisamment caractérisée. Le professeur avait trop accordé au bénéfice intérieur
de la prière, pas assez à son influence impérative
et magique. Le croirait-on ? cette misérable chi-
cane théologique devint le point de départ d'une
série de persécutions qui compromirent la situation
de Debs et portèrent le dernier coup à sa santé
très ébranlée.

Ses leçons étaient pourtant d'une extrême inno-

cuité. Il nous enseignait la placide philosophie
écossaise de Dugald Stewart et de Thomas Reid,
à laquelle il ajoutait deux parties nouvelles : l'esthétique et la pédagogie. La psychologie, qui commençait à poindre alors, avait en lui un sectateur
zélé. « Vous, Debs, vous serez orientaliste », lui
avait dit Victor Cousin à l'École normale ; et
comme Debs s'obstinait à rester psychologue, il
fut promené de collège en collège, ballotté de disgrâce en disgrâce.

Du reste, c'est moins par son enseignement officiel qu'il agissait sur nous que par sa conversation
familière. Il nous recevait volontiers le jeudi. Je
le vois encore dans son petit jardinet de la rue du
Maulévrier, avec sa figure émaciée de Christ
d'Emmaüs ; j'entends sa voix grave, pénétrante,
que la toux venait quelquefois interrompre.
Quelles étaient ces conversations ? Je puis au
moins en donner une idée, ayant eu le soin d'en
noter quelques-unes sur le moment même. Voici,
par exemple, le sommaire de ce qu'il nous disait
le 18 février 1849 :

Influence diverse de la température sur les nerfs. —
Phénomènes nerveux. — Impuissance à descendre une
montagne. — Anecdote d'un professeur d'Orléans. — Pascal
au pont de Neuilly. Combien Pascal était nerveux. Cette
disposition ne laissa pas que d'influer puissamment sur ses
écrits. — Les *Pensées* de Pascal. Prosper Faugère, Victor
Cousin. Mutilations exercées par ce dernier sur un manuscrit

de Jouffroy. — Victor Cousin, nature dominatrice. Caractère
équivoque de sa philosophie. — Les philosophes français
au xixe siècle en dehors de l'école éclectique. — Les Saint-
Simoniens. Premier essai de philosophie socialiste. Ce sont
eux qui ont vulgarisé dans l'histoire la loi du progrès.
Leurs bizarreries.

La foi nouvelle aura-t-elle un culte ? M. Debs pense que
oui. Culte de la Raison sous la première République. Quel
sera le culte nouveau ? Fêtes nationales, réunion des foules.
La puissance du catholicisme réside dans son culte. Le
clergé, de gré ou de force, se trouve mêlé à tous les
moments solennels de notre vie : baptême, mariage,
obsèques.

Des sources de la religion : l'Évangile, la Judée. Quel
fruit on retirerait de la Bible si la plupart du temps on ne
la lisait avec des idées préconçues. La Bible est l'expression
complète du peuple hébreu comme philosophie, poésie et
histoire. — La *Genèse*. La femme de Loth. *Ruth* (idylle),
Déborah, *Judith*, *Esther* (légende, roman national), les *Rois*,
le *Lévitique*, les *Nombres* (partie historique). Les interpola-
tions d'Esdras. Combien peu nous connaissons ce monde
biblique. Qu'étaient en réalité les Prophètes ? Des chefs de
club peut-être.

J'ai tenu à détacher telle quelle, sans aucun
retranchement ou embellissement, cette page d'un
journal d'écolier, laquelle ne s'attendait pas à
recevoir tant d'années après les honneurs de
la publicité. Toutes les analyses, toutes les dis-
sertations du monde ne sauraient égaler la valeur
d'un semblable document, rédigé de première
impression, sans aucune arrière-pensée. Oui, voilà,
non pas ce qu'on nous enseignait, mais ce que

l'on disait devant nous et avec nous, en plein
milieu du xix° siècle, ce qui ne s'en gravait que
mieux et plus profondément dans nos jeunes
âmes.

Ce mouvement n'était point particulier au
petit coin de province où nous vivions. Partout
un grand travail ou, si l'on veut, une indéfinis-
sable fermentation s'opérait dans les esprits. Un
des déportés de Fructidor à Sinnamary a raconté
dans ses *Mémoires* que sous ce climat torride de
la Guyane il suffisait de confier un germe à la
terre pour le voir croître et s'épanouir dans une
journée. Ainsi étions-nous dans ce moment de
hâtive croissance, favorisée par des circonstances
exceptionnelles, par une liberté relative, par
l'enthousiasme ambiant. Et qu'on ne croie pas
qu'il y ait eu dans cette liberté la moindre tendance au désordre! Plus on avait confiance en
nous, plus nous avions un vif sentiment de notre
responsabilité et de notre dignité. C'est ce qui
fait que notre génération fut très vite prise au
sérieux, traitée de plain-pied et d'égal à égal. On
pouvait rire avec nous, car nous étions loin d'être
austères, mais non pas rire de nous, car nous portions très haut un idéal très pur.

Une longue maladie me contraignit de faire une
année de vétérance ; désormais du reste ma vie

était ailleurs. Un professeur hégélien, qui nous
tombait de Naples, je ne sais trop comment, avait
succédé à Debs, sans le remplacer. Ce descendant
authentique de Polichinelle démontrait sur le
tableau noir, la craie à la main, les vérités essen-
tielles de la morale à l'aide de triangles, de cir-
conférences et d'hexagones. Je ne l'écoutai pas et
ne tins aucun compte de cette philosophie saugre-
nue. D'immenses lectures m'absorbaient, parmi
lesquelles trois principales devaient laisser en
moi une trace durable : les *Lettres d'un Voyageur*,
Oberman et les *Portraits contemporains* de Sainte-
Beuve. J'avais une correspondance très active
avec des amis dont je parlerai tout à l'heure.
Enfin, chez Eugène Manchon, l'avocat démocrate
bien connu, ancien collaborateur de mon père et
l'un de mes correspondants (ma mère habitait
alors la campagne), je rencontrais déjà quelques-
unes des notabilités du parti républicain avancé,
des *rouges*, selon la locution du temps : les représentants du peuple Joly (de Toulouse), Théodore
Bac (de Limoges), qui s'était signalé dans le
célèbre procès Marcellange et que la Montagne
regardait comme l'un de ses plus habiles orateurs ; Lagrange aussi, ne l'oublions pas, le Lagrange des procès, des émeutes, celui qu'on accusait d'avoir tiré le coup de pistolet du boulevard des
Capucines, le 23 février. Je l'ai entendu s'en dé-

fendre comme un beau diable, quoique devant
des gens qui ne l'en auraient pas blâmé. « Mais
non, jeune homme, me disait-il, ce jour-là nous
nous sommes sauvés *pedibus cum jambis*. — Vous
entendez le latin, monsieur le collégien. — *Pedibus cum jambis*, et de toutes nos forces. » Rien
n'était plus amusant que de surprendre ce latin
macaronique sur les lèvres de cet ancien tisse-
rand lyonnais, de ce farouche révolutionnaire,
excellent homme au fond, quand on parvenait à
le sortir de son enragée politique, et d'une droiture à toute épreuve.

« Il faut que je te fasse connaître un ami de
Michelet, un de mes camarades d'enfance auquel
tu ressembles par ton amour de la lecture et ta
curiosité d'esprit. » Ainsi, dès 1845, me parlait
Manchon, et quelques jours après, il me conduisait chez la famille Noël, au moulin du Tôt, moulin pour les bois de teinture, situé sur la petite rivière la Clairette, entre Monville et Clères. Je
n'oublierai pas aisément la date de cette visite.
C'était peu de jours après ce qu'on a nommé la
catastrophe de Monville. Un ouragan subit, une
trombe, avait détruit dans la vallée de Malaunay
d'immenses filatures, jetées à ras de terre, ré-
duites en poudre. Sur tout le parcours les arbres
étaient tordus, arrachés, déracinés. Mme Noël mère

nous raconta que Charles Michelet et le fils du général Levavasseur, se trouvant alors dans les bois,
avaient cru un instant qu'ils allaient périr sous un
abatis formidable. Du reste cette visite fut sans
résultat, ces messieurs étant à la ville. Huit jours
après, nous revînmes, et il ne fallut pas de longues
heures pour que la sympathie se déclarât. C'est ce
jour-là que je vis pour la première fois un personnage destiné à jouir quelques années plus tard
d'une assez fâcheuse célébrité. C'était le curé du
Montcauvaire. Ce nom ne vous dit rien, mais il
vous dira peut-être davantage si j'ajoute que
c'était l'abbé T..., le futur curé de Cideville.

Ce nom évoque tout d'abord le souvenir de
l'aimable correspondant de Voltaire, de l'ami de
Mme du Deffand, seigneur de ce petit village ; aujourd'hui, toutes les personnes qui s'occupent des
sciences occultes ont entendu parler du presbytère
de Cideville et de ses diableries. Cette honnête
maison n'avait jamais été hantée : elle le fut dès
que l'abbé T... y eut transporté ses pénates. On
entendait des bruits extraordinaires ; des portes
s'ouvraient et se fermaient d'elles-mêmes. Des
mains invisibles distribuaient des soufflets fort
réels et retournaient les lits sens dessus dessous.
L'émotion fut grande en Normandie. Les dévots,
les incrédules, les savants s'en mêlèrent. Le marquis de Mirville, se plaçant au point de vue catho-

lique, écrivit un gros bouquin contre ce séjour du diable.

Pour moi, j'y allai et n'entendis rien. Les démons faisaient relâche ce jour-là. A la vérité, il y avait huit curés à dîner au presbytère, huit curés d'un appétit pantagruélique, et peut-être que la vue de tant de soutanes intimida Astaroth et Lucifer. Cet abbé T... m'avait toujours paru un singulier ecclésiastique. Il ne lisait que des livres défendus, et quand je lui en faisais l'observation, il me répondait : « Si je ne les connaissais pas, comment pourrais-je en signaler les dangers à mes ouailles? » Là-dessus il se remettait à lire le *Juif Errant* d'Eugène Sue. Je n'ai pas suivi jusqu'au bout cette affaire de Cideville; mais on m'a raconté que l'abbé fut pris à la fin en flagrant délit de mystification et de supercherie.

Ce qui n'empêche pas les gens pieux d'acheter encore le livre du marquis de Mirville.

« *Latine*, Messieurs, disait le curé du Montcauvaire, lorsque au dessert la conversation s'échauffait et que « les paroles dégelées » de Rabelais commençaient à bourdonner autour de la table, *latine*... à cause des dames! »

Il avait la manche large, ce brave abbé, et presque tous ses confrères à cette époque étaient comme lui. Les grandes batailles oratoires que li-

vraient depuis 1843, au Collège de France, Quinet
et Michelet, les spirituels pamphlets de Génin
n'avaient pas eu de rentissement dans nos campagnes. Le père d'Eugène Noël était marguillier,
dans l'intérêt de sa paroisse, et quel marguillier !
Ils passaient, lui et son fils, leur vie à guerroyer
contre l'archevêché. Je prenais ma part du combat. J'envoyais de mon collège de petites diatribes
à la Paul-Louis Courier, avec cette épigraphe :

Rien ne suffit aux gens qui nous viennent de Rome.

De temps à autre j'y ajoutais un bout de chanson. Et de rire ! On eût été fâché de ne pas se
battre, tant c'était amusant.

Tout cela n'empêcha pas qu'aux élections pour
l'Assemblée constituante les curés du voisinage,
bannières en tête et suivis de leur docile troupeau,
s'en vinssent passer par le Tôt afin de prendre un
peu l'avis du marguillier Noël. Oh ! que de bulle-
tins nous écrivîmes ce jour-là ! C'était, si je me
souviens, aux fêtes de Pâques, et je me trouvais
certainement en congé. On avait alors le scrutin
de liste, et cela faisait chaque fois pour notre dé-
partement dix-neuf noms à écrire. Nous finissions
par ne plus voir et par tomber de fatigue. Mais
nos paysans s'en allaient tout joyeux et les curés
tout rassurés. Ils assistaient souvent à la planta-
tion des arbres de liberté et les bénissaient. Un

jour, le curé de Clères, à la fin d'une de ces
cérémonies, conclut ainsi son allocution : « Il
faut faire acte de bon citoyen et de bon chrétien. » Or, comme l'arbre qu'il venait de planter
était un poirier de cette espèce, l'allusion était
faite pour plaire au grand nombre et réjouir l'auditoire.

Pendant trois ou quatre mois, il y eut un moment de détente et d'entente vraiment extraordinaire. Les hommes semblaient saisis d'un besoin,
d'un appétit, j'allais presque dire d'une frénésie
de bienveillance et de fraternité. On s'attendait
à je ne sais quoi de miraculeux et en même temps
de très simple, de très doux. Qui n'a pas vu ce
mouvement n'en peut comprendre le caractère, et
qui l'a vu n'en parlera jamais sans émotion, sans
respect. Les belles proclamations de Lamartine,
affichées, distribuées, commentées, étaient com-
prises et admirées de tous, surtout des femmes. Le
fameux bulletin nº 16 de George Sand ne produisit aucune sensation. Battu du vent, de la pluie,
mordu par le soleil, il s'effilocha sans gloire le
long d'un mur de ferme. On avait un peu peur
d'Armand Marrast, que l'on confondait avec l'ancien Marat, et j'entends encore la grande Lise, la
couturière de Mᵐᵉ Noël, demander pourquoi ce
Dru Rollin n'épouserait pas c'te Martine, ce qui
arrangerait tout.

Mon fils, tenez votre promesse
De venir au jour solennel
            De Noël.

. . . : . . . .

Au Tout-Puissant afin de plaire,
Nous lirons, en joyeux français,
            Rabelais.
Dans Béranger, nouveau bréviaire,
            Nous chanterons
            De mystiques chansons,
Et nous prêcherons sur Voltaire.

. . . .

Nous lirons en fervents apôtres
Molière, Rousseau, Michelet
            Et Quinet;
Vous y joindrez deux ou trois autres :
            André Chénier,
            La Fontaine et Courier.
Pour bien dire ces patenôtres,
            O vrai dévot,
            Venez, venez au Tôt.

Ce badinage d'un homme de trente et quelques
années à un élève de philosophie donne assez
bien la mesure et, comme on dit, la note de nos
lectures et de nos conversations lorsque je venais
passer quelque congé chez Noël. Un autre aliment,
sans cesse renouvelé, qui nous arrivait presque
quotidiennement de Paris et nous tenait merveilleusement en haleine, c'était la correspondance
très suivie, très abondante de M. Michelet, de sa
fille Adèle, de son fils Charles, de son gendre Alfred Dumesnil. Chacun d'eux suivant sa nature,

sa tournure d'esprit, son cercle d'informations, nous mettait au courant de ce qui se passait dans le monde de la politique, de la littérature et de l'art. Tel grand journal était moins renseigné et surtout moins bien que les solitaires du Tôt.

La grosse et belle écriture de Michelet remplissait aisément quatre pages. Ses lettres n'étaient que des billets. Seulement pas un de ces billets ne paraissait banal, car il y avait dans tous une phrase significative, un mot pénétrant, la lueur du génie et la griffe du lion. J'avais pris de lui, à juste titre, une si imposante idée, que je fus profondément troublé, interdit serait peut-être plus exact, la première fois qu'il me fut donné de le voir.

C'était dans l'été de 1847. Je me trouvais au Tôt, comme d'habitude, pendant les vacances, quand, un matin, Noël m'annonça que M. Michelet venait passer quelques jours. Il s'agissait de se signaler, de briller. Il fallait montrer que le collégien dont il était si souvent question dans la correspondance n'était pas une bête. Jugez de mon effroi en voyant le lendemain descendre de voiture, un monsieur jeune encore (quarante-neuf ans), mais déjà blanc, la tête grosse, l'ossature des joues et de la mâchoire fortement marquée, de tenue très grave et un brin coquette, moitié professeur, moitié homme de l'ancien régime, s'exprimant avec lenteur dans

une parole cadencée. C'est cette parole qui me
déconcertait le plus. Je n'avais jamais entendu
Michelet en chaire, et même après l'avoir entendu,
même après une respectueuse et assidue fréquen-
tation de vingt-sept ans, je n'ai pu m'accoutumer
entièrement à cette cantilène qui pourtant avait
son charme. D'anciens amis de Michelet, Frédéric
Baudry, Chéruel, Vacherot, m'ont assuré que dans
sa jeunesse Michelet parlait comme tout le monde,
mais qu'aux premières années de professorat
une fatigue de poitrine le contraignit, pour
s'adresser aux élèves d'abord, au public ensuite,
de scander sa phrase afin de ménager et de soutenir la respiration.

Ce qu'il y eut de particulier, c'est que, l'habitude prise, la parole publique devint la parole
ordinaire, et personne autour du maître n'y faisait plus attention. Un profane comme moi
pouvait seul s'en étonner.

Il y avait de la bonté dans les yeux, mais plus
de flamme encore. Le regard par moments jaillis-
sait impérieux, le geste se faisait bref. L'historien
ne descendait pas impunément de Picards à la
tête chaude. On sentait en lui le *combatif*, et qui
l'a suivi au Collège de France n'en saurait douter.
Bien qu'il ait écrit de très belles pages sur la joie,
je ne l'ai jamais vu rire. Tout au plus souriait-il
aux amusantes historiettes que lui racontait Noël.

Malgré son vif désir de simplicité, je voyais ou croyais voir dans son attitude une solennité un peu attristée.

Il y a eu bien des Michelet dans Michelet, bien des personnages successifs et différents au fond de son âme, bien des phases diverses — je ne dis pas contradictoires — de son génie. L'unité vraie de sa vie a été dans sa continuelle aspiration vers le mieux et vers le libre : *Excelsior!* C'est là qu'il la faut placer si l'on veut lui rendre pleine justice. La souplesse et la fécondité de sa nature se sont révélées au fur et à mesure des circonstances.

A cette époque de 1847, il était absolument dans la lutte. Ses cours au Collège de France avaient l'allure d'un véritable assaut contre le cléricalisme de ce temps-là. Quinet et lui s'unissaient pour lancer le brûlot des *Jésuites*. L'*Histoire de la Révolution*, déjà commencée, avait été précédée d'un petit volume très substantiel, calme de forme, tranchant cependant au vif dans la question sociale ; le *Peuple*, de même que le *Prêtre*, touchait à l'endroit sensible les influences, plus apparentes peut-être que réelles, du sacerdoce dans la famille.

La Révolution, il l'écrivait, et en même temps il la portait en lui. Aux orages du dehors qui s'accumulaient de tous les coins de l'horizon s'ajoutait son orage intérieur. Autour de lui on en avait le pressentiment et l'inquiétude. Qu'on relise dans l'*Histoire de la Révolution* certains épisodes du 14 juillet (fête de la Fédération), le chapitre sur Mme Roland : il ne sera pas difficile de reconnaître que la chaleur historique s'y double d'un feu intime et qui vient du cœur. Mme Alfred Dumesnil, à Vascœuil, recevait, lisait les épreuves, enchantée et surprise de ce redoublement d'éloquence. Des pages précieuses, qu'une confiance amicale a mises entre mes mains, pages inédites et qui le resteront probablement, confirment l'impression à cette date d'une agitation mélancolique, ardente, troublante d'autant plus qu'elle ne portait encore sur aucun objet déterminé.

Pendant son séjour au Tôt, M. Michelet ne parla que de politique et d'histoire; mais il en parla comme un prophète, évoquant avec une énergie sombre les scandales qui avaient si tristement marqué les années précédentes et annonçant comme inévitable la très prochaine révolution. Lancé par son travail en pleine Terreur, en plein Robespierre, un soir, il nous raconta, avec une verve vraiment extraordinaire, tout l'épisode de Catherine Théot, que j'ai retrouvé plus tard dans son livre, moins pénétrant, à ce qu'il m'a semblé, et moins impressionnant. Mes amis essayèrent de me mettre un peu en relief, de me faire parler. On me demanda de raconter une petite histoire sur un chat favori de mon père, qu'au jour des

obsèques on avait trouvé blotti sous le drap mor-
tuaire. Après m'être bien fait prier, je débutai
ainsi :

« Comme mon père aimait les chats, il en avait
un. » Et je n'allai pas plus loin. M. Michelet ne put
s'empêcher de sourire, mais peut-être bien que
mon trouble extrême ne lui déplut pas.

Au fond de la vallée d'Andelle, sur les bords de
la Crevon, au pied de l'antique et vaste forêt de
Lyons, un vieux château que mon oncle appelait —
une gentilhommière et qui a conservé cependant
l'aspect seigneurial ; entre le château et la rivière,
un grand jardin à la française, cultivé avec beaucoup de soin ; de l'autre côté, une cour de ferme,
le verger normand, avec son herbe drue et ses
pommiers ; sur le flanc, la tourelle gothique à l'intérieur de laquelle serpente l'escalier : voilà Vascœuil. Ce château a une histoire ou du moins une
légende. Les substructions dateraient de Philippe-
Auguste. Mme du Deffand et le président Hénault y
auraient séjourné. Le voisin Benserade y vint sans
doute en visite de Lyons-la-Forêt. Une fille de
Thomas Corneille fut dame de Vascœuil, ainsi que
le prouve un document cité par M. Gustave Rey-
nier dans son excellent travail sur le cadet normand (1). Ce manoir historique n'était pas une rési-

(1) *Thomas Corneille, sa vie et son théâtre*, chez Hachette.

dence indigne de l'illustre historien de la France.
C'est là qu'il passait ses vacances presque tous les
ans, avec sa famille et quelques amis de choix.

Sa fille, Mme Alfred Dumesnil, était la grâce
même, la bonne grâce, devrais-je dire, celle qui
encourage et qui égaie. Avec elle, les plus humbles
se sentaient relevés, les plus timides rassurés. Il
ne s'est jamais rencontré, je crois, d'accueil plus
affable. Sans être jolie, elle était charmante. Un
léger défaut dans la vue, auquel n'avait pu remédier
une opération maladroitement faite, la contraignait
à pencher un peu le cou pour mieux voir, mais elle
mettait à ce mouvement tant d'art et de gentillesse
que je la comparais toujours à un petit oiseau qui
va cacher sa tête sous son aile. Sérieuse, elle l'était
au fond, passionnée même comme son père, souvent pensive.

Était-ce une musicienne consommée? Je n'oserais me prononcer à ce sujet. Ce que je sais c'est
qu'elle adorait la musique et qu'elle la faisait
aimer. Le soir, au piano, elle jouait de préférence
les maîtres, Haydn, Mozart, Beethoven. Parfois
elle chantait d'une voix touchante, grave, profonde, qui remuait le cœur et amenait les larmes
aux paupières. Un de ses ascendants avait été
chanteur à l'Opéra, et, qu'on me passe l'expression,
elle chantait de race.

La mélancolie pourtant chez elle n'était que

passagère. Son fond était la gaîté, avec une pointe
d'espièglerie enfantine et d'innocente malice. Il y
avait au château une bibliothèque de campagne
renfermant tout le vieux répertoire du Théâtre-
Français. Nous lisions ensemble les petits comiques,
Dufresny, Dancourt; nous découvrîmes *l'Avocat
Pathelin.* C'était pendant un terrible orage, et nous
étions pris d'un fou rire tellement irrésistible, que
le tonnerre tomba deux fois dans le jardin sans
nous faire interrompre notre lecture. Mme Dumesnil
était bien femme par le goût de l'indépendance.
Son mari s'en allant un jour à Rouen, nous le
conduisîmes à la diligence de La Feuillie, qui passait au bout de notre rue. « J'ai, dit prudemment
Alfred à sa femme, laissé sur ma table *Werther.*
Il faudra le serrer avec soin, et je ne vous engage
pas à le lire. C'est un livre troublant. » La diligence
partie, je vis Mme Dumesnil reprendre vivement le
chemin du château. « Où courez-vous donc? lui
demandai-je. — Eh! me répondit-elle en riant, je
m'en vais lire *Werther.* »

Charles Michelet était un enfant spirituel, indo-
lent, original, ayant des éclairs de sentiment ou de
passion, mais n'ayant que des éclairs. C'est à peine si
dans les graves circonstances de famille qui survinrent, j'ai eu avec lui deux ou trois conversations
sérieuses. Il retombait promptement à la distraction
ou à l'apathie, me traitant en camarade, mais sur-

4

tout en camarade de jeu, bon pour courir la campagne et plaisanter avec lui.

Si Mme Dumesnil était le charme de la maison, si
le capricieux Charles en faisait parfois le divertissement par son humeur fantasque (il dessinait finement, et toujours des drôleries), Alfred Dumesnil
y apportait le plus précieux et le plus haut des éléments, la sérénité. Jamais figure ne s'harmonisa
mieux avec ce milieu rustique et familial. Ses manières calmes et méthodiques recouvraient en quelque sorte une exquise finesse de sensation, de même
que sous ses habitudes méditatives se cachait un
homme d'action, et si les circonstances s'y fussent
prêtées, un apôtre. Nous le retrouverons bientôt
au Collège de France, où il fut chargé de suppléer
Edgar Quinet. Mais son enseignement, quoique
remarquable, ne donnait pas sa mesure autant que
tel ou tel de ses livres, la *Foi nouvelle* ou l'*Immortalité*, et ses livres eux-mêmes que sont-ils pour moi
au prix de ces longs entretiens sous les arbres de
Vascœuil, où Michelet, Dumesnil et Noël agitaient
tous les problèmes de la philosophie et de l'art devant
un écolier qui buvait leurs paroles, et que les per-
spectives soudainement déroulées animaient et
séduisaient plus encore qu'elles ne l'éblouissaient?

CHAPITRE IV

La Sorbonne et le Collège de France (1848-1851).

UNE LEÇON INÉDITE DE MICHELET. — LE COUP D'ÉTAT.

Paris ! — « Quand je serai à Paris ! » — « Quand vous serez à Paris ! » Ces mots que je redisais à tout propos et que l'on répétait complaisamment autour de moi me semblaient avoir quelque analogie avec le *Sésame, ouvre-toi* des contes orientaux. Là évidemment mes désirs allaient être satisfaits, mes rêves réalisés. Restait à savoir au juste quels étaient ces rêves et ces désirs : c'est ce qui ne m'apparaissait pas très nettement. J'avais une confuse vision de musées où l'on contemplait indéfiniment des chefs-d'œuvre, de bibliothèques où l'on pouvait consulter tous les livres que l'esprit humain a produits, de cours à la Sorbonne et au Collège de France où du haut des chaires tombaient des paroles d'or et des enseignements merveilleux. Plus loin, plus vaguement encore, la perspective d'écrire dans les journaux, dans les revues, de

composer quelque livre d'histoire, quelque recueil
de pensées ou de poésies, en vue d'une élite qui
m'apprécierait et me laisserait chercher, trouver
ma place parmi les meilleurs d'entre les siens :
voilà ce que j'entrevoyais, sans trop l'avouer à ma
famille ni même à mes amis.

Je dois le déclarer tout de suite, ceux-ci n'ont
été pour rien dans ma décision, si peu raisonnable
en apparence, et si réellement périlleuse, d'affron-
ter sans expérience, avec les plus faibles ressources,
les difficultés de la vie littéraire. Ils firent tout le
possible pour m'en détourner. Mais je sentais en
moi plus que ces velléités qui passent à la
première déception, mieux que ces feux follets
de gloriole qui s'éteignent au moindre souffle contraire : ma vocation s'emparait si impérieusement
de mon être, que je ne songeais pas plus à la discuter qu'à la révoquer en doute. C'est seulement
du reste au bout d'un an et demi que mon écriture
commença de faire connaissance avec la lettre
moulée. Jusque-là je m'en étais tenu fidèlement à
la première partie de mon programme : regarder,
lire, écouter, réfléchir.

La chronologie est une grande trompeuse ; elle
nous enseigne que de février 1848 au mois d'oc-
tobre 1850 l'intervalle de temps n'est pas considérable. N'en croyez rien. Au bout de ces dix-huit

mois, on aurait dit que des années avaient passé.
Les abominables Journées de Juin étaient venues,
troublant la foi, déconcertant l'espérance, aigrissant
les âmes, glaçant l'enthousiasme. Je trouvai Paris
très sombre, très préoccupé de l'avenir. A la
Faculté des Lettres et au Collège de France, sauf
pour deux ou trois cours que je vais citer, la
jeunesse écoutait d'une oreille distraite des leçons
qui ne répondaient ni à ses impatiences ni à ses
aspirations.

Le « frugal » Damiron, comme l'a si bien surnommé Sainte-Beuve, ce saint qui vivait d'une
méditation et d'une tasse de lait par jour, enseignait à la Sorbonne l'histoire de la philosophie
du xviiie siècle. Il lisait gravement, lentement,
d'une voix timide, qui semblait implorer l'indulgence de l'auditoire pour l'ennui qu'elle y répandait.
Ce n'était pas un enseignement à mettre le feu
aux poudres, et les plus hardis philosophes, Hel-
vétius, La Mettrie, d'Holbach, nous arrivaient
tout transis par cet apaisant et réfrigérant intermé-
diaire. J'ai dit que M. Damiron lisait. Délicatement
il prenait chaque feuillet placé à sa droite, pour le
poser non moins délicatement à sa gauche lorsqu'il
en avait achevé la lecture. Mais un jour il se trouva
— c'était, je crois, dans une leçon sur Diderot —
qu'un feuillet vint à manquer. Sans doute jamais
la pensée d'une telle éventualité ne s'était offerte

4.

à l'esprit de l'estimable et méthodique professeur. Il demeura interdit devant cette lacune, essayant vainement de la combler et balbutiant quelques mots sans suite. Toute la fin de la leçon s'en ressentit, et ne fut qu'une déroute.

A coup sûr, ce n'était ni par la réserve ni par la modestie que se caractérisait M. Saint-Marc Girardin. Je ne crois pas avoir rencontré d'homme plus parfaitement infatué. Il parlait facilement, élégamment, avec une pétulance singulière, descendant de sa chaire, se promenant autour, tout en continuant la leçon, puis remontant, traitant de haut son auditoire, l'agaçant, le provoquant plus qu'il ne le flattait, fécond en impertinences, parfois sifflé, souvent applaudi.

Je me souviens d'une leçon qui fut singulièrement orageuse. Il s'agissait de Jean-Jacques Rousseau, sur lequel Saint-Marc faisait un cours qui est devenu un excellent livre, bien qu'insuffisamment achevé. Le professeur avait choisi dans le *Contrat social*, dans les *Lettres de la Montagne*, quelques-unes de ces pages où le citoyen de Genève dit durement leurs vérités aux républiques et aux démocraties. Au moment où il terminait sa lecture, partit une formidable bordée de sifflets. Saint-Marc, sans perdre un instant son aplomb et son air suffisant, se contenta de dire. « Pardon, Messieurs, est-ce moi que vous sifflez

ou Jean-Jacques Rousseau? » Il n'en fallut pas
davantage pour retourner le public et rappeler les
applaudissements.

Une faveur plus constante accueillait Jules
Simon. Sa parole, très écoutée déjà, était loin
cependant du degré de perfection où elle est par-
venue. Il aimait l'emphase, les longues périodes
et les phrases sonores. Cela plaisait fort à la jeunesse. Vêtu d'un habit bleu barbeau, à boutons
brillants, il se campait très fièrement en chaire,
et sa dernière leçon, à laquelle j'assistai, provo-
qua un véritable enthousiasme. Jules Simon
collaborait alors à une revue philosophique, fondée par Amédée Jacques, par Eugène Despois,
Émile Deschanel, Émile Saisset, et dans laquelle
débutèrent, entre autres écrivains d'avenir,
Alfred Dumesnil et Ernest Renan. La *Liberté de
penser* disparut à la suite du coup d'État. Les
principaux rédacteurs s'exilèrent volontairement
ou furent proscrits ; le consciencieux et généreux
Amédée Jacques alla mourir obscurément dans
l'Amérique du Sud.

Au Collège de France, en dehors de M. Adolphe
Franck, qui professait la philosophie ancienne
avec beaucoup de talent, mais d'un si faible
souffle qu'il fallait se placer tout contre la chaire
pour l'entendre ; en dehors d'Ampère, le plus fin
et le plus charmant causeur du monde, qui ouvrit

son cours par ces mots : « Messieurs, j'arrive de
Mexico pour vous parler de Corneille », il n'y
avait guère d'intéressants que les cours de Dumesnil et de Michelet. Ampère était souvent suppléé
par M. Louis de Loménie, le futur auteur de
Beaumarchais et des *Mirabeau*, déjà le spirituel
anonyme des *Contemporains illustres, par un
homme de rien.*

J'ai eu plus tard de très agréables relations et
une correspondance suivie avec ce laborieux et
méritant écrivain. Pourtant je ne saurais dissimuler qu'il avait comme professeur peu d'action
sur le public. A l'époque dont je parle, il se livra
sur Balzac ou du moins sur quelques-uns de ses
romans, notamment, le *Lys dans la Vallée*, à des
digressions qui laissaient fort à désirer comme
ton de critique et comme impartialité. Il devint
titulaire de cette même chaire, et vingt ans après,
pendant le siège de Paris, je l'y ai vu, en costume
d'artilleur de la garde nationale à cheval, parlant
sur les Mirabeau. L'orateur n'avait peut-être pas
beaucoup gagné comme éloquence; néanmoins
il eût été difficile de ne pas lui savoir gré de ces
leçons, débitées non sans crânerie, sous une pluie
de fer et avec accompagnement d'obus qui venaient
éclater jusque devant les grilles du Collège de
France.

Des trois grandes voix qui avaient eu tant d'éclat

et de retentissement dans les dernières années, deux se taisaient en ce moment, Mickiewicz disparu, Edgar Quinet presque toujours muet à l'Assemblée nationale. Sur l'enseignement de Mickiewicz, sur sa valeur, je ne connais que quelques détails de tradition sans beaucoup d'importance. Il ne se séparait jamais de sa canne, laquelle naturellement l'accompagnait à son cours. Quand il était satisfait d'une démonstration, il frappait de ce bâton trois fois le parquet ; mais s'il se trouvait en présence de quelque doctrine hostile, de quelque souvenir douloureux, de quelque adversaire invisible pour tous et présent pour lui seul, il brandissait alors son gourdin de l'air le plus menaçant, comme pour défier et anéantir l'obstacle (1). On cite aussi de lui une phrase singulièrement énergique, qui remédie à une lacune de notre langue. Mickiewicz traitait un jour devant son auditoire des destinées de la Pologne, de ses multiples et soudaines résurrections, et faisant appel à l'espoir d'un relèvement définitif, il s'écriait : « La Pologne, elle *a mouru* trois fois, mais elle est toujours vivante ! » Je n'ai pas besoin

(1) Il faut faire la part de la légende. « Mickiewicz, m'écrit un de ses auditeurs, restait appuyé sur sa canne, mais sans jamais la brandir, tout au plus la soulevait-il un peu ;... il était la dignité même, vieux gentilhomme polonais du xviiie siècle. OEil inspiré, voix vibrante et maintien qui ne prêtait nullement à rire. »

d'y insister. *Elle est morte*, n'eût pas du tout donné la même impression ni indiqué la même possibilité.

Par un singulier hasard de circonstances, quoique je vécusse dans le monde de M. Quinet, je ne l'ai pas rencontré à cette date. Je ne devais entrer en relations personnelles avec lui que dans la modeste et hospitalière maison de Veytaux pendant son exil. Il écrivait ses leçons, les récitait de mémoire, ce qui fait que ses livres, — l'*Ultramontanisme*, le *Christianisme et la Révolution*, — nous en donnent une impression assez exacte. Quinet était célèbre par ses distractions. Elles faisaient trembler Michelet qui le sermonnait fréquemment à ce propos. Un jour que le sermon habituel s'était un peu prolongé, l'auteur d'*Ahasvérus*, après avoir écouté son ami avec beaucoup de déférence, lui serra tendrement la main en prononçant textuellement ces mots : « Ah! Minna, vous ne m'aimez plus! » Minna, c'était la première Mme Quinet, une Allemande de Heidelberg, brave et digne femme à l'encolure massive, qui n'avait jamais pu se défaire de son accent germanique, ni d'une jalousie féroce en ce qui touchait à la fidélité d'*Etcar*. J'ignore si *Etcar* était volage, mais il devait être terriblement fugace, s'il lui arriva, comme le prétend la légende, étant professeur à la Faculté de Lyon, d'oublier son cours pour une

promenade à cheval. On ferait un poème avec
l'histoire de ses manuscrits, qu'il égarait à tous
les coins, et qu'il redemandait ensuite aux impri-
meurs effarés.

Élu représentant du peuple en 1848, colonel de
la 11ᵉ légion de la garde nationale (quartier du
Panthéon), Edgar Quinet ne devait plus remonter
dans sa chaire. Il désigna pour l'y remplacer cet
Alfred Dumesnil, dont Michelet avait dit dans son
Cours de 1848 : « Un jeune homme qui m'est
cher et qui le sera un jour à la France. » Ce
devait être un singulier colonel que Quinet. Il
avait des origines quasi militaires et se présentait
quelquefois avec bonhomie, comme un ancien
enfant de troupe. Aussi avait-il visé, infructueu-
sement d'ailleurs, à l'École polytechnique. C'est
pour cela sans doute que dans son *1815* il s'est
cru en droit de donner à Napoléon des conseils
de tactique. Pourquoi pas, puisque Michelet et
Littré ont bien indiqué à Bonaparte comment il
aurait dû conduire la campagne d'Italie? Disons
cependant, à la louange du colonel Quinet, qu'il
montra dans les Journées de Juin beaucoup de
bravoure et d'humanité.

Le cours d'Alfred Dumesnil tranchait nettement
sur celui de son orageux prédécesseur. Point de
recherche oratoire ; aucune intention polémique,
une parole toujours égale, un peu monotone, mais

constamment claire et, à la longue, très pénétrante.
On y sentait la foi et on y reconnaissait la bonne
foi. Le professeur disparaissait pour faire place à
l'homme, et l'on éprouvait à l'entendre cette intime satisfaction dont parle Pascal. Les leçons
auxquelles j'assistai avaient pour objet les rapports
de la France avec l'Italie au xvie siècle. L'éducation
artistique de notre nation, les vicissitudes morales
de l'Italie y étaient traitées avec beaucoup de
sûreté et de largeur. C'est de là qu'est sorti en
grande partie le beau livre intitulé *l'Art italien*,
surtout son Introduction magistrale, l'une des
meilleures pages de notre critique d'art. Cet enseignement si calme, si pondéré, quoique si
suggestif, n'avait pas le privilège d'attirer la foule.
Une élite de penseurs, de littérateurs et d'artistes
s'y donnait rendez-vous chaque semaine. Un des
plus assidus et des plus enthousiastes parmi les
auditeurs était le sculpteur Auguste Préault, qui
venait là s'approvisionner de nouvelles théories et
se confirmer dans ses hardiesses (1).

Le bruit, l'émotion, la vogue et la lutte étaient

(1) Retiré à la campagne, après le coup d'État, Alfred Dumesnil
se livra très sérieusement à l'horticulture non seulement théorique, mais pratique, tout en dirigeant la réimpression des
Œuvres de Lamartine dont il avait été le secrétaire, et en
composant quelques ouvrages d'une philosophie secourable et
humaine. Il a laissé un volume de pensées intitulé *Libre*, que sa
famille vient de publier. C'est le manuel du stoïcien moderne,
mais il y a dans ce stoïcisme attendri et charitable quelque
chose de profondément religieux.

au cours de Michelet. Depuis 1838, il professait
au Collège de France, mais son enseignement
n'était devenu réellement populaire qu'à partir
de la campagne contre les Jésuites en 1843. Il
serait bien intéressant de savoir quels furent ces
premiers cours. Tout le monde ne les goûtait pas.
Proudhon, qui n'en a manqué aucun, les jugeait
fort sévèrement en 1840. L'originalité des vues du
professeur, l'imprévu de sa parole, le sans-gêne
avec lequel il traitait les doctrines régnantes
froissaient les gros bonnets universitaires et
officiels ; en revanche, la jeunesse y applaudissait
chaleureusement. Cette originalité ne datait pas
de 1838. Elle s'était marquée dès le début, lorsqu'en
1834, Michelet fut choisi comme suppléant à la
Sorbonne par M. Guizot. Celui-ci avait été très sé-
duit par le jeune professeur. Cette séduction dura
peu, et l'entente cessa promptement entre deux
esprits également absolus, qui n'étaient pas faits
pour se comprendre. On en a des preuves positives
dans la *Correspondance* de Guizot (1).

(1) « Ne faites pas lire à Henriette l'*Histoire de la République
Romaine* de M. Michelet. Ce n'est pas bon pour elle. Aucun ouvrage de M. Michelet ne convient à des enfants, même très avan-
cés ; et pas plus comme instruction que comme impression morale. Ce sont des livres d'une science douteuse et d'un jugement
mal réglé, quoique honnête. » (A Mme Guizot mère, avril 1840.)
Le 23 février 1840, Proudhon écrivait au secrétaire perpétuel
de l'Académie de Besançon :
« Je viens de lire dans le *Journal des Écoles* un article très vif
contre le cours de M. Michelet, qui le mérite bien. Ces Messieurs,

Voici une anecdote que je tiens de bonne source
et qui montre quel écart devait nécessairement se
produire entre le suppléant et le titulaire. Guizot
entrant un jour à la Bibliothèque de l'Institut
trouva, en compagnie de l'éminent archéologue
Auguste Le Prévost, Prosper Mérimée qui s'amu-
sait à des dessins d'un naturalisme assez accentué.
« Que diable faites-vous là? » — « J'illustre le
cours de votre suppléant. » Mérimée se mit
alors à raconter qu'il venait d'assister à une leçon
dans laquelle Michelet s'était beaucoup étendu
sur la signification symbolique des obélisques
d'Égypte, des dolmens de Bretagne, des cavernes
et des grottes qu'on rencontrait dans ces divers
pays, obélisques et grottes qu'il considérait
comme les emblèmes de la fécondation active
et de la fécondité passive. Ce thème, illustré à
la gauloise par Mérimée, ne devait pas beaucoup
plaire à M. Guizot. Eh! mon Dieu, Senancour
n'a-t-il pas dit qu'il faut admirer le sein de la

j'en excepte les professeurs des sciences, font leurs cours par
dessous la jambe. Le babil de salon a pris la place de l'enseignement. Cela a plu quelque temps ; et puis voilà que cet intraitable public redemande du solide, et ne veut plus être amusé
mais instruit, tellement que vous autres de la province, qui
faites vos cours sérieusement, c'est vous qui êtes maintenant
la tête de colonne. J'ai suivi pendant un bon mois MM. Michelet, Rossi, Lenormant, Saint-Marc Girardin ; je vous le répète,
ils ont tous de l'esprit, mais ils semblent avoir tous le mot
d'ordre pour vanter les bienfaits du régime constitutionnel et
prêcher la centralisation la plus centralisante. Paris est tout, la
tête et le cœur de la France; ajoutons l'estomac. »

femme « parce qu'il offre la forme des mondes » ! —

Sauf le commencement du cours de 48, les leçons de Michelet n'ont pas été recueillies. Elles ne le seront probablement jamais dans leur intégralité. Si fidèle que soit restée ma mémoire, je ne pourrais donner qu'une idée imparfaite de celles que j'ai entendues. Heureusement, je possède un document bien précieux, c'est une lettre à moi adressée le 9 février 1849 par M. Eugène Noël, alors à Paris, et contenant l'analyse ou plutôt la très vivante reproduction d'une leçon de Michelet sur la réconciliation des races. Aujourd'hui, je me sais singulièrement gré d'avoir conservé cette lettre, qui a une double valeur par le talent de celui qui l'a écrite et par l'écho authentique du passé qu'elle nous apporte. Je la donne dans sa familiarité confiante, sans y rien retrancher que quelques détails personnels. Après avoir parlé du cours de Dumesnil, Noël continue :

« Le lendemain, ce fut le cours de M. Michelet. Lorsque nous entrâmes avec lui dans le cabinet du professeur, nous entendîmes que l'auditoire était fort orageux : cependant ce n'était dans cet océan de têtes qu'un flot d'étudiants qui chantaient comme de beaux diables une chanson nouvelle :

> Léon Faucher avait promis
> De faire faucher tout Paris.

« Exceptez-en quelques étourdis turbulents, il n'est pas possible d'imaginer un plus bel auditoire. Tous les peuples, toutes les races humaines y étaient représentés. Il y avait plusieurs nègres, des mulâtres, des étrangers de tous les pays. Et savez-vous quelle question traitait M. Michelet ? Celle de la *réconciliation des races*. Je vous referai au Tôt cette admirable leçon ; mais qui vous rendra, mon pauvre enfant, le frisson de la foule, l'émotion longtemps contenue par des scènes vivantes, grandioses, dignes de l'épopée, éclatant tout à coup en un tonnerre d'applaudissements ! Au moment où M. Michelet parla du rôle de la France vis-à-vis des autres peuples, je me sentis près de fondre en larmes. Je vous redirai tout cela de vive voix, car ces choses-là ne s'oublient jamais. Je voyais à cette leçon mon ancien professeur de rhétorique, M. Magnier, qui prenait des notes avec une ardeur juvénile et, plus bas, dans le plus épais de la foule mon ancien professeur de philosophie, M. Vacherot. J'étais touché de voir devant cette chaire le maître à côté de ses élèves, puisant avec eux la science. Jamais M. Michelet n'avait été aussi savant. L'humanité tout entière dans son infinie diversité a passé sous nos yeux ! Non, mais à travers nos cœurs en quelque sorte.

« Je mets ici, non pour vous, qui n'y comprendrez rien, mais pour moi, quelques notes qui me serviront à vous reconstruire ce merveilleux exposé de l'histoire des races. Encore, quand je vous dirai tout cela, je n'y remettrai pas le charme et la grâce.

« Après avoir invité son auditoire *au calme*, M. Michelet dit qu'avant d'aller plus loin dans le cours il voulait en donner tout le plan, résumer ses deux leçons précédentes et tracer le programme de celles qui suivront : « Avant de reparaître dans « cette enceinte, je me demandais ce que j'y ferais, ce « que j'y chercherais cette année, ou plutôt, « Messieurs, ce que nous y chercherions, car c'est « ici un travail en commun. Je me suis dit ce « que vous vous êtes dit vous-mêmes. Cherchons- « y *l'huile et le miel pour les blessures de la* « *France*. » (Je souligne les expressions mêmes de M. Michelet.)

« Réconcilions tout ce qui est divisé. Nous « avons dans les leçons précédentes *réconcilié les* « *dieux*. Dans celle-ci nous réconcilierons *les* « *races*. Puis, dans les leçons suivantes, nous en- « treprendrons la réconciliation de l'homme avec « lui-même, la réconciliation dans l'amour (récon- « ciliation de l'homme avec la femme), et enfin « la réconciliation de l'homme avec Dieu. »

« Après un tableau complet (la leçon a duré sept quarts d'heure) de toutes les races antiques, après l'histoire de leur destruction, après le récit de la ruine de Carthage, nous vîmes apparaître réellement Scipion Émilien causant sur le rivage de la mer avec Térence. Et quel dialogue, mon ami! Je ne l'oublierai jamais. Scipion pleurant Rome qui s'en va, et Térence saluant l'univers entré dans ses murs. Ce n'étaient plus des Romains, c'était le mélange de tous les peuples de la terre, et Scipion les avait voulu contraindre tous d'être Romains : de là tant de massacres. (Il était devenu un héros d'impopularité.) Conspué, insulté, abandonné de tous, il s'était écrié, un jour qu'on l'interrompait sur la place publique, au milieu d'une harangue : *Taisez-vous, l'Italie n'est pas votre mère.*

« Et en effet, ce n'était plus Rome, c'était le monde. Il causait de tout cela avec Térence sur le bord de la mer, et tous les deux n'avaient d'autre envie que de redevenir enfants (*repuascere*), dit l'historien. Mais Térence sentait qu'après tout ces étrangers étaient des hommes; il s'intéressait à eux ; ils étaient ses frères ; tous ensemble sur cette terre, n'étaient-ils pas habitants et citoyens d'une même cité? Ce fut dans cette causerie avec son ami qu'il trouva tout à coup ce vers :

Homo sum, et nihil humani a me alienum puto.

« Plus tard il le transporta au théâtre, et ce vers souleva un applaudissement immense. Rome

n'existait plus. Et le monde finirait-il avec elle ?
Par où recommença-t-il ?

« M. Michelet, à cet endroit, mit en scène (car
sa leçon était un drame) les hommes, si méprisés
alors, de Joppé et de Capharnaüm. Dans la seconde
partie de cette leçon, M. Michelet nous a caracté-
risé, comme il sait le faire, toutes les races ac-
tuelles : Nègres, Indiens, Slaves, Russes, Cosaques,
Africains, etc. Il nous a dit la nécessité pour
chaque race d'une éducation particulière et a indiqué pour chacune ce qu'elle devait être.

« L'auditoire frémissait, est-il besoin de vous le
dire ? Et quel silence ! La respiration même semblait suspendue. Il y eut un moment où le
professeur s'interrompant tout à coup, dit :
« Messieurs, permettez que je vous raconte une
« histoire. » On entendit alors un immense soupir
d'aspiration. L'histoire qu'il nous conta servit à
nous caractériser les *esclaves* russes. Vous me
direz de vous redire cette histoire. (C'est celle
d'une jeune esclave appelée Catharina ou un nom
à peu près semblable.)

. . . .

. . . . »

J'assistais aux dernières leçons prononcées au
Collège de France, et bien que j'en aie gardé une
impression profonde, il me serait difficile de les
reconstituer avec une entière fidélité. Ce que j'en

ai retenu, c'est la vivante et unique physionomie ;
c'est aussi, puisque, malheureusement, ces leçons
n'ont pas été recueillies, leur esprit, qui m'est
toujours demeuré présent et respecté.

Si je ne me trompe, le cours avait lieu le jeudi
à une heure. Il fallait faire queue dès le matin,
car la salle ne contenait guère que huit à neuf
cents personnes. Je ne pus donc m'empêcher de
rire, lorsqu'un jour l'un de mes compagnons d'attente me dit confidemment à l'oreille : « Prenez
garde à vos paroles, il y a ici trois mille mou-
chards. » Je pense au contraire qu'il n'y en avait
guère, car Michelet ne cachait point ses sentiments,
et l'on ne pouvait se méprendre sur ce que pensaient la plupart de ses auditeurs ; la plupart, en-
tendez-le bien, les cléricaux formant une minorité
très turbulente et fort agressive.

La porte s'ouvrait, on se précipitait, on se bous-
culait pour s'assurer une bonne place. Je ne sais
comment cela se faisait, mais en un clin d'œil
l'amphithéâtre était rempli. Au sommet les étudiants hostiles — élèves des séminaires ou de
quelques écoles ecclésiastiques — formaient ce
que nous appelions la Montagne noire. En bas, au
premier rang, des dames, pas très nombreuses,
la bonne Mme *Etcar* Quinet et la jeune Mme Michelet, d'une distinction extrême, d'une pâleur qui
faisait penser (pronostic heureusement démenti)

au *pallidus morte futura* de Virgile. J'ai entendu
Michelet se plaindre de cette salle en entonnoir,
où, disait-il, l'auditoire surplombait, l'écrasait.
Dans tous les cas c'était un fardeau qu'il avait
l'air de porter allégrement.

A l'heure précise, il arrivait dans sa chaire et
commençait tout de suite, d'une façon originale.
Quelques-uns de ces débuts sont restés célèbres :
« Le croiriez-vous, Messieurs, il y a encore des
capucins en France? » Suivait toute une petite histoire de capucins très bien appropriée à cet exorde.
J'entendis la leçon où fut lancée la fameuse
phrase : « Le grand siècle, Messieurs,... je parle du
dix-huitième. » Les applaudissements ne se firent
pas attendre. Ils redoublèrent à cette conclusion :
« Sans ce siècle, Messieurs, beaucoup d'entre
vous seraient persécutés, et quelques-uns, ce qui
est bien plus affreux, seraient persécuteurs. »
J'abonderais ici en détails, je m'y perdrais, et
encore ne réussirais-je pas à faire sentir ce qu'il
y avait d'imprévu, de charmant, d'enlevant, de
captivant dans cette causerie qui durait une heure
et plus, et nous semblait passer en dix minutes.
C'est bien là qu'on éprouvait la vérité du mot de
Pascal, que la longueur ou la brièveté du temps
se mesure à notre plaisir ou à notre ennui.

Des gens pointilleux ou pointus, comme vous
voudrez, — il s'en trouve partout, — m'ont souvent

5.

demandé avec un petit rire qu'ils croyaient malin,
ce qu'on apprenait de positif à ces leçons de Michelet, à quoi elles servaient? J'aurais pu leur répli-
quer qu'on y recueillait une infinité de renseignements et de notions; mais la vraie justification,
s'il en était besoin, serait celle-ci : ce n'étaient
pas des leçons, c'étaient des actions; ce n'était
pas un enseignement, c'était un exemple; c'était
une personnalité s'adressant à des personnalités
sympathiques, et leur faisant un devoir de vivre
pour la liberté, pour la France. Aujourd'hui, nous
dormons sur nos victoires; mais à cette époque
tout était péril, d'une part la réaction déchaînée,
de l'autre la violence imminente : la foudre allait
éclater. C'était une originalité bien courageuse que
celle qui la bravait en face. « Enfin, Monsieur,
me disait un professeur aux lèvres pincées, vous
avouerez que M. Michelet se pique de n'être jamais
comme tout le monde. — C'est d'autant plus vrai,
lui répondis-je, que certainement tout le monde
n'est pas M. Michelet. »

Le 6 janvier 1852, fête de l'Épiphanie, selon
l'Église, vulgairement le jour des Rois, je me
trouvais le soir dans un café de la rue des Grès,
aujourd'hui rue Cujas, avec quelques-unes de mes
nouvelles connaissances du quartier Latin, entre
autres Melvil-Bloncourt et Alfred Delvau, lorsqu'on

vint nous dire tout à coup : « La maison est cer-
née. » Le commissaire de police entra presque
aussitôt. Voici textuellement le bref interrogatoire
qu'il me fit subir : « Où demeurez-vous ? — Rue
de la Victoire. — Comment êtes-vous ici ? — Parce
que j'ai dîné rue Racine avec des amis. — Ah ! vous
dînez rue Racine et vous demeurez rue de la Victoire ! Très bien ! » (Aux agents :) « Emmenez
monsieur. » Melvil aussi fut arrêté. Delvau glissa
quelques mots à l'oreille du commissaire et
s'esquiva.

Ce fut sans doute un pur hasard si je fus compris
dans cette rafle. J'étais profondément inconnu et
ne me mêlais en aucune façon de politique, au
moins militante. Quand je ne me trouvais pas à
quelque cours, on était sûr de me rencontrer soit
au Musée, soit à la Bibliothèque du Louvre, où
des recommandations m'avaient fait admettre et
qui offrait le plus agréable asile à des lecteurs réellement studieux. Il était difficile en fait de bibliothécaires de rencontrer un personnel plus bienveillant
et plus distingué : M. Barbier, le fils du grand
bibliographe, expert lui-même sur les anonymes,
les homonymes et les synonymes ; M. Rathery,
auteur d'un solide travail sur les États généraux
et d'une bonne édition de Rabelais ; M. Vallery-
Radot, très belle et très pure intelligence, homme
de cœur, de droiture et de bon conseil ; enfin

M. Damas-Hinard l'affabilité incarnée, une figure
évoquée de quelque petite cour du xviiiᵉ siècle,
né chambellan et qui devait le devenir ou à peu
près, puisqu'il fut appelé auprès de l'impératrice
Eugénie comme Secrétaire des Commandements.
Cet homme doux, craintif et cérémonieux, peu
fait pour la lutte, avait pourtant connu des jours
d'orage. Désigné d'autorité pour remplacer Edgar
Quinet, il avait été tympanisé par les étudiants et
l'on avait dit de lui, en jouant sur les mots :

> Damas-Hinard qui n'est
> Qu'un paltoquet
> Et qu'un criquet.

On prétendait que sa traduction du *Théâtre
espagnol* n'était qu'une série de contresens. Je
n'ai pas qualité pour me prononcer à ce sujet: il
me semble cependant que si M. Damas-Hinard
avait ignoré l'espagnol, l'impératrice ne l'aurait
point expressément choisi pour son secrétaire et
un peu son truchement. Quoi qu'il en soit, M. Val-
lery et lui encouragèrent fort mon assiduité, me
conseillant pour le choix des ouvrages, mettant à
ma disposition bien des ressources précieuses.
Cette tranquille Bibliothèque du Louvre, avec ses
petites salles donnant sur le quai, son élite de visiteurs, ses trente mille volumes, où l'on pouvait
puiser indéfiniment, cette honnête et modeste
Bibliothèque brûlée, détruite par la fratricide

Commune, que d'heures laborieuses et délicieuses j'y ai passées ! Et combien j'en garde un cher souvenir (1) !

C'est au milieu de ces paisibles études que me surprit le coup d'État, qui d'ailleurs surprenait tout le monde. Le tableau de Paris pendant ces quelques jours a été trop souvent tracé pour que j'y revienne ici. Je me promenai par les rues et sur les boulevards sans qu'il m'arrivât grande mésaventure. Près du restaurant Bonvalet, où les représentants du peuple s'étaient, dit-on, réunis, je rencontrai une foule qui fuyait en proie à une panique indescriptible, devant quelques escouades de sergents de ville. Rue Bourbon-Villeneuve des coups de fusil furent tirés sur un rassemblement inoffensif, et j'entendis les balles siffler à mes oreilles. Cela ne m'empêcha pas de descendre jusqu'à la Porte Saint-Denis. Le boulevard était occupé par la troupe de ligne. Les soldats avaient bu, mais ils n'étaient pas ivres. Le plus grand nombre paraissait ennuyé, humilié. Un officier, auquel je m'adressai pour regagner cette rue de la Victoire, qui devait, peu de jours plus tard, m'être si malencontreuse, donna poliment l'ordre de me laisser passer. Le soir, j'assistai à la charge des lanciers sur le boulevard Montmartre. Cette

---

(1) M. Aurélien de Courson faisait aussi partie des conservateurs, mais je l'ai moins connu.

effroyable bousculade de badauds ne constitue pas
précisément un haut fait d'armes.

Il n'y avait nulle résistance sur ce point-là. Le
mot qu'on entendait répéter partout était : « On
ne se battra pas. » Les hommes du peuple, plus
que les autres, s'opposaient à l'action. Devant
Tortoni, j'aperçus un monsieur élégant, encore
jeune, à ce qu'il me sembla, et qui, monté sur
une table, lisait tout haut un papier. On me dit
que c'était M. de Peyronnet. Le papier contenait
une proclamation prononçant la déchéance du
Prince-Président. Des *blouses* entourèrent l'orateur, le contraignirent de descendre, le firent
taire : on le traita de provocateur.

Ce n'est sans doute pas cette promenade solitaire du 2 décembre qui m'attira, cinq semaines
après, le désagrément d'être appréhendé au corps,
de passer la nuit au poste infect de la rue des Grès,
avec un étudiant, un commis-voyageur, un charbonnier et Melvil-Bloncourt. La situation n'était
pas gaie : on *fusillottait* encore un peu, on dépor-
tait en masse. Eh bien, il nous fut impossible de
ne pas rire comme des fous une partie de la nuit
des lamentations du charbonnier, qui ne compre-
nait rien à toute cette politique. On nous sépara
de lui le lendemain matin, lorsqu'on nous conduisit au Dépôt, entre quatre baïonnettes précédées
d'un caporal. Nous fûmes mis à la pistole (ayant,

par bonheur, quelque argent sur nous), et le charbonnier fut envoyé à la salle commune. Mais trois
jours après, quand nous fûmes relâchés, on nous
le rendit, et nous prîmes avec lui un verre de
vermouth chez Toitot, le restaurateur de *Vautrin*.

Au Dépôt, on nous plaça dans une grande
chambre où il nous fut défendu d'avoir de la
lumière, des cartes et du cognac, ce qui fit que
nous n'en manquâmes point pendant notre captivité. Je ne pense pas que cette révélation puisse
nuire aujourd'hui à la carrière de nos débonnaires
geôliers. Le pain bis était de rigueur, mais nous
achetions du pain blanc. A six heures du matin
on nous faisait lever, et les détenus de la salle
commune venaient faire nos lits. Ce qui n'était
pas rassurant, c'était la vue de la cour où l'on
entassait par fournées, dans de sinistres paniers à
salade, des prisonniers pour Clairvaux, Lambessa
ou Cayenne. Le troisième jour, vers cinq ou six
heures du soir, le gardien chef ouvrit notre porte
et nous dit : « Vous êtes libres, filez. » Et nous
filâmes sans demander notre reste. Quand nous
fûmes dehors, charbonnier compris, nous trou-
vâmes que la rue de Jérusalem était la plus belle
de Paris. Il me fut dès lors démontré, avec la dernière évidence, que je n'avais ni le tempérament
ni les vertus d'un Silvio Pellico.

CHAPITRE V

Au pays de bohème.

BAUDELAIRE. — LE CHATEAU DE LA FAIM. — L'ABBÉ
CHATEL. — GÉRARD DE NERVAL.

« Vous êtes libres! » avait dit le geôlier en nous
déposant sur le pavé de Paris. — Libres de quoi?
De ne rien dire, de ne rien écrire, de ne rien imprimer, et cela pour deux raisons : la première,
c'est qu'aucune manifestation indépendante,
même purement littéraire, n'eût été tolérée; la seconde, c'est qu'en grande partie journaux et revues avaient disparu. Ce qui subsistait, aussi bien
la majestueuse *Revue des Deux Mondes* que les
subtils et souples *Débats*, subissait la contrainte
occulte du pouvoir et le régime arbitraire des
avertissements. Quant à la liberté du livre, il sera
permis de n'en point parler, si l'on se souvient,
à quelques années de distance et lorsque le joug
se faisait moins pesant, des procès intentés aux
Fleurs du Mal et à *Madame Bovary*. Nous étions

donc libres, nous autres hommes de lettres ou
tout au moins apprentis littérateurs, de mourir de
faim dans la plus parfaite obscurité.

Cela ne se comprend plus guère au moment où
j'écris, dans le plein épanouissement d'une presse
indépendante qui ne laisse en chômage aucun
homme de talent. Ajouterai-je que les écrivains
contemporains, plus avisés que leurs devanciers,
se précautionnent davantage contre les risques de
la lutte, ayant presque toujours comme point de
départ et comme point d'appui quelque honnête
sinécure qui garantit le pain quotidien? « La littérature doit être le beau luxe de la vie, » a dit Michelet après Jean-Jacques. C'est ce qu'ils savent
très bien voir et ce qui nous avait complètement
échappé.

A vrai dire, nous tentions l'impossible, et ce *nous*
n'exprime pas ici une collectivité consciente. De
1852 à 1855 — je précise nettement la date — il
y eut bien quelques réunions amicales, quelques
groupes, quelques cénacles; mais la plupart des
efforts demeurèrent isolés, ne s'inspirant que d'une
réelle passion pour les lettres, d'une ambition très
chimérique mais très noble, ne relevant chez tous,
fût-ce chez les moins dignes, ou les moins vaillants,
que d'une impérieuse vocation. Elle n'est pas toujours heureusement servie par nos facultés, cette
vocation; cependant elle indique nettement l'in-

vincible orientation de notre esprit. Quand le talent la couronne tout est pour le mieux, et si le
talent fait défaut, elle reste encore respectable.

Ceci étant dit une fois pour toutes, je n'éprou-
verai aucun embarras à parler de cette Bohème
que j'ai traversée, dont les principaux représentants sont aujourd'hui très clairsemés, et envers
laquelle les chroniqueurs se sont montrés encore
plus sévères que les circonstances, ce qui n'est
pas peu dire.

Erronée dans l'histoire politique, la doctrine du
bloc est absolument fausse en histoire littéraire.
Il y faut distinguer avec soin les moments et les
nuances, sinon l'on s'expose à des bévues ou à des
injustices.

En réalité, il y a eu presque coup sur coup trois
Bohèmes, caractérisées chacune par une allure
différente : celle de Théophile Gautier, d'Arsène
Houssaye, de Gérard de Nerval, de Nestor Roque-
plan, de Camille Rogier, de Lassailly, d'Édouard
Ourliac, bohème volontaire en quelque sorte, où
l'on jouait à la pauvreté, où l'excentricité dominait, rejeton bâtard du vieux romantisme, qu'elle
tàchait de réchauffer et de rajeunir à force d'extra-
vagances; celle de 1848, de Mürger, de Champfleury,
de Barbara, de Nadar, de Jean Wallon, de Schanne,
réellement besogneuse celle-là, mais vite dé-
brouillée, grâce à une camaraderie intelligente, à

la sympathie des jeunes gens, à la complicité du public; celle enfin de 1852, la nôtre, pas volontaire du tout à son origine, cruellement éprouvée par la détresse, décimée par la mort, résistante toutefois sous la mauvaise fortune, opiniâtre dans son espoir, ne comptant dans ses rangs ni désertions ni trahisons.

Les hommes de lettres, a-t-on prétendu, ne rédigent guère leurs Mémoires que pour se décerner des louanges, pour médire des contemporains, surtout de leurs confrères; beaucoup plus volontiers, au contraire, je reviens sur ce milieu de siècle pour dire des gens que j'ai connus et que l'on a méconnus le bien que j'en pense et qu'ils me paraissent mériter. Je me garderai certes d'affirmer que tous mes camarades de Bohème étaient des petits saints, des génies ou des héros. Littérateurs dans l'âme, ils avaient essentiellement les vices littéraires, une très bonne opinion d'eux-mêmes, la manie d'en parler, le *débinage* du voisin, une manière sarcastique de traiter les hommes et les choses. Accoutumé aux entretiens de la pure et haute amitié, j'étais choqué par les conversations où le moi s'étalait si naïvement. Mais ne fallait-il point passer quelque chose à des hommes d'un vrai mérite, étouffant sous une atmosphère de plomb, se débattant dans la nuit, heurtant du front un seuil inaccessible?

Ces causeries étaient d'ailleurs le seul luxe que l'on pût se permettre. Souvent elles se prolongeaient bien avant dans la nuit. On se conduisait et reconduisait à satiété, de l'avenue d'Orléans par exemple à la rue du Caire et réciproquement. De quoi ne parlait-on pas? Toute la création y passait, et il semblait en se séparant que l'on n'eût rien dit encore. Quand l'un de nous avait quelque argent, on noctambulait jusqu'au divan Le Peletier, où l'on rencontrait parmi les habitués les deux La Madelène, Jules et Henry, Gérard de Nerval dissertant à perte de vue sur Gœthe, Baudelaire, Poulet-Malassis. En été on faisait d'interminables courses à Meudon, à Fontenay-aux-Roses, à Châtenay, pédestrement, bien entendu, aller et retour, et, dans les repas, sous ' la tonnelle, on compensait la rareté des mets par l'abondance des lectures et des récitations.

Bladé, aujourd'hui retiré en province et correspondant de l'Institut, savait par cœur les poésies alors peu répandues de Leconte de Lisle. Il disait à merveille l'*Arc de Civa*, les *Hurleurs*, les *Ascètes*, et surtout ce beau poème de la *Fontaine aux lianes*.

Quelques-uns d'entre nous avaient avec Leconte de Lisle d'amicales relations, mais il n'était pas des nôtres. Placé dans des conditions d'existence assez pénibles, vivant fort retiré, déjà un peu

oracle et pontife, il ne se manifestait que le soir
aux simples mortels, qui pouvaient le contempler
au café des Quatre-Vents, faisant sa partie
d'échecs avec Louis Ménard, Bermudez de Castro
ou Thalès Bernard. Son langage médité et mesuré
manquait souvent de bienveillance à l'égard des
confrères.

Baudelaire prenait rarement part à nos divertis-
sements champêtres, trouvant le vert des arbres
trop fade. « Je voudrais, disait-il avec son air de
pince-sans rire, les prairies teintes en rouge, les
rivières jaune d'or et les arbres peints en bleu. La
nature n'a pas d'imagination. » Quand il avait
composé une nouvelle pièce de vers, il nous réunissait en petit cénacle, dans quelque crémerie de
la rue Saint-André-des-Arts ou dans quelque
modeste café de la rue Dauphine, Melvil-Bloncourt,
Malassis, Antonio Watripon, Gabriel Dantrague,
Alfred Delvau ; je passais par-dessus le marché en
tout petit compagnon. Le poète commençait par
commander un punch ; puis, quand il nous voyait
disposés à la bienveillance par suite de ce régal
extra, il nous récitait d'une voix précieuse, douce,
flûtée, onctueuse, et cependant mordante, une
énormité quelconque, le *Vin de l'Assassin* ou la
Charogne. Le contraste était réellement saisissant entre la violence des images et la placidité

affectée, l'accentuation suave et pointue du débit.

Bien qu'il eût débuté dès 1846, par un *Salon*
remarqué, bien qu'il eût continué de se produire
comme critique d'art, Baudelaire n'était pas du
tout connu du grand public. Il ne commença de
l'être un peu que par le hasard d'une combinaison
de librairie qui fit qu'on eut besoin, dans une
livraison des *Romans illustrés* à vingt centimes,
d'une feuille complémentaire à *Mademoiselle de
Kérouare* de Jules Sandeau. C'est ainsi que *la
Fanfarlo* fit son apparition dans le monde. Je
retrouvai plus tard Baudelaire chez Sainte-Beuve
envers lequel il se montrait très obséquieux. Son
goût prononcé pour le grand critique datait de
loin, et il l'avait manifesté devant moi en termes
baudelairiens : « Ce Sainte-Beuve, disait-il, c'est
mon vice. »

S'il y a eu une légende de Baudelaire, et en
somme une légende peu favorable, personne plus
que lui, sachez-le bien, n'a, de parti pris et par un
sot amour-propre, contribué à la créer. « Les
hommes se font pires qu'ils ne peuvent » : cette
parole de Montaigne s'applique merveilleusement
à ce singulier personnage. La fameuse phrase :
« Moi qui suis fils d'un prêtre », la joie qu'il était
censé éprouver à manger des noix parce qu'il se
figurait croquer des cervelles de petits enfants,
l'histoire du vitrier que, sous une lourde charge

de carreaux, par un jour accablant d'été, il faisait
grimper jusqu'au sixième étage pour lui déclarer
qu'il n'avait pas besoin de lui, autant d'insanités
et probablement de mensonges qu'il se délectait
à entasser, croyant se grandir aux yeux des pro-
fanes. On l'a pris au mot, et il en reste diminué
malgré son incontestable talent. Même dans ce
qu'il savait le mieux, il se calomniait à plaisir.
Quand il travaillait à sa remarquable traduction
d'Edgar Poë, quoiqu'il sût parfaitement l'anglais,
il ne manquait jamais de dire : « Je vais faire
travailler ma mère », voulant insinuer que le
véritable traducteur était Mme Baudelaire.

Celle-ci avait épousé en seconde noces le général Aupick, ancien ambassadeur de France à Constantinople. Le général que détestait Baudelaire
(voir les transparentes allusions de la *Notice* sur
Pierre Dupont) et auquel il se vantait d'avoir joué
de mauvais tours, le fit embarquer pour l'Inde.
Le poète a tiré parti de cet incident de sa vie pour
autoriser quelques-uns des paysages de ses *Fleurs
du Mal;* mais je l'ai entendu dire que, sauf une
courte relâche à Bourbon, il n'avait rien vu dans
ce voyage, et qu'à peine arrivé à Calcutta, il s'était
rembarqué. « Néanmoins, poursuivait-il avec sa
grimace habituelle, ce voyage me fut fort utile, car
j'avais emporté les œuvres complètes de Balzac,
et j'eus le loisir de les lire d'un bout à l'autre. »

A quel point finissait chez lui la vérité et commençait le mensonge? C'est ce qu'il était difficile
de distinguer, ce que lui-même peut-être ne
savait pas, ce qu'il sut de moins en moins. Son
goût des paradoxes, la nécessité de les soutenir
après les avoir lancés, donnaient à sa conversation
un tour étrange et outrancier. C'est du reste une
des particularités qui caractérisent les écrivains
et les artistes de cette époque, que cette habitude,
ce don de parler leur littérature ou leur art. Pra-
ticiens d'inégale valeur, ils se montraient excellents théoriciens. Rouvière parlait son théâtre,
Préault sa sculpture, Paul Huet et Chenavard leur
peinture, Marc Trapadoux et Castagnary leur
esthétique. On pouvait beaucoup profiter près de
ces incomparables virtuoses. Un des paradoxes
favoris de Baudelaire consistait à prétendre que
la littérature des femmes est toujours et quand
même une littérature épistolaire, et, comme preuve
à l'appui, il affirmait que Mme Sand écrivait ses
romans sur du papier à lettres. Cette bizarre assertion se trouve dans un article sur Edgar Allan Poë
inséré à la *Revue de Paris;* mais elle n'a pas été
reproduite dans l'étude définitive placée en tête
des œuvres du conteur américain.

Baudelaire savait fort bien se taire et surtout,
au besoin, se contredire. Ses enthousiasmes étaient
artificiels comme ses dégoûts. Qui ne connaît ses

salamalecs à *l'impeccable* Théophile Gautier! Eh bien! il l'avait traité pendant longtemps de « banal enfileur de mots (1) ». Tout en lui était factice et prémédité, tout en vue de la galerie, se composât-elle d'une seule personne. Je ne lui ai jamais pardonné son lâche reniement de Rouvière devant Sainte-Beuve. Et cela ne tenait nullement aux excitants extérieurs. Non seulement Baudelaire ne prenait ni du haschich ni de l'opium, comme il s'en est vanté, mais même il fuyait les spiritueux. A l'exemple des hommes de lettres du temps de Louis XIV, il ne buvait que du vin pur.

Il m'a quelquefois offert le vin de l'amitié sous l'espèce d'excellent bordeaux. La griserie chez lui était purement cérébrale; elle suffisait à en faire un parfait cabotin, car c'est là son vrai nom. Si le cabotinage n'était de toutes les époques, je dirais volontiers que Baudelaire est le père ou le grand-père du cabotinage contemporain. Sa pauvreté même sentait le cabotinage, car sa mère était fort riche et n'a jamais refusé de l'aider. C'est par cette attitude de comédien, dont il avait du reste l'aspect et le masque avec son menton glabre et rasé, qu'il tranchait sur sa génération et sur la

---

(1) « Gros, paresseux, lymphatique, il n'a pas d'idées, et ne fait qu'enfiler et perler des mots en manière de colliers d'osages. »

(*Écho des théâtres* — 25 août 1846, cité par Charles de Lovenjoul dans *Un dernier chapitre de l'Histoire des Œuvres de Balzac.*)

6

nòtre, sur ces hommes de candeur, d'extrême
sincérité, d'enthousiasme persistant qui suppor-
taient courageusement la gêne et ne s'y drapaient
pas.

Théophile Gautier dans le *Capitaine Fracasse*,
son chef-d'œuvre, a décrit admirablement le manoir de Sigognac, et l'a baptisé de ce nom inou-
bliable, *le Château de la Faim*. J'ai vu un château
de la faim qui n'était pas situé dans les landes
de Gascogne, mais bien en plein Paris, rue
Montmartre, à deux pas de la Bourse, sans doute
par une ironie du destin. De ce radeau de la
Méduse appelé le *Dictionnaire La Châtre*, je ne
connais aujourd'hui que deux survivants, Maurice
La Châtre lui-même et moi. « Il a les organes
résistants », disait Sainte-Beuve. Et Michelet :
« Vous avez l'élasticité celtique. » En effet, il fallait
que je fusse résistant et surtout élastique pour
n'être pas complètement aplati et pour avoir pu
rebondir après une pareille épreuve. Tous mes
camarades y ont reçu plus ou moins de plomb dans
l'aile; plusieurs sont allés traînant dans la vie,
ne pouvant se relever ni se ressaisir.

On devait être payé un centime la ligne; mais
une ingénieuse combinaison de figures illustrées
mangeait la *copie*, et c'était sur un demi-centime
qu'il aurait fallu compter, si l'on avait pu compter

sur quelque chose. Les fins de semaine étaient
lugubres. On attendait impatiemment le samedi.
Ce jour-là trop souvent le secrétaire de rédaction
ne venait pas. Il nous faisait dire par le garçon
de bureau qu'une indisposition de son jeune fils
Gontran le retenait au logis. Aussi pendant toute
la semaine chacun n'avait sur les lèvres que ces
mots : « Pourvu que Gontran ne soit pas malade ! »
J'ai quelque raison de croire que cet enfant est
venu à bien, qu'il est arrivé à une jolie situation
et qu'il possède une très bonne santé, due évidemment à la vivacité et à la sincérité de nos vœux.
De temps en temps, quand Gontran se portait
mieux, on touchait quelque menu salaire, et cela
conduisait tant bien que mal jusqu'au bout du
mois, jusqu'au bout de l'année, grâce à des pro-
diges d'économie ou, pour parler franchement,
de privations.

Si j'ai réussi à faire comprendre dans quel
désarroi étaient tombées la presse et l'opinion
publique, on sera moins surpris de voir des hommes
laborieux, instruits, quelques-uns de grand mérite,
comme Jules Duval et Buchet de Cublize, réduits
à ce métier de compilateurs, à cette rétribution de
manœuvres. On se disait et avec raison : « Ce qui
est ne peut pas durer, du moins tel qu'il est. Il y
aura forcément une détente. La presse renaîtra.
Nous y trouverons notre place. Le tout est de

durer et d'attendre. » Dure était l'attente et
longues parurent les journées d'épreuves ! Quand
la détente annoncée se produisit, ceux qui auraient
pu en profiter manquaient à l'appel ou se trouvaient à bout de forces.

Ce travail quotidien laissait peu de place pour
les besognes supplémentaires. On tâchait cependant d'en découvrir. Je donnais quelques répétitions, mais je demeurais si loin, et quelles
courses ! J'habitais au boulevard Pigalle, beaucoup
moins fréquenté qu'il ne l'est aujourd'hui, au fond
d'une cité, dans une chambrette que m'avait
procurée un de nos collaborateurs. Il me fallait
franchir une première grille, monter une longue
allée, ouvrir une seconde grille pour arriver jusqu'à
mon logement. Un soir (c'était peut-être bien une
nuit) il se trouva que j'avais oublié la clef de la
seconde grille. Descendre l'allée, réveiller le con-
cierge, m'adresser à son obligeance, c'était peine
perdue. J'avisai heureusement un fiacre, dételé
cela va de soi, qu'un loueur de voitures voisin laissait dans l'allée. Ce fut tout un de l'apercevoir, d'y
monter, de m'y étendre et de m'y endormir profondément. Je rêvai que je roulais carrosse, et, en
me réveillant, je vis que c'était une réalité. Mon
fiacre descendait la rue Notre-Dame-de-Lorette.
J'interpellai le cocher qui fut bien étonné d'avoir
une pratique si matinale et si clandestine. L'aven-

ture le fit rire de bon cœur et moi aussi. J'avais
encore la force de rire.

Tout finit en ce monde, même les plus gros dic-
tionnaires (sauf celui de l'Académie). Le *Dictionnaire La Châtre* prit donc fin. En signe de réjouis-
sance, le directeur-éditeur offrit à tout son
personnel, car l'imprimerie, je crois, y fut aussi
conviée, un splendide repas dans je ne sais quel
grand hôtel qui venait de se fonder. Quoique je
ne fisse plus partie de la rédaction, ayant trouvé
une situation meilleure, je fus invité et je me
rendis à ce banquet. Deux circonstances particu-
lières ont contribué à m'en faire garder le souvenir.

Aux anciens rédacteurs, à la *vieille garde*,
comme nous disions, de nouveaux collaborateurs
s'étaient mêlés. Parmi les figures qui m'étaient
inconnues se trouvait mon voisin de table. C'était
un homme d'une soixantaine d'années, à l'air
très fatigué, très accablé, s'exprimant avec une
gravité douce, un peu pateline. Ce qui me frappa
surtout en lui, ce fut son regard. Il avait les yeux
très gros des myopes, et de ces yeux se dégageait
une intensité de vision absolument fascinatrice.
De nos jours où l'hypnotisme est tellement en
honneur, il aurait fourni un excellent sujet
d'observation ou fût lui-même devenu un grand
opérateur. Impatienté de ne pouvoir soutenir
l'éclat de son regard, je me tournai vers mon autre

6.

voisin et lui demandai : « Quel est donc ce magné-
tiseur ? — Quoi ! vous ne le connaissez pas ! me
répondit-il : c'est l'abbé Châtel. »

Ce nom, qui ne sera pas complètement oublié
parce qu'il se rattache à l'histoire des idées
religieuses sous Louis-Philippe, avait eu son
retentissement, sa célébrité. L'abbé Châtel partait
de cette conception assez raisonnable au fond,
que si les fidèles parlaient au bon Dieu en français
au lieu de s'adresser à lui en latin, la prière serait
plus appropriée à son but d'édification sans être
moins efficace, car le Saint-Esprit, qui a le don
des langues, ne fait assurément pas acception de
tel ou tel idiome. C'est de cette conception sim-
pliste que s'autorisa l'abbé Châtel pour fonder
l'*Église Française*. Malheureusement l'éloquence
manquait à ce réformateur et aussi l'élévation du
caractère, et enfin le nerf, sinon de la foi, au
moins celui du culte, l'argent.

L'abbé Châtel possédait cependant au suprême
degré l'art d'hypnotiser ses ouailles et de leur
extraire le plus de monnaie possible : en cela, il
était vraiment thaumaturge, et ses gros yeux
faisaient des miracles. Seulement il se trouva
que le noyau des fidèles était restreint, et que
leurs bourses n'étaient pas inépuisables comme
celle de Fortunatus. L'*Église Française* mourut
donc, non de persécution, comme on le croit généra-

lement, mais d'inanition. Je connaissais justement .
une personne qui s'était à peu près dépouillée de
tout pour venir en aide au réformateur, et cela ne
m'inspirait pour lui aucune bienveillance. Il me
raconta par quelle série de déceptions et de malc-
chances il en était venu à travailler chez La
Châtre ; encore voyait-il avec douleur cette mince
ressource lui échapper. Il mourut deux ans après
dans un complet dénuement.

Nous en étions au café, lorsque l'un des nôtres,
Alfred Delvau, entra ou rentra fort pâle, très
ému et nous dit : « Je viens d'apprendre une triste
nouvelle : Gérard de Nerval est mort. » C'était le
25 janvier 1855. Le temps était affreux, la bise
coupait le visage, et la neige amoncelée craquait
sous les pas. Une tempête d'hiver déchaînée
pendant deux jours et deux nuits. Je frissonne
encore en y pensant. C'est au plus fort de ce
cyclone, dans la ruelle la plus noire de ce Paris
noir lui-même, car il était bien mal éclairé à
cette époque, que Gérard s'était tué ou avait été
tué. Camille Rogier, qui a eu l'obligeance de
répondre à mes questions sur ce sujet, incline
vers l'hypothèse de l'assassinat. Gérard noctam-
bule ne trouvait guère pour s'y abriter que les
restaurants de la Halle, non pas seulement Baratte
ou Bordier, mais des endroits beaucoup moins
bien fréquentés. A ce moment c'était une mode,

un genre chez certains écrivains et chez certains
artistes de souper chez Bordier ou chez Baratte.

Chez ce dernier nous avions, quelques jours ou
plutôt quelques nuits auparavant, Castagnary et
moi, rencontré Gérard en train d'écrire son roman
d'*Aurelia*. C'était merveille de le voir, au milieu
du brouhaha fantastique de ces grandes maisons
qui semblaient en verre, écrire placidement, à
main posée, cette belle prose si aimable et si
lucide. Il s'interrompait et causait volontiers sans
que la vivacité de l'inspiration en souffrît.

Il nous parla de son intention d'aller à Meaux
pour s'assurer si « Monsieur le Maire » ressemblait au personnage typique des *Saltimbanques*.
Nous montrant son manuscrit, dont le sous-titre
était *le Rêve et la Vie*, il nous rappela qu'on l'avait
pris pour fou, et se plaignit du docteur Blanche
qui insidieusement l'avait fait mettre au bain pour
mieux s'assurer de lui. A propos de cette scène
chez le docteur Blanche, Gustave Planche m'a
raconté que le célèbre aliéniste ayant demandé à
Gérard ce qu'il pensait de l'*Orphée* de Ballanche,
celui-ci répondit : « Ah ! docteur, vous me prenez
trop à votre avantage ! »

Et pourquoi aurait-on tué Gérard? Camille
Rogier pense que la société très mêlée, pour ne pas
dire plus, des taudis où il allait travailler a fort bien
pu le regarder comme un agent de police, et natu-

rellement chercher à se débarrasser de lui. Dans
tous les cas, ce n'est point la misère qui aurait
poussé Gérard au suicide. Il gagnait honorablement sa vie à la *Presse* et à la *Revue des Deux
Mondes*. D'ailleurs il n'était pas homme à se mettre
martel en tête pour des gros sous, lui qui écrivait
de Constantinople : « Le présent ne m'inquiète pas ;
il me reste cinq francs : mais l'avenir me préoc-
cupe. » J'allai comme tout le monde faire mon
pèlerinage à la rue de la Vieille-Lanterne. Rien de
plus sinistre, de plus répugnant à voir que cet
escalier gluant où Gérard avait dû prendre son
point d'appui afin de se suspendre aux barreaux de
la maison voisine. Aujourd'hui la rue de la Vieille-
Lanterne a disparu, et les personnes qui font queue
place du Châtelet pour entrer à l'Opéra-Comique
ne se doutent guère qu'elles piétinent sur l'endroit
même où est mort Gérard de Nerval.

Qu'il y ait eu des bohèmes dans la Bohème, cela
n'est pas étonnant ; ce qui, à la réflexion, surprend
davantage, c'est qu'il y en ait eu si peu ! Ne préju-
geons rien de ceux qui sont morts en pleine lutte,
ni de la manière dont ils auraient tourné. Mais
parmi ceux que j'ai fréquentés, combien rêvaient
tout simplement de devenir d'estimables bourgeois,
voire même d'honorables fonctionnaires, depuis
Jean Wallon (Gustave Colline) jusqu'à Champfleury

et Castagnary. La vérité est qu'il y a des tempéra-
ments d'aventure qui se plaisent aux risques de
la vie, qui volontiers les susciteraient; des bohèmes
d'instinct à côté des bohèmes de situation. Théodore
de Banville m'écrivait un jour à propos d'un article
sur certaines tribus de fourmis de gazon aux mœurs
vagabondes : « Je savais bien qu'il devait y avoir
des fourmis bohèmes. » Oui certes, et ce ne sont
pas les moins intelligentes, de même que, par une
anomalie singulière, parmi nos compagnons ce
n'étaient point les plus pauvres qui accordaient
davantage à l'imprévu et au caprice. Gérard de
Nerval, je viens de le dire, aurait pu éviter la gêne,
connaître l'aisance; Privat d'Anglemont et Marc
Trapadoux auraient pu également s'affranchir de
toute inquiétude matérielle, appartenant l'un et
l'autre à des familles aisées, qui ne demandaient
pas mieux que de leur venir en aide. Une forfan-
terie malsaine, une dépravation d'esprit qui heureusement n'atteignait pas le cœur, les poussaient
à exagérer des embarras momentanés, à créer autour d'eux la légende de l'indigence.

Privat s'était posé comme type de l'homme de
lettres famélique, et, sauf un très petit nombre
d'intimes qui savaient à quoi s'en tenir, tout le
monde l'acceptait comme tel. Ne se plaisait-il pas
à raconter que, passant un soir dans la plaine
Montrouge, des voleurs l'avaient entouré en lui

demandant la bourse ou la vie. « Je suis Privat, »
répondit-il avec une grandeur pleine de sérénité.
A ces mots, les voleurs, honteux de leur bévue et
frappés de respect, se confondirent en excuses. Ils
lui représentèrent doucement que la nuit s'avançait,
qu'il n'avait peut-être pas soupé et qu'ils seraient
heureux de lui procurer, en gagnant une carrière
voisine, un repas confortable et une retraite à
l'abri des indiscrets. Refuser eût été honorable,
mais périlleux. La bande pouvait se formaliser
d'un manque d'égards, et d'ailleurs le souper de
Privat était toujours si problématique, qu'une
pareille aubaine n'était pas à dédaigner. Il accepta
donc et les heures s'écoulèrent paisibles, autour
de grasses victuailles, en sages discours et en
réflexions morales sur l'humanité. A l'aurore, ses
nouveaux amis voulurent retenir Privat. Il s'excusa
sur un rendez-vous avec Barba, et l'on se sépara
non sans attendrissement.

Je tiens l'histoire de Privat lui-même, ce qui fait
que je n'en garantis pas rigoureusement l'authen-
ticité. Pourquoi, après tout, serait-elle invraisem-
blable, étant donné le milieu où il cherchait ses
sujets d'observation et d'étude? Il y a dans son
Paris inconnu des tableaux très vrais, des choses
vues, des documents présentés avec esprit et bonne
humeur. *Paris village*, la *Villa des Chiffonniers*, la
Childebert, autant de souvenirs dispersés çà et là,

dans des journaux, et qui avaient alors l'attrait de
la découverte. Poète aussi à ses heures, il tournait
joliment le vers. En voici pour preuve ce sonnet
égaré dans la collection de l'*Artiste :*

A Madame du Barry.

Vous étiez du bon temps des robes à paniers,
Des bichons, des manchons, des abbés, des rocailles,
Des gens spirituels, polis et cancaniers,
Des filles, des marquis, des soupers, des ripailles.

Moutons poudrés à blanc, poètes familiers,
Vieux sèvres et biscuits, charmantes antiquailles,
Amours dodus, pompons de rubans printaniers,
Meubles en bois de rose et caprices d'écailles :

Le peuple a tout brisé dans sa juste fureur.
Vous seule avez pleuré, vous seule avez eu peur,
Vous seule avez trahi votre fraîche noblesse.

Les autres souriaient sur les noirs tombereaux,
Et tués sans colère, ils mouraient sans faiblesse,
Car vous seule étiez femme en ce temps de héros.

« Trop beau pour Privat, ce sonnet! me dit un
des camarades survivants. Comment pouvez-vous
le lui attribuer? Il est certainement de Baudelaire,
qui en a réclamé la propriété. » — Tout ce que je
puis dire c'est qu'en feuilletant un volume de l'*Artiste* (année 1846) j'y ai rencontré ce sonnet sous
la signature de Privat d'Anglemont; que celui-ci
en était très fier, et que Baudelaire n'était pas
assez généreux pour faire de si beaux cadeaux.

Privat est déjà si pauvre! Allons-nous encore le dépouiller de son sonnet?

Si Baudelaire parlait de son père, le prêtre, Marc Trapadoux ne mettait pas moins d'ostentation à citer sa mère, la religieuse. Il oubliait seulement de dire que Mme Trapadoux, une Lyonnaise très pieuse, étant devenue veuve, avait groupé d'autres veuves autour d'elle et fondé une sorte de communauté dont elle s'était naturellement instituée la supérieure. Les Trapadoux étaient de très riches négociants. J'ai vu encore il y a quelques années l'enseigne de leur maison de commerce sur une des places de Lyon. Marc disait n'avoir point de patrie, étant né sur mer pendant une traversée. « C'est pourquoi, lui disions-nous, vous avez le caractère flottant. » C'était un esthète consommé, raisonnant à merveille, et pris d'une indécision absolue dès qu'il s'agissait de réaliser. Personne assurément au même degré n'a, selon l'heureuse expression de Balzac, fumé les cigarettes enchantées de la composition. Sa dialectique comme critique d'art était supérieure à celle de Gustave Planche, et son ingéniosité ne se pouvait comparer qu'à celle de Paul Chenavard.

De tous ces dons il ne faisait rien. Sa subtilité, qui n'était pas exempte de ruse, l'avait brouillé avec le cénacle du café Momus. Cet ancien élève de l'abbé Noirot, qui avait connu Laprade, Tisseur,

le prenait de haut avec des artistes très spirituels,
mais qui lui paraissaient insuffisamment cultivés.
Il eut le mauvais goût et la maladresse d'humilier
Champfleury, lequel se vengea d'abord en le faisant expulser du café Momus et, plus tard, à longues années de distance (il avait la rancune tenace),
en lui donnant un assez vilain rôle dans la *Comédie de l'Apôtre*. Trapadoux, évincé, se replia sur
notre « jeune garde », où sa facile parole et ses
connaissances étendues le faisaient toujours bien
accueillir.

Je m'intéressai vivement à lui, et lorsque je
commençai d'avoir le pied à l'étrier, je fis tout mon
possible pour lui procurer du travail dans les
journaux et les revues. Il avait publié en 1857,
dans la *Revue Française*, une très curieuse étude
sur Mme Ristori. En 1859, à ma recommandation,
mon ami Auguste Lacaussade, directeur de la
Revue Européenne, voulut bien demander à Marc
Trapadoux un article sur le sculpteur Rude. Ce
ne fut pas une petite affaire, que de mettre ou
remettre la plume dans la main de ce grand décou-
ragé. L'article enfin fut écrit, publié, très remarqué. Hélas ! c'était le dernier effort d'une énergie
qui n'avait jamais été qu'intermittente ! Trapadoux
disparut, reparut, disparut encore et pendant longtemps.

Je le croyais mort, lorsqu'il vint un jour nous

prier, Ernest Chesneau et moi, de lui prêter assis-
tance. Chesneau se donna beaucoup de mal pour
le caser comme professeur de philosophie dans
une excellente institution aux environs de Paris.
Au bout de quelques mois, Marc revint nous solliciter, déclarant qu'il ne pouvait rester dans cette
maison « car on ne savait pas y faire cuire le
gigot ». Cette fois nous l'envoyâmes au diable,
et je pense qu'il y est resté : je n'ai plus entendu
parler de lui.

Et maintenant, adieu au pays de Bohême! J'y
ai beaucoup vu, beaucoup souffert et beaucoup
appris; appris surtout à ne mépriser personne, à
aimer les faibles, les douloureux, à ne pas uniquement estimer le talent d'après le succès, à
savoir enfin que les indignes furent rares, les
méritants nombreux, et qu'ils ont droit à n'être
ni méconnus ni oubliés.

CHAPITRE VI

L'Éclaircie.

PREMIÈRE VISITE CHEZ SAINTE-BEUVE. — GUSTAVE PLANCHE ET GEORGE SAND. — FERDINAND FABRE.

Pendant quelques années, mes plaisirs consistèrent en ceci : voir le plus de tableaux possible, ne pas manquer une seule exposition de galerie célèbre, et justement, de 1852 à 1855, il y eut, plusieurs ventes très intéressantes : lire dans la *Revue des Deux Mondes* les articles de Gustave Planche et d'Émile Montégut ; suivre pendant les dimanches d'hiver les concerts classiques de la salle Sainte-Cécile (coût 2 fr.) ; acheter à mesure qu'elles paraissaient les *Causeries du Lundi* (coût 2 fr. 75). Le théâtre, on le comprend, m'était absolument interdit. En trois ans je ne crois pas y être allé deux fois. Avec une piété résignée, je lisais les affiches. J'emmagasinais dans ma jeune cervelle les noms des pièces, des auteurs et des acteurs dont je parlerais plus tard... quand je

serais critique. Car il était décidé de par ma volonté que je le serais, et c'est dans cette persuasion que je multipliais les études, les termes de
comparaison, avide d'apprendre, impatient d'être
prêt quand sonnerait l'heure décisive.

Qui se souvient aujourd'hui de la Société Sainte-
Cécile et des concerts de musique classique
donnés sous la direction de Daniel Seghers? Bien
peu de personnes, je le pense, car dans aucune
série de souvenirs contemporains, ni même dans
aucun des nombreux ouvrages consacrés aux
annales musicales de ce siècle, je n'en ai rencontré la plus légère mention. Combien la vogue est
chose capricieuse! Ce qui devait si bien réussir
avec Pasdeloup passa presque inaperçu. C'était
pourtant le même répertoire ou, à vrai dire, un
répertoire de qualité supérieure; c'était un excellent orchestre, admirablement conduit par un
maître. Pourtant la foule n'y mordait pas : il était
trop tôt.

Pour moi je ne m'inquiétais guère de la mode
ou du succès. Dès que j'avais vu annoncer que
l'on pourrait entendre quelque part — pas trop
cher — du Weber, de l'Haydn et du Beethoven,
mon cœur s'était mis à battre et j'avais pris la
résolution héroïque, étant donné l'état de mon
budget, de m'accorder cette grande joie. Je n'eus

pas à m'en repentir. Dans la solitude forcée où
je vivais, dans la constante incertitude du lendemain, avec une très faible santé, qui résistait
grâce à une extrême tension morale, sans autre
point d'appui qu'une vocation invincible, sans
apercevoir prochaine ou probable une issue
heureuse, je sentais la nécessité impérieuse d'être
calmé, consolé, guéri. Cette pure et bonne
musique, qui me paraissait céleste (et qui l'était,
en effet, pour un être endolori), me fit un bien
immense et fut d'une efficacité merveilleuse.

Je connaissais le Beethoven du piano, le Beethoven des *Sonates* et un peu celui des *Quatuors*
(ayant eu des billets pour la Société Maurin, à la
salle Pleyel, où j'avais, comme fidèle voisin de
stalle, l'illustre orateur Berryer), mais je ne me
faisais aucune idée de la symphonie à grand
orchestre. Ce fut pour moi une révélation, non
seulement de la musique, mais de la vie même,
avec sa variété, ses fluctuations, ses ressources
infinies et ses splendeurs. En artiste philosophe
(qu'il était), Seghers nous fit entendre les *Symphonies* dans leur ordre chronologique. Combien
j'aimais les jeunes *Symphonies!* d'une si agréable
fraîcheur, d'une simplicité si savante, l'aimable
Symphonie en ré, l'*Ut majeur* et son incomparable scherzo, l'élégante *Si bémol!* Je ne comprenais pas très bien la *Symphonie en fa*, mais à

écouter la *Pastorale*, l'*Héroïque*, la *Symphonie en
la*, l'*Ut mineur*, j'éprouvais comme un ravissement
paradisiaque. Cela ne me rendait point exclusif
et ne m'empêchait pas de goûter les œuvres des
autres maîtres ; l'ouverture de *Manfred*, la *Grotte
de Fingal*, le *Songe d'une nuit d'été*, les courtes
et vives *Symphonies* d'Haydn, les Ouvertures de
Weber : *Jubel*, *Euryanthe*, *Oberon*, *Freyschütz*,
Preciosa. Je me souviens surtout d'une mignonne
Symphonie de Haydn, intitulée, je ne sais pourquoi, *Symphonie turque* et qui me causait une
merveilleuse allégresse d'esprit. La divine *Preciosa*, que l'on nous donna d'un bout à l'autre,
sans l'arranger ni la fragmenter, fut le plus
haut degré d'enchantement. Je n'oublierai jamais
la *Marche des Bohémiens*, que je comparais, un
peu bizarrement mais bien sincèrement, à un vol
d'abeilles dans un rayon de soleil.

Il était revenu, le soleil. C'était à la fin de
mars, et il éclairait joyeusement la longue allée
qui conduit de la salle Sainte-Cécile à la rue de la
Chaussée-d'Antin. Il y avait dans l'air des bouf-
fées de printemps. C'est alors que me vint cette
pensée : « Non, je ne mourrai pas. Je ne veux pas
m'en aller de ce monde avant d'avoir produit ce
que j'ai à produire. » Et, par une singulière association d'idées, poursuivant mon monologue inté-

rieur, j'ajoutai: « Il faut que j'écrive à Sainte-
Beuve. Il s'intéressera certainement à quelqu'un
qui le lit et l'admire, à un jeune homme qui a
le culte des Lettres, plus que le culte, la folie, —
et qui aura peut-être un jour du talent. »

Je fus reçu un dimanche, à une heure, dans
l'après-midi. Sainte-Beuve enveloppé dans sa
robe de chambre fourrée, abritant sa calvitie sous
une petite calotte ecclésiastique, me fit, avec son
sourire malin, quelque peu narquois, l'impression
d'un de ces gros chats immortalisés par La Fontaine, Rominagrobis, Grippeminaud ou, si vous
préférez une comparaison plus noble, d'un de ces
Monsignori, si bien décrits par Stendhal. Il
m'interrogea très obligeamment, non pas tant sur
ma situation, à laquelle je n'avais fait nulle allusion dans ma lettre, que sur mes goûts, mes
études, mes antécédents intellectuels, mes dispositions présentes. Chose singulière et à noter,
parce qu'elle se renouvela dans les conversations
suivantes: la littérature tint peu de place dans
cet entretien. Je parlai avec entrain, avec feu, de
cette musique qui était alors ma passion dominante, de la galerie du maréchal Soult où je
venais de recevoir l'impression très forte de
l'école espagnole, de la vente Morny (la première), illustrée par un Rembrandt immortel, *la*

Résurrection de Lazare, par l'*Orage* de Ruysdaël
et un paysage d'Hobbéma, tous deux aujourd'hui
au Louvre : de la collection toute moderne et si
curieuse de M. Collot, qui avait su deviner les
Jules Dupré, les Théodore Rousseau, les Troyon,
les Tassaërt. Ce M. Collot, ancien fournisseur des
armées d'Italie et l'un des bailleurs de fonds de
Bonaparte pour l'entreprise du 18 Brumaire,
donna lieu de la part du critique, à une très
intéressante digression. Michelet aussi me parla
plus tard de ce singulier personnage, que
M. Thiers ne devait pas dédaigner d'*interviewer*.

Notre causerie se prolongea environ pendant
trois quarts d'heure. Quand je me fus levé pour
prendre congé, Sainte-Beuve me reconduisit avec
quelques mots d'encouragement, faisant de vagues
allusions à une collaboration possible dans un
journal. J'arrivai ainsi sur le palier. « Nous ver-
rons, me dit-il, à vous ouvrir une porte. » Et
là-dessus il ferma la sienne.

En bas, dans la petite salle à manger, je trouvai
la gouvernante, Mme de Vaquez. Elle me demanda
très affectueusement comment j'avais été reçu.
« Fort bien, lui dis-je, mais le maître ne m'a
point engagé à revenir. — Revenez tout de même
dans quelques jours, je saurai l'impression et je
vous la dirai. »

Dès que j'eus mis le pied dans la rue, je me

7.

sentis accablé. Je n'avais rien dit de ce que je
voulais dire, et il me semblait que je n'avais
débité que des niaiseries. Comment avais-je eu
si peu de tact, moi qui prenais sur mes repas
pour acheter les *Causeries du Lundi*, de n'en pas
souffler mot à leur auteur ! moi littérateur en
herbe, d'avoir exclusivement jasé de musique et
de peinture ! Ma timidité stupide me causa un
véritable accès de désespoir. Huit jours après,
cependant, je retournai rue Montparnasse. Mme de
Vaquez me reçut le sourire aux lèvres. « Tout
va bien, me dit-elle, le patron est enchanté de
vous. Voici ses propres paroles : C'est un gentil
garçon, d'une intelligence très éveillée. Il parle
de tout et il a eu le tact de ne pas me parler
de littérature. »

Tels ont été au juste mes premiers rapports
avec Sainte-Beuve. J'ai tenu à les préciser parce
que lui-même, treize ans plus tard, écrivant à la
princesse Mathilde, qui lui demandait sur moi certains détails, a quelque peu brouillé les époques
et confondu les impressions :

« Lorsque Levallois m'est venu pour secrétaire,
il n'avait guère que vingt-deux ans, était pâle
comme la mort, mince, fluet, il respirait la fièvre.
Je le croyais incapable de suffire et je le lui dis.
Il me répondit qu'il essayerait... »

En réalité, quand je montai pour la première

fois l'escalier de la rue Montparnasse, j'avais vingt-
trois ans ; lorsque j'entrai comme secrétaire, j'allais
en avoir vingt-six. Ni dans cette entrevue ni dans
les suivantes il ne fut question de moi comme
secrétaire. La personne qui tenait alors cet emploi
était un écrivain délié, spirituel, le très aimable
poète Octave Lacroix. Nous devînmes amis. J'eus le
double plaisir d'applaudir à la Comédie-Française
sa jolie pièce, *l'Amour et son train*, et d'annoncer
dans le *Moniteur* son recueil de vers, les *Chansons
d'Avril*.

Si je ne devais être secrétaire que longtemps
après, je devenais peu à peu l'un des familiers de
la maison. Ma bonne protectrice, Mme de Vaquez,
ne négligeait aucune occasion de me faire valoir,
de me mettre en relief. Elle avait l'esprit prompt,
décidé, fertile en rencontres heureuses, en mots
à l'emporte-pièce. Son influence sur Sainte-Beuve
était grande. Comme la plupart des phtisiques
(elle l'était au dernier degré), elle avait en quelque
sorte une hâte de vivre, de se sentir vivre, de
s'exprimer, de s'affirmer. Sa fin fut longue et
cruelle. « La pauvre dame, dont vous êtes venu
si souvent savoir des nouvelles est morte ce matin », m'écrivait Sainte-Beuve en m'indiquant le
jour des obsèques. Il voulut lui-même conduire
le deuil avec trois ou quatre amis intimes; mais
en rentrant à la maison, il fut pris d'une affreuse

crise de nerfs. Il nous fallut bien du temps et des soins pour le raffermir.

Peut-être fut-il sensible à cet acte de reconnaissance, pourtant bien simple, de ma part ; peut être aussi me sut-il gré de m'être trouvé auprès de lui lors de la déplorable algarade du Collège de France, où ses adversaires littéraires et ses ennemis politiques se donnèrent le féroce plaisir d'étouffer brutalement sa voix. Le gouvernement en cette occasion se montra bien peu secourable, et l'opinion bien indécise. C'est qu'il faut le dire franchement, le Sainte-Beuve de cette époque n'était plus l'interprète des salons, le portraitiste de la *Revue des Deux Mondes*, l'ami du comte Molé et de la duchesse de Rauzan, et il n'était pas encore le libéral du journal le *Temps*, l'orateur anticlérical du Sénat, acclamé de la jeunesse et des libres penseurs. Les sympathies se faisaient rares autour de lui, et il n'en appréciait que davantage les fidèles attachements. Ce qu'il y a de certain, c'est qu'il alla de jour en jour me témoignant une attention plus affectueuse.

« Il faut dater finement », aimait à répéter Michelet. Oui, certes, et c'est la seule précaution qui puisse empêcher à distance les impressions d'êtres troubles et fausses. En 1855, on disait couramment dans la bourgeoisie lettrée, en les

mettant sur le pied d'égalité : Sainte-Beuve et
Gustave Planche. Les Prudhomme et les Homais
de ce temps là ne manquaient même pas d'instituer à ce sujet, en l'honneur des deux critiques,
un parallèle à la manière de Plutarque : Sainte-
Beuve comparé à Philinte, Planche passé naturellement au rôle et à la dignité d'Alceste. Aujourd'hui le parallèle ne semblerait guère de saison,
et l'équilibre est rompu, trop rompu même. En
dehors de son grand talent, les circonstances ont
merveilleusement servi la renommée de Sainte-
Beuve. Il s'est trouvé d'accord avec la jeune école
physiologique, et quand il eut prématurément
disparu, celle-ci conserva son nom comme une
garantie d'autorité, comme un titre de gloire et
s'en fit un drapeau. Planche, au contraire, comme
Nisard, gardait à la *Revue des Deux Mondes*, en
face d'un romantisme agressif, la tradition classique
et un certain puritanisme d'appréciation. On y
revient maintenant, mais avec des procédés nouveaux et sans tenir suffisamment compte des
services rendus dans le passé.

Si j'écrivais par humeur ou par rancune, le
moment serait bon pour faire payer à Gustave
Planche, sous l'espèce de sa mémoire, les mauvais
procédés dont il n'a cessé de m'accabler. Non
seulement il s'est toujours montré malveillant
envers moi, mais dans un moment décisif pour

ma carrière et mon avenir, il a été malfaisant. Les circonstances qui m'ont amené à le connaître et à le fréquenter n'ayant rien de commun avec la littérature, je n'ai pas à les mentionner ici; mais de ce que m'ont appris sur lui-même et sur les contemporains, ses conversations et nos relations, je dirai ce qui est peu connu, ce qui me paraît essentiel pour combler une lacune de l'histoire littéraire. Je n'aurai pour cela qu'à me reporter à mes notes prises au jour le jour, au vol même de la parole, et fidèlement conservées. Cela vaudra mieux qu'une dissertation aigre-douce ou une caricature posthume.

D'anciens camarades de Planche m'ont dit (et il n'en disconvenait pas lui-même) que s'il sortait de ses longs silences c'était pour s'étendre en d'interminables bavardages. Ce qui, d'ailleurs, est souvent le fait des taciturnes. A ces moments-là, il lui fallait à tout prix un confident, et bien que je n'eusse pas l'heur de lui plaire, comme j'ai toujours été un très bon *écouteur*, je faisais mon profit de ces involontaires épanchements.

Quoique dans la pleine maturité — il est mort avant cinquante ans — il était très fatigué, très usé, paraissait vieux. D'une pure beauté en sa vingtième année, avec le profil de Raphaël, ainsi que l'a écrit Balzac, et comme l'atteste le médaillon de David d'Angers, ses traits s'étaient promp-

tement affaissés ; les joues pleines et molles
abâtardissaient un visage d'où le regard, presque
constamment voilé, semblait absent. L'esprit
s'était réfugié dans le pli de la lèvre méprisante,
sarcastique, ironique. Le corps, qui aurait pu
être celui d'un athlète, se courbait sous une lassi-
tude précoce, travaillé d'un mal invisible. Il avait
quelquefois, pour se relever, se réveiller, recours
aux spiritueux, mais ce qu'on a raconté de son
ivrognerie est pure imagination. Il en est de
même des anecdotes sur ses mains crasseuses.
Gustave Planche avait, au contraire, le plus grand
soin de ses mains, qui étaient fort belles. Je
dirais même qu'il en avait le respect s'il n'avait,
à son retour d'Italie, pris l'habitude de manger le
macaroni avec ses doigts, comme un simple
lazzarone. Malgré des restes de vigueur corporelle,
son attitude et surtout sa parole appartenaient
déjà à un âge antérieur : il ne parlait jamais de
l'avenir, rarement du présent, très volontiers et
très abondamment du passé.

Personne mieux que lui n'aurait pu fournir des
renseignements authentiques sur les commencements laborieux de la *Revue des Deux Mondes*. Il
y avait débuté, presque en même temps que
Buloz, en 1831, par son article de *la Haine littéraire*, dirigé contre Henri de Latouche. Ce Latouche,
connu seulement aujourd'hui de quelques litté-

rateurs, avait été, sous la Restauration, une
manière de personnage. Éditeur intelligent, mais
peu scrupuleux, d'André Chénier, parrain équivoque et maussade de George Sand, sa compatriote, il s'était fait exécrer de tout le monde, sans
avoir su se faire craindre. Son article, assez judicieux d'ailleurs, *la Camaraderie littéraire*, sorte de
manifeste lancé contre le cénacle romantique,
déchaîna toutes les colères, appela tous les ressentiments dont la *Haine littéraire* de Planche fut
l'expression condensée et particulièrement amère.
Pour mieux accentuer son mépris et celui de ses
amis, le critique débutant affectait de ne pas
nommer une seule fois Latouche : uniquement
désigné, le long de ces pages vengeresses, par le
mot *il* répété à satiété avec toutes les variantes
du dédain.

Le lendemain de cet article à sensation, Gustave
Planche se rendit dans un cabinet de lecture du
passage des Panoramas où Latouche avait l'habitude de venir le matin. Dès qu'il y entra et qu'il
vit son *éreinteur*, l'auteur de *Fragoletta* se dirigea
vers Planche dans une intention visiblement
agressive. « Pardon, monsieur, lui dit en se levant
le grand, beau et fort jeune homme de vingt-trois
ans, est-ce avant ou après déjeuner ? » Latouche,
stupéfait, considéra un instant son interlocuteur,
tourna sur ses talons et sortit sans prononcer une

parole. Planche m'a bien souvent raconté cette
scène et surtout cette phrase «foudroyante» dont il
était très fier. Vous avouerai-je que je ne l'ai jamais
parfaitement comprise? Le déjeuner étant l'abou-
tissement presque inévitable des duels littéraires
et même politiques, je pense que cela signifiait,
allons-nous ou n'allons-nous pas sur le terrain?
Je donne cette explication pour ce qu'elle vaut.

Du reste, Planche, à cette époque, avait l'humeur batailleuse. Un journaliste, Capo de Feuillide,
ayant émis quelques doutes sur la vertu de
Mme Sand, le critique lui envoya des témoins.
Une rencontre fut décidée et, selon la formule
déjà en usage, on échangea deux balles. Le
malheur ou le bonheur voulut qu'une de ces
balles, celle de Planche, au lieu d'atteindre son
adversaire, allât blesser ou tuer une vache, qui
passait sans méfiance dans le fond du paysage.
Je connaissais l'anecdote et croyais à une vache
légendaire. Il n'en était rien. Cette vache, fort
réelle, ne laissa pas que de coûter un bon prix à
la *Revue des Deux Mondes*.

Un tel fait d'armes était assez compromettant
pour « la brune et olivâtre Lélia », comme
l'appelle Franz Liszt dans son livre sur Chopin.
Le champ des conjectures est fermé depuis que
l'on connaît la fameuse lettre qui commence par
ces mots : « Planche n'est pas, n'a pas été et ne

sera jamais mon amant. » Qu'il n'ait pas été son
amant, soit, mais qu'il l'ait beaucoup et peut-être
toujours aimée, je n'en saurais douter. Elle servait
de thème favori à ses conversations et à ses souvenirs. Il revenait avec complaisance sur les
premiers livres que Mme Sand avait publiés et qu'il
avait annoncés dans la *Revue*. Le fait est qu'il n'a
jamais été mieux inspiré qu'à son sujet. L'article
sur *Lélia* restera une superbe page de prose, et
plus tard, lorsque déjà l'engourdissement enva-
hissait son cerveau, la représentation de *Claudie*,
à la Porte-Saint-Martin; le tirait de sa somnolence
et rendait à son style quelque chose de son ancien
éclat.

S'il faut s'en rapporter à ses récits (et pourquoi
pas?) c'était une étrange personne que cette jeune
Mme Dudevant. Un matin, elle vient frapper à la
porte de Planche : « Levez-vous, habillez-vous
vite et venez avec moi. » Quand ils sont dans la
rue : « Eh! bien, qu'y a-t-il? — Nous allons rue
du Bouloi. — Et quoi faire? — Chercher Casimir. »
La rue du Bouloi était alors le point d'arrivée de
la plupart des diligences, et Casimir, qui descendait tout endormi et tout brisé de fatigue de la
voiture de Châteauroux, n'était autre que M. Dudevant, le propre mari de la dame, de qui elle était
séparée et contre lequel elle plaidait, une espèce
de gentillâtre campagnard, enfoui sous une épaisse

casquette à oreillettes que rien ne pouvait le décider à ôter. — « Ah çà ! vous ne nous quittez pas ? »
Et Planche était confisqué pour toute la journée.
Il fallait promener Casimir, le distraire, le mener
déjeuner et dîner au Palais-Royal, le conduire au
théâtre avec des billets demandés par la *Revue*. Et
le lendemain, détail ineffable, le réintégrer dans
sa patache, avec sa fidèle casquette.

Une autre fois, c'était, en compagnie d'une dou-
zaine de Berrichons qu'elle appelait « mes camarades », des promenades insensées dans Paris,
généralement terminées par une ascension aux
tours Notre-Dame. Le chocolatier Marquis ayant
mis en vente des cigarettes au patchouli, George
Sand voulut à toute force en fumer. Elle s'habilla
en homme, ce qui, paraît-il, lui seyait fort bien,
et vint prier Planche de l'accompagner dans le
magasin de la rue Vivienne. Cette fois l'aventure
tourna mal, ou plutôt le patchouli tourna sur le
cœur de la célèbre romancière, qui fut malade
comme une simple mortelle. Le pauvre critique
acceptait avec résignation toutes les corvées. Il
jouait au naturel les *patito* et les sigisbées. C'est
à ce titre que (contrairement à la version qui a
cours), il donna le bras à l'auteur de *Valentine*,
pour assister au dîner solennel offert par Buloz à
ses rédacteurs. « Dîner funeste, disait Planche,
puisque c'est là qu'elle a connu Alfred de Musset ! »

Et il soupirait! De quels soupirs, grand Dieu! à transporter les montagnes.

Je dois remarquer, à ce sujet, que l'épithète de *soupirant* s'applique assez exactement aux anciens amis de George Sand. Jules Sandeau, quand on parlait devant lui de l'infidèle, soupirait aussi à fendre les rochers. Quant à Musset, lorsqu'il était gris, il sanglotait. Chez Gustave Planche, la douloureuse réminiscence prenait une autre forme. Lorsqu'on avait longtemps remué les cendres de ce passé, il se mettait à chanter avec conviction et mélancolie, conviction surtout, le *Lac* de Niedermeyer. Quelle voix! Quel accent! Quel enrouement! C'était à pleurer de rire, et nous avions une peine infinie à garder notre sérieux. Je l'imitais, assurait-on, à ravir, et mes camarades ne me laissaient pas tranquille que je n'eusse modulé en trémolo : « O lac, t'en souvient-il!... »

C'était une bien inoffensive et bien indirecte revanche des railleries dont il ne cessait de m'accabler sur mes velléités littéraires et mes enthousiasmes qu'il qualifiait de *Micheletteries*. Pourtant je ne lui en ai jamais voulu, d'abord parce qu'il m'a corrigé de beaucoup de défauts, donné des indications qui me sont devenues précieuses, ensuite parce que je respectais chez lui cette vertu si rare : un désintéressement absolu. Sans doute on était un peu déconcerté et froissé, quand on

croyait avoir signalé un point de vue nouveau, de
s'entendre dire : « Vous avez découvert la rue
Saint-Honoré. » Ou bien encore : « C'est une idée
(ici un temps), mais elle n'est pas bonne. » Et puis
après, pourquoi se fâcher ? N'avait-il pas trop souvent raison ?

« J'ai dit à Buloz : Il faut avoir des chevaux et
des voitures pour travailler chez vous. » Ainsi
commençait-il ses lamentations, quand il revenait
de la rue Saint-Benoît. On le payait alors deux
cents francs la feuille. Mais dans les derniers temps,
il était devenu si paresseux qu'on ne lui donnait
d'argent que sur présentation de la copie. « Allons,
murmurait-il tristement, les eaux sont basses. »
Et il se mettait à dicter l'article. Quand la justification atteignait deux pages, on les portait à la
Revue, et on recevait, en échange, vingt-cinq
francs. Mais voici qui est merveilleux. Deux ou
trois jours après, quand les vingt-cinq francs étaient
épuisés, il recommençait à dicter, reprenant le
discours où il l'avait laissé, sans une défaillance
de mémoire, sans une incertitude de style.

Ce qui était épique, c'était chaque année, au
moment du Salon, ce que nous appelions l'*affaire*
Dubufe. Ce peintre de portraits, fort goûté d'un
certain public, était apparenté avec la famille
Buloz. Or, Gustave Planche avait la peinture de
Dubufe en horreur. Donc, tous les ans, il rédi-

geait un éreintement magistral de deux pages,
lesquelles, bien entendu, n'étaient pas insérées
dans la *Revue*. « Vous voyez, me disait-il, c'est
vingt-cinq francs que je perds, mais j'ai satisfait
ma conscience. » Vers les derniers temps, ses yeux
le faisaient beaucoup souffrir. Je l'accompagnai
un soir jusqu'à son pauvre logis de la rue des
Cordiers, dans la sinistre maison, aujourd'hui dé-
molie, où Jean-Jacques avait demeuré avec Thérèse Levasseur, où passa Jules Sandeau, où était
mort Chaudesaignes. Il sourit tristement en voyant
ma mine un peu déconfite : « Oh ! ce n'est pas
riche. Voilà ce que c'est que d'être honnête
homme. » Et avec un indicible accent d'ironie,
il ajouta : « Vous verrez que j'aurai du monde
à mon enterrement. »

Il y vint en effet à cet enterrement beaucoup
plus de monde que l'on n'aurait pu s'y attendre,
étant données la vie solitaire de l'écrivain et
l'âpreté tranchante de ses jugements à l'égard
des contemporains, même les plus célèbres. Le
deuil était conduit par les deux frères de Planche,
Charles et Augustin (ce dernier traducteur de
quelques ouvrages anglais). On pria Jules Janin,
qui se trouvait dans le cortège, de dire quelques
paroles sur la tombe. Il le fit avec beaucoup de
bonne grâce, car il avait été, lui aussi, l'une des
victimes de Planche. « Nous te pardonnons

les cruautés », dit-il en guise de péroraison.

Ce qu'il y a de curieux, c'est qu'il faisait pour la seconde fois l'oraison funèbre du critique. Voici comment la chose s'était passée. Planche contait l'anecdote très gaiement et n'en avait gardé qu'un bon souvenir.

Buloz lui ayant demandé un article sur Manon Lescaut — lequel a longtemps figuré comme préface en tête de l'édition Charpentier — le jeune critique s'en alla chercher le recueillement à la campagne, et il s'y oublia si bien que, pendant plusieurs semaines, on ne le vit plus reparaître. Le bruit de sa mort, de son suicide courut. « Tant mieux, disait Léon Gozlan, c'est une vipère de moins. » Sur ces entrefaites, Planche ayant terminé son article et sans doute vidé sa bourse, revient à Paris, entre au théâtre des Variétés. La première personne qu'il rencontre au foyer c'est Janin. « Quoi ! lui dit celui-ci, vous n'êtes pas mort ! eh ! bien me voilà gentil ! Je viens de faire sur vous trois colonnes de nécrologie qui doivent paraître demain matin. Un éloge superbe ! » — « Où imprimez-vous cela ? — « A deux pas d'ici, chez Everat, rue du Cadran. » — « Alors il y a du remède. Allez vivement à l'imprimerie et remplacez les imparfaits par le présent de l'indicatif. » Ainsi fut fait, et la nécrologie se trouva transformée en une simple variété littéraire.

Étienne Lousteau, prononçant le suprème adieu
sur la tombe de Claude Vignon, c'était un spectacle
à réjouir l'ombre de Balzac. Janin et Planche
figurent en effet dans la *Comédie humaine* sous
ces pseudonymes. Lorsque Balzac écrivit *Béatrix
ou Les amours forcés*, il invita le critique à venir
déjeuner avec lui chez Buisson, le grand tailleur,
dont l'appartement faisait l'angle de la rue Richelieu et du boulevard. C'est là qu'il s'était réfugié
pour échapper à ses créanciers, mais en même
temps pour donner garantie au plus sérieux de
tous, son tailleur. Buisson le logeait, le nourrissait
et attendait impatiemment la publication de *Béatrix*, qui devait lui donner satisfaction. Le déjeuner
fut fort bon, la lecture intéressante et le portrait
de Claude Vignon n'avait rien qui fùt de nature
à blesser la susceptibilité, souvent ombrageuse,
du critique.

Je ne sache pas qu'il ait jamais rien écrit sur
Balzac (1), mais il a travaillé dans sa fameuse *Revue
parisienne*. Il y a même donné sur les sculptures
de l'Arc de Triomphe un très bel article, recueilli
plus tard dans ses *Portraits d'artistes*. Sur les dé-
guisements et les fugues de Balzac, Planche était
intarissable. Le romancier se cachait si bien,

---

(1) L'article anonyme et très cruel de la *Revue des Deux Mondes*
(1832), sur les *Contes drolatiques* était, à ce qu'il paraît, de Gustave Planche; Balzac ne lui en garda pas rancune.

qu'on désespérait parfois de le découvrir. Ainsi,
quand il alla loger rue Cassini, dans une maison
à jardin, qui existe encore, sous le nom de
Mme Dupont, sage-femme, sa trace parut définitivement perdue. Ce fut Gozlan qui éventa le secret,
et Balzac eut la mortification de recevoir un jour
une lettre, avec cette suscription ironique : :
« Madame Dupont, sage-femme, née de Balzac. »

Gustave Planche avait été très bien reçu à l'Arsenal, et il a laissé quelques pages charmantes
sur Nodier. A l'une des soirées du dimanche, dont
le souvenir est resté si vivant, le critique se trouva
auprès d'une dame de province très désireuse de
voir des écrivains célèbres ; tous, pensait-elle,
devaient être beaux. « Je lui donnai le bras, racontait Planche, et je la conduisis près d'une table
de jeu, où se trouvaient Eugène Delacroix, qui
ressemblait à une sorcière ; Sainte-Beuve, qui
avait l'air d'une portière, et Balzac, véritable type
du toucheur de bœufs. » La dame demeura inter-
loquée. Il n'est pas sûr qu'elle se soit jamais remise
d'une si funeste déception.

« Soixante lignes pour justifier le numéro. Votre
article a-t-il soixante lignes ? — J'apporte une
pièce de vers. — Est-elle longue, votre pièce ?
Donnez-la-moi. Comptons. Soixante vers. C'est
parfait. Nous vous imprimons sur-le-champ, et

8

vous paraîtrez demain. » Ainsi me parlait Jules
Rouquette, rédacteur en chef d'une Revue
récemment fondée, *le Monde littéraire et artistique.*
Ainsi je devins collaborateur pour la poésie d'abord,
ensuite et surtout pour la critique. Il s'opérait
alors une légère détente dans la pression adminis-
trative ; une éclaircie se produisait dont profitaient
quelques jeunes gens pour organiser de petits cénacles et confier leurs impressions à la lettre
moulée. Parmi les collaborateurs-fondateurs du
Monde littéraire, se trouvait un vif et charmant
écrivain, aussi absolument inconnu que moi, et
qui, tout d'abord, me témoigna de la sympathie.
Ce n'était rien moins que Ferdinand Fabre, le
romancier auquel, entre tant de productions délicates ou fortes, nous devons trois œuvres maî-
tresses : *les Courbezon, l'Abbé Tigrane, Lucifer.*
Incertain comme moi de sa véritable voie, Fabre
cultivait aussi la Muse. Il composait un volume
de vers : *les Feuilles de lierre,* dont la publication
n'a pas, à ce que je crois, fait grand bruit dans le
public lettré de l'époque. Nous nous aperçûmes
promptement que la prose était bien mieux notre
affaire, et Ferdinand Fabre entreprit, dans notre
modeste recueil, un roman intitulé *Bénédict,* tandis que j'y commençais une série d'articles sous
cette pompeuse rubrique : *les Libres Penseurs en
Hollande.* « Lancez-vous sur l'idée, » m'avait

recommandé notre rédacteur en chef. Et je me
lançai si bien qu'il nous vint quelques lecteurs
sérieux ; le plus sérieux et le plus précieux de tous
pour moi, ce fut Sainte-Beuve. Il suivait mes
articles avec intérêt, m'encourageait à les continuer, en disait force bien dans son intimité. « Il
a le tour », répétait-il volontiers. Et dans sa bouche,
c'était un grand éloge. C'est alors que, prenant
décidément confiance, il me donna une lettre d'introduction pour le directeur du *Moniteur universel*,
Julien Turgan.

« Ce grand diable de Turgan », comme l'appelait
le directeur de l'Hôtel-Dieu, où il avait été interne,
était aussi un bon diable. Il lut très attentivement
la lettre que je lui présentai, puis me regardant
bien en face : « Ah çà ! êtes-vous le fils de Sainte-
Beuve ? » Je n'eus pas de peine à l'assurer du
contraire.

« C'est qu'il ne m'a jamais recommandé personne sur ce ton-là. En somme, que voulez-vous
faire ? » J'avais grande envie de dire : « De la
critique, » mais je n'osai. « Savez-vous l'anglais ? —
Non, hélas ! » Turgan réfléchit un instant.

« Écoutez. Le *Constitutionnel* publie chaque semaine un article d'Édouard Fournier sur les
quartiers de Paris qui sont en démolition. La
semaine prochaine ce sera le tour du quartier

Saint-Roch. Il faut gagner de vitesse notre cher
confrère. Apportez-moi, avant trois jours, un
Historique de ce quartier, aussi étendu que vous
le voudrez. »

On peut juger de mon embarras. L'histoire des
quartiers de Paris ne m'était guère connue. Heureusement, à la bibliothèque de l'Hôtel de Ville,
où j'allais quelquefois, je m'étais fait un ami de
l'un des bibliothécaires, M. Bailly. Je courus lui
confier mes perplexités, et aussitôt l'excellent
homme de m'apporter par brassées tous les historiens de Paris. Me voilà nageant dans une mer
d'érudition, perdu entre Sauval, l'abbé Lebœuf,
Jaillot, Félibien, Saint-Victor et Piganiol de la
Force. Avec le courage du désespoir, et le père Bailly
aidant, je finis par rédiger un article qui ne me semblait pas trop mauvais, et je m'empressai de le porter
au *Moniteur*, dont les bureaux occupaient alors,
rue des Poitevins, l'ancien hôtel de Thou. « Vous
êtes ponctuel, me dit Turgan. C'est bien. Mais il
faut que l'article, lui aussi, soit bien. Nous allons
lire ça, et, si vous avez réussi, vous aurez demain
le plaisir de vous voir imprimé tout vif sur les
murs de Paris. »

Le *Moniteur*, en tant que journal officiel, était
affiché à la porte des mairies. Dès le fin matin, je
me levai, singulièrement anxieux de connaître
mon sort. Je vais à la mairie qui se trouvait, qui

se trouve encore rue de la Banque. Il faisait beau temps, et les désœuvrés, en quête de nouvelles, stationnaient sur le trottoir, formant groupe devant le journal du gouvernement. L'article avait-il plu? l'avait-on inséré? Je comptais beaucoup sur une péroraison à grand effet; mais d'autre part, ce morceau oratoire, où j'avais mis un peu de philosophie, ne faisait-il pas disparate avec l'ensemble? J'approche, je me glisse, je me faufile, et j'aperçois mon nom, bien en vedette, au bas de trois belles colonnes. On avait pourtant coupé ma péroraison, mais je ne fus guère sensible à ce détail.

Le soir on me présenta au rédacteur en chef, M. Paul Dalloz, qui venait, le jour même, de remplacer dans ces fonctions délicates Louis de Cormenin. Ce jeune homme, très pâle, très distingué, auquel Turgan avait sans doute parlé de moi, m'accueillit de la manière la plus affable, me complimenta sur mon article et me pressa de poursuivre cette série. C'est ce que je fis, non sans succès, pendant assez longtemps, et je dois dire qu'après des années, après toutes sortes de changements, je trouvai toujours fidèle et loyale l'amitié de Paul Dalloz. « Souvenez-vous, lui disais-je parfois en riant, que nous sommes entrés le même jour au *Moniteur*. »

Quant à Turgan, que j'allai voir ensuite et

8.

remercier, il me salua par ces paroles cordiales
et enjouées : « Mon jeune ami, vous êtes maintenant de la maison, et, croyez-m'en, vous avez le
pied à l'étrier. Vous pouvez passer à la caisse. »

Dût-on me trouver bassement intéressé, j'avoue-
rai qu'à mes oreilles peu accoutumées à en
entendre de semblables, ces quatre mots, *passer à
la caisse*, sonnèrent délicieusement. On me remit
deux cents francs, et je ne crois pas que jamais
gain m'ait causé une satisfaction plus vive. C'était
une consécration. Il n'y avait pas à dire : j'étais
homme de lettres.

CHAPITRE VII

Autour de Sainte-Beuve.

LES SECRÉTAIRES. — NICOLARDOT. — BARBEY
D'AUREVILLY.

De bonnes âmes — il s'en rencontre partout et
toujours — trouvèrent moyen de brouiller Octave
Lacroix et Sainte-Beuve. Celui-ci s'aperçut plus
tard qu'on l'avait trompé, et, de la meilleure
grâce du monde, il en a fait l'aveu; mais sur le
moment il obéit à la vivacité de son humeur; une
séparation devint inévitable. C'est alors, et alors
seulement, que Sainte-Beuve, pris au dépourvu,
s'avisa de penser à moi comme secrétaire. Bien
qu'il me connût depuis trois ans, il hésitait beaucoup, aimant peu ma tendance idéaliste, qu'il
taxait de fanatisme, et ne me trouvant pas d'un
caractère suffisamment maniable. Avec Lacaussade
et Lacroix, il avait un terrain commun, où l'entente se faisait aisément entre eux : c'était la poésie,
dont ils raffolaient également. De plus, Octave

Lacroix avait à ses yeux le mérite, qu'eut aussi mon ami Troubat, d'imiter parfaitement son écriture, ce qui le soulageait d'autant pour sa correspondance. Je ne pus jamais, quel que fût mon désir, arriver à écrire aussi mal que lui. Il n'y a donc pas de ma main (excusez la singularité de l'expression) d'autographe de Sainte-Beuve, tandis que beaucoup de collectionneurs peuvent contempler dans leurs archives des Lacroix et des 'Troubat de la plus belle qualité.

Il m'essaya d'abord et m'épluclua en détail ; une particularité significative dira dans quel sens. Nous traduisions un jour je ne sais plus quel texte latin où se rencontrait le mot *familia* dans l'acception où La Fontaine l'emploie en sa fable *Le Jardinier et son Seigneur* :

> Il déjeune très bien : ainsi fait sa *famille*,
> Valets, chiens et chevaux, tous gens bien endentés.

Le problème consistait à ne pas se servir du mot *famille*, et naturellement à en découvrir un autre. Nous tâtonnions depuis quelques minutes quand je me hasardai à suggérer notre vieux mot gaulois *maisonnée*. « C'est cela ! dit Sainte-Beuve, c'est très juste. » Et il paraissait enchanté.

Ce qui me gagna surtout sa confiance et sa sympathie, c'est que, en ce qui touchait les matières d'histoire et d'érudition, en ce qui avait trait à la curiosité proprement dite, j'entrais bien plus volontiers que mon prédécesseur dans le mouvement et l'intimité de sa pensée. Je ne subissais pas le travail, je m'y intéressais, et à mesure que je me familiarisais avec les difficultés, je finissais par collaborer réellement. Il serait peut-être déplacé de ma part de m'exprimer de la sorte si Sainte-Beuve ne l'avait écrit et répété avec complaisance.

La première fois qu'il me rendit ce témoignage, je fus bien surpris et bien touché. Il m'avait demandé d'aller voir aux Estampes les divers portraits gravés du grand Arnauld et de lui rapporter mon impression écrite. Je m'acquittai fidèlement de ma commission (il m'en confiait souvent de pareilles), et je n'y pensai plus. Mais voici qu'un matin, à mon extrême ébahissement, Sainte-Beuve me dicte ma propre note, en ajoutant ces mots qu'on peut lire au tome cinquième de *Port-Royal :*

Je dois ces indications précises sur les *Portraits* d'Arnauld à un jeune écrivain, M. Jules Levallois, qui unit le goût vif des arts au sentiment des lettres et qu'il est juste que je nomme dans cet ouvrage de *Port-Royal*, puisqu'il m'a fort assisté pour les derniers volumes, et de ses recherches et de son esprit. »

Je voulais le remercier sur-le-champ ; il m'ar-

rêta au premier mot, et me dit simplement :
« N'interrompons pas la dictée. » Et ce fut tout.

Je n'ai point cherché l'occasion, mais, puisqu'elle se présente, j'en profiterai pour marquer
nettement la nature de mes rapports avec Sainte-
Beuve. Il s'est fait à ce sujet une légende aussi
déplaisante que ridicule. On lui a prêté contre
moi toutes sortes de mots blessants, méchants,
dénigrants ; mais lorsque j'ai voulu serrer la
réalité de près et savoir au juste à quoi m'en tenir,
j'ai promptement reconnu que les menteurs, qui
presque toujours sont en même temps des sots,
appliquaient ces mêmes termes, ces mêmes injures
aux autres secrétaires ; en sorte que Sainte-Beuve
aurait uniformément rabaissé et persiflé les
hommes qui l'approchaient et dont il a si hautement proclamé le mérite. Qu'il ait eu contre moi
et contre d'autres des accès d'humeur, cela est
d'autant plus naturel que, par une rencontre
singulière, il a eu à peu près constamment
comme secrétaires des personnes de l'esprit le
plus indépendant, orientées dans une toute autre
direction que ce qu'il aurait aimé à leur imprimer.

Et cependant que n'a-t-il pas dit avec une insistance bienveillante, élogieuse, et de Lacaussade,
et de Troubat, et de moi ! Ne m'a-t-il pas fait
l'honneur, plus qu'exagéré, à coup sûr, de me

trouver quelque ressemblance avec Jésus-Christ ?
Je n'invente pas. Cette comparaison inattendue
se trouve dans une lettre à la princesse Mathilde,
lettre dont j'ai parlé plus haut : « Levallois est
très distingué, sa figure le dit. Il ressemble à Jésus-
Christ avec finesse... » Trop de fleurs ! Après
Jésus-Christ, il faut tirer l'échelle, et je vous fais
grâce de dix autres passages moins voyants, plus
flatteurs peut-être en leur précision. L'important pour moi, on le comprend bien, n'est pas
d'aller ramasser çà et là des miettes de louanges
pour les servir au public, mais d'honorer Sainte-
Beuve en montrant qu'il honorait chez ses auxi-
liaires et collaborateurs les qualités qui l'avaient
fait lui-même : le travail, la culture, la probité.

Cette probité qu'il pratiquait scrupuleusement et
qu'il était en droit d'attendre des autres, on ne l'a
pas toujours, tant s'en faut, observée à son égard.
S'il a eu des secrétaires fidèles et dévoués, des
amis d'enfance et des camarades d'études dont
l'attachement ne s'est jamais démenti, comme
l'abbé Barbe, Moriès, le professeur Loudière, il
a rencontré aussi le secrétaire hostile dans M. Pons,
le visiteur indiscret de parti pris, bassement mé-
chant, aussi perfide que le lui permettait son
intelligence obtuse, dans Nicolardot.
Les prétendues révélations de Pons dans son

livre intitulé *les Inconnues de Sainte-Beuve*, sont si
misérables et d'une telle ineptie qu'elles ne valent
même pas la peine d'être réfutées. Le titre seul
dénote combien l'auteur, malgré son vif désir de
paraître informé, est peu au courant du sujet qu'il
traite. *Inconnu !* voilà un mot qui jure singulièrement avec les habitudes et la vie de Saint-Beuve.
C'était une maison de verre que cette petite maison de la rue Montparnasse où tout se passait au
grand jour, décemment, avec une pointe de prude-
rie même ; surtout très bourgeoisement. Dès que
Sainte-Beuve cessait d'être un bénédictin, c'était
pour devenir dans son intérieur le plus parfait
émule de M. Prudhomme. Il avait conservé les
goûts, les allures et les manies de sa mère, très
méticuleuse, très prudente, et qui avait gardé de
ses origines anglaises quelque rigidité avec beaucoup d'entêtement.

Rangé dans ses dépenses, s'adressant toujours
aux mêmes maisons, aux mêmes fournisseurs,
les conservant comme des institutions sacrées,
timide dans ses placements, qu'il réservait à de
modestes entreprises, les Quatre Canaux, etc., il
touchait le moins possible à son argent. Je ne
parle que de ce que j'ai vu, mais je puis garantir
que, de mon temps, les flots d'or consacrés par
Sainte-Beuve à la débauche, selon l'assertion de
Nicolardot, ne coulaient certainement pas à vue

d'œil. Dans ce budget si bien équilibré, ce n'est pas le chapitre *Amour* qui aurait amené un déficit.

Il faut tout d'abord couler à fond ce Nicolardot. C'est Barbey d'Aurevilly qui l'avait introduit dans la maison. Il s'était offert pour faire des recherches, ce qui était une bonne manière de gagner la faveur du patron ; seulement il avait oublié de dire que ces recherches seraient principalement dirigées contre l'entourage et la personne de l'écrivain. « C'est un lévrier biographe », me dit un jour Sainte-Beuve dans un moment de bienveillance. Non, ce n'était pas un lévrier, c'était un putois, tout au plus une fouine. Et qu'on ne dise pas que j'attaque un mort. Quand le pamphlet de Nicolardot, intitulé : *Confession de Sainte-Beuve*, parut en 1882, je fis dans le *Télégraphe*, où j'écrivais alors, un article qui eut un certain retentissement. Je ne crois pas que, dans toute ma carrière de critique, je me sois livré à une plus complète et plus légitime exécution. Oh ! le monsieur n'était ni susceptible, ni rancunier. Quelques jours après, je le rencontrai dans la rue. Il vint à moi, et de l'air le plus aimable : « Vous m'avez un peu égratigné ! » Et j'ajoute : « L'égratignure était bonne. Il en a gardé la marque. »

Et c'est ce personnage qui se vante d'avoir été

l'intime de Sainte-Beuve, d'avoir reçu ses confi-
dences, recueilli ses secrets, de « l'avoir confessé » !
On ne croirait pas à une telle outrecuidance. Je
suis obligé de citer :

« Sainte-Beuve est l'homme de lettres que
j'ai le plus tôt, le plus souvent et le plus longtemps
cultivé. A la première entrevue *nous nous convînmes. Il m'avait beaucoup plu,* j'eus l'avantage
de ne pas lui déplaire. Sa porte m'était ouverte,
je profitai de l'accueil sans en abuser.

« Mes études sur Voltaire rendirent nos relations plus fréquentes et durables. *Jamais nous
n'avons été brouillés.* Je l'ai recherché, seulement
à de rares intervalles, sur la fin de sa carrière ;
mais pendant une dizaine d'années notre intimité
fut si grande qu'on m'a pris quelquefois pour son
secrétaire honoraire. »

« Nous nous convînmes » est joli ; « il m'avait
beaucoup plu » est adorable ; mais pour ceux
qui, comme moi, ont vu, de leurs yeux vu, ce
qui s'appelle vu non pas même le dessous, mais
simplement le dessus très prosaïque et très brutal des choses, le « jamais nous n'avons été
brouillés » est épique. Je ne sais pas si Nicolardot,
qui faisait ostensiblement profession de christianisme pratiquant, a pardonné à Sainte-Beuve de
l'avoir battu, chassé de son cabinet de travail à
coups de pied quelque part, et précipité dans le

célèbre escalier aux tringlettes, où ce louche
sacristain se serait tordu le cou s'il n'avait eu le
col tors de naissance. Le hasard m'ayant rendu
témoin de cette scène entre gens qui « n'ont
jamais été brouillés », je la raconterai telle qu'elle
s'est passée, quoique cela ne soit pas tout à fait
facile. Il y a des aplombs qu'il faut abattre et des
mensonges qu'il faut ruiner.

Un premier point très important à établir, malgré ce qu'il peut présenter d'élémentaire en apparence, c'est ce que, faute de mieux, j'appellerai
la différence de *tenue* entre les deux personnages.
Sainte-Beuve était de la plus rigoureuse, de la
plus minutieuse propreté. Il multipliait les ablu-
tions; il ne craignait pas de parfumer son linge.
voire même son foulard avec quelques feuilles de
lavande, quelques gouttes d'eau de Cologne. Nicolardot, au contraire, offrait le spectacle lamentable de la plus parfaite saleté. Saint Labre, de
bienheureuse mémoire, aurait pu auprès de lui
passer pour un élégant, un raffiné. J'ai toujours
vu à Nicolardot la même redingote graisseuse,
crasseuse, constellée de taches immondes, d'un
jaune qui provoquait toutes les comparaisons
malpropres. Encore n'était-ce rien que de la voir,
cette redingote : il fallait la sentir, et les nez les
plus paresseux ne pouvaient échapper à ce supplice.

Ce Nicolardot n'était pas un homme, c'était une pipe ambulante, mais la vieille pipe éteinte, sirotée, culottée, recuite. Tout en lui et chez lui était pipe. Il m'attira un jour dans son repaire pour me montrer des dessins, des gravures qu'il possédait sur les différentes résidences de Voltaire : Cirey, les Délices, Ferney, ce qu'il appelait pompeusement son musée. Il me fut impossible de rester plus de quelques minutes : il semblait que toutes les pipes de l'univers s'étaient fumées en ce lieu, et qu'elles eussent laissé après les meubles, le long des parois, sur le parquet, je ne sais quelle trace (ou crasse) indélébile. Ajouterai-je que les souliers de cet individu étaient absolument vierges de cirage, que ses mains comme son visage n'avaient jamais subi le contact de l'eau ?

On se demandera pourquoi Sainte-Beuve laissait quelquefois franchir le seuil de son cabinet à ce paquet fétide et sordide qui ne pouvait lui inspirer et ne lui inspirait en effet que de la répulsion. Cela tient à l'un des côtés de son caractère, à son goût, souvent exagéré, pour l'information de détail. Il espérait toujours que Nicolardot lui apporterait quelque fait curieux, quelque anecdote inédite, dont il tirerait profit pour l'une de ses *Causeries du Lundi*. Il finit par s'apercevoir que son attente resterait vaine. Chacun quête et chasse selon sa nature. Nicolardot allait tout

droit dans l'histoire aux carrefours encombrés
d'ordures, et les renseignements qu'il en rappor-
tait, souvent contestables d'ailleurs, n'auraient
pu être pris qu'avec des pincettes, et fixés sur le
papier qu'avec un balai. C'est ce goût pour les sa-
letés qui finit par le déconsidérer dans l'esprit de
Sainte-Beuve, et qui amena la scène dont je parlais tout à l'heure.

Un matin, nous étions au travail lorsque Nicolardot entra, tout riant et tout fier de quelque
nouvelle trouvaille. Il s'agissait de je ne sais quel
propos sur Louis XVI et son épée. Ce mot l'*épée*
prononcé avec certaine accentuation fournissait
une sorte d'équivoque qui réjouissait profondément Nicolardot, heureux de faire allusion aux
habitudes malséantes, mal odorantes et très
bruyantes que la chronique attribue à Louis XVI.

Voilà le mot lâché. Sainte-Beuve, qui conti-
nuait d'écrire tout en écoutant, croit avoir mal entendu. Il relève la tête et regarde l'anecdotier im-
bécile poursuivant en *paix* sa plaisanterie. Par
un mouvement soudain il se lève de son fauteuil,
fait pirouetter Nicolardot sur les talons, et, par
un geste savamment combiné, il lui applique en
même temps ses poings sur les épaules et son pied
dans une région inférieure, le dirigeant à grande
vitesse du côté de la porte. Cela se passa si promptement que j'eus à peine le loisir de m'en rendre

compte. C'est seulement en voyant le malencontreux biographe s'engouffrer dans l'escalier que je compris à quel point il avait blessé le patron dans ses fibres d'homme bien élevé et de délicat historien.

« Je l'ai peu recherché dans ses dernières années », dit naïvement le personnage. Je le crois sans peine. Cette gymnastique appliquée lui avait tenu lieu de démonstration suffisante, et quand il avait fait quelque découverte dans la hotte aux immondices, il s'abstenait soigneusement d'en venir triompher rue Montparnasse.

Pourquoi faut-il que le nom de Nicolardot devienne une transition obligée pour arriver à parler de Barbey d'Aurevilly? Hélas! c'est que pendant des années ils ont été inséparables. Qui voyait l'un voyait l'autre. Comment ce dandy, si pointilleux sur le chapitre des élégances, pouvait-il traîner à ses talons un *famulus* d'aspect si chétif et si peu engageant? Je me suis trouvé quelquefois en tiers avec eux, et j'ai pu constater que Barbey n'était pour son acolyte ni très bienveillant ni même très tolérant. Il le traitait en domestique, et l'autre se laissait faire avec une docilité surprenante. Quoique d'Aurevilly ait eu toutes les mauvaises réputations, sans trop les justifier d'ailleurs autrement qu'en paroles, je

crois que sa relation avec Nicolardot peut s'expliquer par son goût inné de domination servi
à souhait par la subordination patiente de son
compagnon.

J'ai vu Barbey assez souvent rue Montparnasse,
mais ce n'est pas par Sainte-Beuve que je l'ai
connu. En d'autres termes, et pour expliquer
cette énigme, ce n'est point le hasard d'une fré-
quentation accidentelle qui a donné lieu à une relation fidèlement entretenue et toujours cordiale.
C'est par un acte de pure spontanéité littéraire
que j'entrai en rapports avec d'Aurevilly. J'avais
lu et goûté au plus haut point dans la *Revue des
Deux Mondes* un article de George Sand sur Maurice de Guérin, non pas tant l'article en lui-même,
qui était assez faible; mais une composition superbe, *le Centaure*, qui s'y trouvait encadrée, et
surtout d'admirables fragments de lettres. A qui
ces lettres étaient-elles adressées et pourquoi, les
années s'écoulant, ne les livrait-on pas en entier
à la publicité? Dès que j'eus appris que le destinataire de cette correspondance était Barbey d'Aurevilly, rien ne put m'empêcher d'aller le trouver
pour lui demander la cause de ce silence, et, au
nom des vrais lettrés, le prier de le faire cesser.

Bien que Sainte-Beuve m'en eût dissuadé, me
disant que le caractère du personnage était assez
fantasque, j'allai lui rendre visite dans sa chambre

froide et nue de la rue Rousselet, dont le seul or-
nement consistait en un crucifix placé au fond de
l'alcôve. En deux mots je lui fis connaître le motif de ma démarche. Il m'accueillit fort bien, me
mit au courant des misérables petites causes qui
avaient empêché jusque-là (et devaient toujours
empêcher) cette publication intégrale. C'était
l'éternelle histoire des timidités de province et
des pudeurs de famille, auxquelles s'ajoutaient ici
les complications d'une dévotion timorée.

Ce nom de Maurice de Guérin, qui a eu son au-
réole de réputation et qui mérite de la garder, a
été singulièrement compromis auprès des purs
littérateurs par l'étalage de religiosité qu'on a fait
alentour. On l'a noyé dans l'ombre de sa sœur Eugénie, un écrivain de race assurément, mais d'essence strictement catholique. Celle-ci cependant,
si elle eût vécu, n'aurait peut-être pas apporté
d'entraves morales à la publication des lettres.
Son esprit, plus généreux que large, moins cultivé que pieux, mais capable toutefois de discer-
nement littéraire, s'ouvrait volontiers à la spontanéité des sentiments. Autant Maurice était beau
(c'est d'Aurevilly qui parle), autant Eugénie était
laide, mais d'une laideur intelligente. « Et, con-
cluait-il avec sa présomption innée, je l'aurais
certainement épousée s'il n'y avait eu l'autre sœur,
Marie de Guérin, enfermée dans son manoir du

Cayla, en Languedoc, et intraitable envers toute
manifestation littéraire, ne connaissant d'autre
imprimé que la *Journée du Chrétien* et le livre de
messe. Elle n'a rien négligé pour faire disparaître
Maurice, et dans l'œuvre de Maurice tout ce qui
était de l'artiste païen, du Grec ressuscité. Quant
aux lettres de Maurice, j'en possède les originaux,
et de plus une très belle copie a été faite par les
soins de mon ami Trébutien, le bibliothécaire de
Caen. »

Des originaux et de la copie, je ne sais ce qu'il
en est advenu, d'autant plus que cette antique
amitié avec Trébutien se brisa un jour pour je ne
sais quel motif futile, et d'Aurevilly devint aussi
amer dans ses propos, aussi brutalement dédai-
gneux, qu'il avait été démesurément louangeur.
De ce Trébutien dont il faisait presque une créature céleste, il ne vit plus et ne signala que les
petitesses morales et les misères physiques. Le
pauvre bibliothécaire était fortement disloqué et
ses membres faisaient l'effet de pièces d'anatomie
mal attachées entre elles. En outre il boitait d'une
façon lamentable. Or son ami, qui semblait
n'avoir jamais remarqué cette claudication, ne
manquait pas de dire, après la brouille, quand
on parlait de Trébutien : « Que voulez-vous? qui
boite du corps boite de l'âme! » J'ai vu Trébutien
avant et après la brouille, et je dois dire que son

attitude était infiniment plus convenable que celle
de d'Aurevilly. Si quelqu'un a cloché en cette affaire
ce n'est certes pas lui.

La conclusion de cette longue conversation fut
tout à fait inattendue : d'Aurevilly m'invita à dîner
pour l'un des jours de la semaine suivante. Il n'était
pas très coutumier de pareilles invitations, ayant
peu de fortune et touchant, je crois, de modiques
appointements au *Pays*. Sainte-Beuve fut renversé
quand il apprit cette nouvelle. « Vous apprivoisez,
me dit-il, les plus fiers animaux, mais au moins
n'allez pas le prendre chez lui (nous devions dîner
au restaurant) : vous n'oserez jamais sortir avec un
semblable carême-prenant. » Le mot me choqua.
Je le trouvais vulgaire et injuste.

Pourtant lorsque, en arrivant rue Rousselet, je me
vis en face d'un élégant de 1830, avec sa redingote
serrée à la taille et ses pantalons à sous-pieds, je
commençai d'être inquiet. Le gilet, du plus beau
jaune, n'était pas fait pour me rassurer, et ce qui
acheva de me troubler, ce furent des gants bleus, la
limousine rejetée sur un bras à la manière des
rouliers, et le sombrero rappelant la coiffure de
Frédérick Lemaître dans quelqu'un des anciens
drames romantiques. Je me demandai si le traje
jusqu'à la place de l'Odéon, où devait avoir lieu
notre festin, s'accomplirait sans encombre, sans
émouvoir les populations. On était sans doute fait

dans le quartier à cette tenue excentrique, car toute
l'émotion se borna dans la rue de Sèvres à l'ébahissement de gamins, qui, sans trop oser rien
dire, nous suivirent pendant quelque temps.

Le restaurant du Commerce et le café Tabourey
occupaient alors l'emplacement où se trouvent aujourd'hui les librairies Doin et Flammarion. On se
souvient que Jules Janin demeurait au quatrième
étage dans cette même maison Tabourey, et que les
cris de son fameux perroquet y entretenaient des
heures durant une musique infernale. Dans ce petit
coin de Paris, où se groupaient volontiers quelques
lettrés, où l'on écoutait avec sympathie Émile Montégut, très en veine alors de libéralisme, d'Aurevilly
était accepté sans qu'on fît attention à son costume.
On le goûtait pour sa bonne humeur, très franche,
sa connaissance des moindres anecdotes littéraires
et l'esprit de sa causerie, qui aurait été réellement
merveilleux si l'on n'y avait senti trop constamment
le désir d'étonner l'auditoire.

> En fait de parure
> Dandy casse-cou,
> De la bigarrure,
> Je suis vraiment fou.
> Mes gilets jonquille
> Avec mes gants bleus
> Au bourgeois tranquille
> Font cligner les yeux!

Ainsi parle la chanson dans laquelle on a oublié

le corset et où les gants roses auraient pu, sauf
les exigences de la rime, alterner avec les gants
bleus. La conversation comme la toilette était
bariolée de mots à effet et de paradoxes ultramon-
tains, lancés avec un air de défi, pour émoustiller
la galerie, qui s'en réjouissait fort.

Outre notre commune admiration pour Maurice
de Guérin, nous avions un autre terrain d'entente,
étant Normands tous les deux. D'Aurevilly poussait
très loin le patriotisme local. Natif de Saint-
Sauveur-le-Vicomte, il exaltait surtout la basse
Normandie, sans dédaigner la moyenne à cause
de Malherbe, ni trop rabaisser les Rouennais, que
défendait l'ombre victorieuse de Pierre Corneille.
On a remarqué depuis longtemps que si la
Normandie est le pays de sapience, le pays de
Fontenelle, ce matois de génie, elle est riche aussi
en esprits aventureux, cavaliers, amis de l'emphase
espagnole à la Corneille, à la Brébeuf ou à la Louis
Bouilhet. D'Aurevilly était un Castillan de la
Manche.

Il aimait tout de sa province, n'en répudiait
rien, pas même les longues *beuveries* ni les larges
lampées de *calvados*. Les héros de Rabelais ne
tenaient certes pas plus que lui à la réputation de
buveurs émérites. « Je suis un Titan », répétait-il
volontiers. Et comme preuve de sa vigoureuse
organisation, il aimait à citer je ne sais quel repas

de noces où l'on était resté huit heures d'affilée à table... sans se lever.

Un jour qu'il était venu me visiter à Sèvres avec quelques-uns de mes amis, le dîner s'étant un peu trop prolongé, la voiture pour Paris et l'omnibus du chemin de fer partirent sans attendre les convives. « Eh bien ! prononça d'Aurevilly avec son autorité souveraine, nous allons souper pour attendre plus gaîment l'aurore. » Ce qui fut dit fut fait. Quand parut la lueur matinale (c'était pendant les courtes nuits de juin), elle nous trouva tous plus ou moins pâles et fatigués, excepté le gaillard critique en train comme un jeune homme et fort comme un chêne. Je le vois encore traversant de son pas ferme le parc de Saint-Cloud, tout guilleret et cependant très grave, car en ce saint jour de dimanche, il allait entendre la messe. « Je suis un Titan ! » le mot se vérifiait à la lettre et nous avions tous l'air de pygmées autour de lui. Je l'ai vu jusqu'à l'âge de soixante-dix-huit ans passer des soirées et même des nuits dans le monde. On venait l'y regarder par curiosité, comme un ancêtre des âges préhistoriques, et lui, toujours fat, à chaque jolie femme qui entrait dans le salon, me disait : « La malheureuse ! en voilà encore une qui vient pour moi. »

Barbey était le nom de famille ; Aurevilly représente un lopin de terre, une petite métairie qui

servit à déguiser et à décorer la roture primitive.
Les Barbey avaient été, dit-on, les plus riches tou-
cheurs de bœufs du Cotentin. Ils avaient dû bien
déchoir, car lorsque, pendant la Commune, le
hasard des circonstances me conduisit à Saint-
Sauveur-le-Vicomte, je trouvai la maison patri-
moniale, où s'était réfugié d'Aurevilly, d'aspect
plus que modeste. L'abbé Léon d'Aurevilly, poète
à ses heures, habitait là dans l'intervalle de ses
séjours prolongés à la Trappe de Briquebec, toute
voisine. Un troisième frère, négociant, résidait à
Mortain.

Ce fut une grande affaire d'obtenir l'entrée de la
maison. Je sonne. Après une longue attente, arrive
une espèce de rustre, qui me demande ce que je veux.
« Parler à M. d'Aurevilly. — Ah! oui, M. Barbey!
Et comment vous nommez-vous? » Je dis mon nom.
Nouvelle attente plus prolongée. Retour du rustre.
« l'dit comme ça qu'i n'connaît pas d'Langlois. »
Je m'arme de patience et décline mon nom de
nouveau, bien clairement. Troisième station, troisième apparition du villageois : « l'dit comme ça
qu'i n'connaît pas de Ledanois. »

Les négociations auraient pu s'éterniser si, au
fond du petit jardin, sur un perron de trois
marches, au seuil d'une porte enguirlandée de
roses, ne s'était dressé un immense fantôme blanc,
faisant signe de me laisser entrer ainsi que mon

hôte de La Haye-du-Puits, qui m'accompagnait.
Le personnage extraordinaire que nous avions
sous les yeux n'était autre que le critique du *Pays*,
vêtu magistralement, ou plutôt ecclésiastiquement,
d'une aube très belle évidemment empruntée à la
garde-robe de l'abbé. Le temps était chaud, mais
l'accueil fut un peu frais. Un malaise que je ne me
suis jamais expliqué, et tel qu'il ne s'en est produit
entre nous ni avant ni après, semblait paralyser
le maître de la maison. A d'honnêtes voyageurs,
que, dans leur carriole découverte, le soleil n'avait
point épargnés, le cidre de l'hospitalité, le vrai
cidre normand ne fut pas offert. Quelques
paroles décousues et languissantes donnèrent à
cette rapide entrevue l'apparence d'une situation
fausse et interminable. La pièce où nous avions
été reçus était fort délabrée et le mobilier plus que
rustique. Je crois qu'il y avait tout simplement
quelque grande gêne à la maison, et qu'en l'absence de Léon, son frère n'osa pas nous retenir à
déjeuner (1).

Pauvre comme Gustave Planche et honnête
comme lui, quoi que l'on ait pu dire, Barbey
d'Aurevilly, par suite de je ne sais quel héritage,
se trouva plus à l'aise dans ses dernières années.

(1) L'évêque de Coutances venait ce jour-là donner la confirmation. L'abbé devait avoir l'honneur d'être son porte-croix
et sans doute de déjeuner avec lui. De là l'embarras et l'hésita-
tion de d'Aurevilly.

Comme je l'en félicitais un jour : « Oui, me dit-il, désormais je ne serai plus obligé de travailler sous les hallebardes de la nécessité. » Il continua vaillamment jusqu'au bout et ne cessa d'écrire que quand la plume lui tomba des mains.

Cette plume, s'il s'en servait rudement contre les adversaires de ses idées, il la mettait avec beaucoup de bonne grâce au service des écrivains qu'il estimait et qui lui étaient sympathiques. On connaît son très courageux article en faveur de Baudelaire lors du stupide procès dirigé contre les *Fleurs du Mal*, et quand ceux qui auraient dû patronner le poète, se taisaient prudemment. Il eut deux fois à parler de moi, à propos de l'*Année d'un Ermite*, du *Corneille inconnu*, et il le fit avec une véritable bienveillance. J'ai dans ma bibliothèque presque tous ses ouvrages, avec des dédicaces autographes, de ces dédicaces flamboyantes comme il excellait à les faire en encre rouge, bleue, verte. En tête de *Ce qui ne meurt pas*, d'abord une flèche dorée qui vient tomber sur les mots suivants, tracés à l'encre rouge :

« A Jules Levallois, le Normand, l'autre Jules Normand. »

Puis une flèche. Et au-dessous :

« Il faut bien se lire quand on ne se voit pas. »

Les OEuvres et les Hommes (les Historiens) :

« A mon ami Jules Levallois.
« Qui a écrit l'*Histoire de Corneille* peut écrire toutes
les histoires et les juger. »

Sur le volume *les Critiques ou les Juges jugés :*

« A mon ami Jules Levallois.
« Même prénom, même patrie, même manière de *sentir*
les choses.
« Est-ce assez ? »

Une réimpression des *Prophètes du passé* me fut
adressée avec ces mots :

« Amis de cœur, — ennemis d'idées! »

Ennemi — non, mais adversaire courtois et ré-
solu comme j'eus plus d'une fois occasion de le
lui prouver. La contradiction ne l'irritait nullement : il était de ceux qui aiment qu'on leur ré-
siste et non qu'on se dérobe.

CHAPITRE VIII

L' « Opinion Nationale ». — La « Revue Moderne ». — La
« Revue Française ». — La « Revue Européenne ».

CASTAGNARY. — LACAUSSADE. — CARO. — ADOLPHE
GUÉROULT. — AZEVEDO.

Le seul désir de reprendre ma liberté, de
« m'établir à mon compte comme ouvrier de
lettres », me suggéra au bout de trois ans et
quelques mois la pensée de quitter Sainte-Beuve.
Les séparations se font rarement à l'amiable : il
y eut de sa part un mécontentement assez vif, lequel
cependant dura peu. Lorsque parut le dernier volume de *Port-Royal*, auquel j'avais tant travaillé,
il me le fit parvenir avec ces mots : « Affectueux
souvenir de trois ans et demi moins un jour. »
Après cet envoi, je retournai le voir : je fus accueilli à bras ouverts, comme en fait foi la *Correspondance*, et il ne fut plus question de rien. J'étais
désormais un grand garçon et traité comme tel.
Ceux qui ont parlé de la méchanceté opiniâtre de
Sainte-Beuve n'ont connu ni l'excessive mobilité

de son humeur ni la bonté qui faisait le fond de.
son caractère. De cette bonté, poussée parfois
jusqu'à une crédulité naïve, j'en pourrais donner
bien des preuves ; je veux citer au moins un fait
très ignoré et particulièrement touchant.

Il y avait aux Quinze-Vingts un pauvre poète
nommé Delahalle ; Sainte-Beuve l'avait connu,
dans les premiers temps du Cénacle, chez Émile
Deschamps : il en avait gardé un bon souvenir.
Comment Delahalle était-il devenu aveugle ? Un
peu, m'a-t-on dit, comme le Passerat de la *Satire
Ménippée* était devenu borgne en fêtant trop la
dive bouteille. Grâce à ses anciennes relations,
il avait pu entrer aux Quinze-Vingts ; mais une
passion lui restait qui le rendait bien malheureux :
il aimait à fumer. Sainte-Beuve avait obtenu pour
lui du ministère une indemnité éventuelle de cent
francs par an « pour son tabac ». La misère de
ces sortes de secours c'est que périodiquement il
en faut solliciter le renouvellement. Tous les ans
donc, au mois de janvier, parmi les paquets de
lettres et de cartes qui arrivaient en masse, nous
étions sûrs de trouver la supplique officielle de ·
Delahalle, avec prière instante de l'apostiller. Je
n'ai jamais vu le patron, si nerveux d'habitude,
manifester à ce sujet la moindre impatience.
« Occupons-nous d'abord de ce brave Delahalle et
de son tabac ! » Et la pétition partait pour le

ministère, avec une recommandation très pressante, qui en assurait toujours le succès.

En réalité je n'avais qu'un grief : c'était la con-
fiscation pleine et entière de mon temps. J'avais
dû cesser à peu près complètement ma collaboration au *Moniteur*, et pendant près de quatre ans,
je ne pus donner à des revues que deux fragments :
encore ceux-ci provenaient-ils de travaux antérieurs. Lorsque la *Revue Européenne* vint à se
fonder, Auguste Lacaussade m'y offrit une situation très convenable ; mais il était impossible de
combiner ce nouveau travail avec mes fonctions
absorbantes de secrétaire. Je dus opter, et de là
vint la rupture.

Tout à l'heure, je dirai ce qu'était la *Revue Européenne*, auparavant il faut que je touche un mot
de deux revues qui ne sont pas indignes de souvenir : la *Revue Moderne* et la *Revue Française*.

La *Revue Moderne*, fondée par un groupe de
phalanstériens, avait pour directeur un gros
homme tout réjoui lorsqu'il n'était pas en colère,
et il ne s'y mettait sérieusement que lorsqu'on
prononçait devant lui le mot de *prêtre*. C'était
Charles Sauvestre, bien connu depuis à l'*Opinion
Nationale* comme prêtrophobe. « Un curé par
jour, disait-on, et un évêque le dimanche : voilà
la ration de Sauvestre. » Il était Manceau et,

comme les gens de son pays, d'humeur très *cho-
quarde*. A la moindre polémique philosophique
ou religieuse, sa large figure, trouée comme une
écumoire par la petite vérole, se colorait rapidement; ses petits yeux bridés par ses joues lan-
çaient des éclairs. Cela s'apaisait vite, et le génie
pacifique de Fourier planait sur nos réunions. On
se donnait rendez-vous le soir, rue Jacob, dans
un bel appartement situé au fond d'une cour, et
faisant partie d'un hôtel dont le propriétaire était
Laurent-Pichat, l'un des fondateurs de la *Revue
de Paris*.

Il venait là des hommes de mérite et des originaux : Cyprien Spies, critique musical, surnommé l'Homme en bois ou encore l'Automate
de Vaucanson, Antony Méray, distingué biblio-
phile, mais écrivain trop porté sur la métaphore.
C'est lui qui, rendant compte du premier roman
d'Hector Malot, les *Victimes d'amour*, a écrit cette
phrase mémorable : « M. Malot chatouille avec
une plume d'or les narines de la réalité. » Méray,
joyeux Bourguignon, ami de la bonne chère
comme son coreligionnaire Édouard de Pompery,
était de plus un déiste convaincu, ce qui amenait
des discussions interminables entre lui et Leblais,
l'un de nos collaborateurs, associé par Littré à
son grand travail du *Dictionnaire*, et positiviste
jusque dans les moelles. De ces divers écrivains,

celui qui devait jeter le plus d'éclat sur la courte
carrière de la *Revue Moderne* est Jules Castagnary.
Il y a publié son très beau *Salon de* 1857, une
œuvre qui fit révolution dans la critique d'art,
qu'il a peut-être égalée dans quelques-unes de
ses productions ultérieures, jamais surpassée.

De cette modeste *Revue Moderne* partit donc
l'un des premiers manifestes qui devaient orienter
l'art et la littérature vers un retour à la sincérité.
Dans cette tendance, je me rencontrais entièrement avec Castagnary. J'avais plaidé, non sans
succès, auprès de Sainte-Beuve, la cause de ce
que nous appelions le *sincérisme*, en le forçant de
lire Mme *Bovary* et, ce qui était plus sévère, d'accepter pour le *Moniteur* les *Amoureux de Sainte-
Périne* de Champfleury. Un seul détail l'avait impatienté. Le romancier, dans ses portraits de
vieillards, parle sans cesse de bonshommes qui
ont la tête « comme un genou ». Sainte-Beuve,
dont la calvitie était à peu près complète, tolérait
difficilement cette expression : « Est-ce qu'il ne
peut pas trouver autre chose que cet éternel genou? » L'auteur du *Professeur Delteil* passait
encore, grâce à son exactitude scrupuleuse. Mais
je ne pus jamais faire adopter ni comprendre
Murger. Cette chasse continuelle et aventureuse à
la pièce de cent sous exaspérait le placide rentier
de la rue Montparnasse, le moins bohème des

hommes. Il ne goûtait même pas ces jolis coins
de nature et de paysage qui, dans *Adeline Protat*
et *le Sabot rouge* déguisent la faiblesse de l'invention. Tout au contraire nous raffolions de ces
détails rustiques et positifs, persuadés que si la
vérité trop longtemps méconnue par les néo-ro-
mantiques devait reprendre ses droits, ce serait
uniquement par la probité du rendu et la conscience du procédé. Hector Malot était absolument
dans les mêmes idées, et travaillait à les appliquer
dans ses romans en préparation. Nous devions,
deux ans plus tard, nous retrouver ainsi que
Sauvestre et Méray à l'*Opinion Nationale*, et
mettre résolument nos théories en pratique.

L'œuvre écrite de Castagnary est peu considérable : deux *Salons*, — 1857 — 1861, un petit
volume de *Libres Propos* et une très curieuse
brochure intitulée : *Gustave Courbet et la Colonne
Vendôme*, *plaidoyer pour un ami mort*. Des deux
hommes qu'il y avait en lui, le politique a de bonne
heure absorbé le littérateur. Nous avons droit,
nous autres lettrés, d'en exprimer le regret, car le
talent de l'écrivain était de premier ordre, et, ce
qui ne doit pas être omis, ce talent était l'expression
fidèle d'une même et forte pensée. Beaucoup de
personnes se sont trompées sur Castagnary, et
lui-même prêtait à l'erreur ; il y invitait en quelque
sorte par l'ironie douce de sa conversation, la sou-

plesse de son langage, la désinvolture avec laquelle il se jouait, non pas des idées, mais autour des idées. On était tenté de ranger ce charmeur exquis, ce dialecticien subtil, parmi les rhéteurs et les sophistes. Melvil-Bloncourt l'avait surnommé Gorgias et le citait comme un type de scepticisme. C'était se méprendre tout à fait, et la vie trop courte de Castagnary l'a prouvé. Au pouvoir comme dans la critique, avec les dehors les plus engageants et les plus courtois, il est demeuré ce qu'il était au fond : *un inflexible;* il est resté le Proudhonien de sa jeunesse, tel que nous l'avions connu quand il était simple clerc chez Mᵉ Boudin, avoué.

Ce sont ses théories proudhoniennes qui, s'ajoutant à son goût pour le naturisme (je n'ai pas dit le naturalisme), l'amenèrent à un véritable culte pour Courbet. Il se fit l'interprète de son œuvre, et plus tard, après les événements de la Commune, le défenseur de sa mémoire.

Une des dernières fois que je vis Castagnary, il faisait partie du conseil d'État, et justement la *Société française des Amis de la Paix*, dont j'étais alors le secrétaire général, avait une affaire pendante devant cette haute juridiction. Après avoir examiné la difficulté en question, nous nous mîmes à parler « du bon vieux temps » ; puis la causerie s'étendant davantage, le nom de Courbet

vint à être prononcé. Castagnary me demanda si
j'avais lu sa brochure en faveur du peintre condamné. Sur ma réponse négative, il alla chercher
un exemplaire, et en me le remettant avec un mot
de dédicace, il me le recommanda très vivement
au double point de vue de la justice et de l'amitié.
Cette brochure est très rare (je crois qu'elle n'a pas
été mise en vente) : il serait à désirer qu'elle fût
répandue. C'est un modèle de discussion, de rai-
sonnement serré, de démonstration péremptoire.
Quand on l'a lue, il est impossible de ne pas
considérer les poursuites exercées contre Courbet
non seulement comme odieusement injustes, mais
comme parfaitement injustifiables.

La *Revue Française* de Jean Morel n'était pas
une revue dogmatique comme la *Revue Moderne,*
mais avec une teinte de spiritualisme très prononcée, un recueil fort ouvert, fort hospitalier.
Peut-être Hippolyte Babou y écrivait-il trop ,
souvent, mais on y lisait avec plaisir des articles
de Charles Asselineau, de Baudelaire, d'Édouard
Fournier, de Lacaussade, de Mme Blanchecotte.
A côté de ces noms, si honorablement connus dans
les lettres, j'en dois rappeler deux qui n'ont pas
eu la même notoriété: l'un est celui d'un philosophe catholique auquel on est en train de faire ou
de refaire une réputation, Ernest Hello: il écri-

vait de belles pages, empreintes d'un mysticisme
sombre et trop tranchantes de ton ; l'autre est celui
d'un pauvre diable, complètement disparu au fond
du gouffre, Ferdinand Fouque.

Parmi tant de lectures que j'ai faites, celles-ci
pour mon instruction et mon plaisir, celles-là
pour ma profession, je n'ai jamais rencontré rien
d'aussi remarquable ni surtout d'aussi rigoureusement *unique* que les petites compositions de
Fouque intitulées : *les Danses grecques*. Je me
sers de ce mot « composition » faute de mieux,
parce que ce genre de pièces ne correspond à rien
de strictement délimité. Ce ne sont ni des pas-
tiches comme le *Centaure*, ni des symboles comme
dans l'*Antigone* de Ballanche. Cela tient de l'évocation, du rêve, de la fantaisie, et cependant de
je ne sais quelle réalité mystérieuse qui vous
pénètre. Le style est coupant et pur comme l'acier ;
il a du charme dans la profondeur et de la précision dans l'inexprimable.

Je ne me souviens plus si l'on payait à la *Revue
Française*, mais dans tous les cas on ne devait pas
payer cher, car Fouque était l'image de la pauvreté, d'une pauvreté comme on n'en rencontre
qu'en Angleterre. Un jour, je me trouvais à la
National Gallery, dans le sous-sol où l'on expose
les esquisses et les dessins de Turner. Un homme
en redingote me précédait. Hélas ! quelle redin-

gote! Elle donnait à la fois la sensation de la pelure
d'oignon et de l'amadou. On se rendait très bien
compte que ce vêtement ne protégeait rien et que
si l'on y touchait du bout du doigt, tout s'en irait
en charpie. Alors, « du fond de mon passé confus »,
un souvenir s'éveilla, obscur d'abord, puis se pré-
cisant peu à peu. « Où donc, pensai-je, ai-je vu
une misère pareille? » Et le nom de Fouque me
revint subitement avec une sensation douloureuse.
C'était du reste une misère dignement portée.
Fouque n'empruntait jamais.

Plus délabré que Job et plus fier que Bragance,

il grelottait dans sa mansarde de la rue Neuve-
Richelieu, où, par une ironie du sort, s'acharnant
à faire souffrir ce ventre vide, il habitait la maison
du restaurateur Flicoteaux. Fouque disparut sans
laisser de traces, et de lui rien ne subsiste, pas
même son nom, ce qui est une grande injustice;
pas même son œuvre, ce qui est une lacune littéraire. Je n'étais pourtant pas le seul à l'apprécier;
j'eus plus d'une fois l'occasion d'en parler avec
Jules Vallès, qui ressentait pour son talent une
admiration véritable. Un projet d'édition fut
ébauché, des recherches commencées sur cette
personnalité si fugace, si réservée : nous ne pûmes
rien apprendre. Des événements survinrent et le
projet d'édition fut abandonné. Toutefois je ren-

contrais rarement Vallès sans échanger avec lui
quelques mots de regret sur ce grand artisan de
style si digne de mémoire et si lamentablement
inconnu.

« Si l'on pouvait créer une revue plus littéraire
que politique, ouverte à tous les écrivains indépendants, impartiaux, leur garantissant une pleine
sécurité, une entière liberté dans l'expression de
leurs sentiments et de leurs idées, ne serait-ce pas
un point de départ, un essai d'évolution vers une
ère d'apaisement et de libéralisme? » C'est pour
répondre à cette question, pour tâcher de résoudre
cette difficulté que, vers 1859, fut fondée la *Revue*
Européenne. Elle était destinée à servir en quelque
sorte de dérivatif à ce que présentait de trop strictement gouvernemental la *Revue Contemporaine*,
dirigée, avec habileté d'ailleurs, par un écrivain
de beaucoup d'esprit, Alphonse de Calonne.

Pour réaliser cette combinaison peu praticable,
il fallait trouver un homme qui eût à la fois de
l'imagination et du caractère. On eut la main
heureuse en choisissant Auguste Lacaussade. Ce
stoïcien de talent, qui a su nous donner parallèle-
ment à Leconte de Lisle, et avec plus de finesse,
la sensation de la nature tropicale, ce méditatif
qui a interprété Leopardi avec une intensité si
vigoureuse ; ce poète éminent qui s'est naïvement

excusé d'avoir visé à l'Académie française ; cet idéaliste se montra le plus vigilant, le plus capable et le plus libéral des directeurs. Il poussa si loin l'indépendance, que l'on put à certains moments se demander si la *Revue Européenne* n'allait pas devenir un centre d'opposition. Une satire, dans laquelle il traitait avec peu de ménagements ce que l'on appelait par euphémisme « l'état de choses », scandalisa le clan des personnages officiels, des professeurs.

Il y en avait beaucoup à la *Revue Européenne* et des plus huppés : Monty, Gustave Merlet, Caro. Ce dernier, soit dit sans aucune intention d'épigramme, était le ténor de la troupe. Professeur de philosophie à la Faculté des lettres de Douai, il s'était fait connaître en réfutant dans les journaux et les revues les écrits de Victor Hugo en exil. Appelé à Paris, une belle prestance, une physionomie avantageuse, une voix bien timbrée, une grande facilité d'élocution, une plume abondante, brillante et rapide devaient lui valoir promptement et lui valurent en effet une situation très enviable dans les cours publics et dans les salons.

On l'a beaucoup discuté comme tous ceux qui réussissent, et même dénigré ; les moqueurs lui reprochaient de trop poser en Adonis, et déjà ses camarades à l'École normale l'avaient surnommé

Cuisse d'or. Il est certain que son auditoire fémi-
nin et aristocratique lui fit en définitive plus de
mal que de bien, en le signalant au grand public
comme un professeur pour dames, et peut-être en
l'accoutumant aussi à trop émousser les pointes
et trop arrondir les phrases. Il serait injuste cependant que l'on restât sur cette impression. La
plupart de ceux qui parlent des cours de Caro ne
les ont pas suivis. Ils s'appuient sur une opinion
légendaire et moutonnière. Pour moi, qui ai entendu plusieurs de ses leçons et qui les ai même
analysées la plume à la main, je puis rendre ce
témoignage qu'elles étaient fort remarquables,
d'une lucidité parfaite et d'une élégance qui après
tout n'est pas à dédaigner. Je sais qu'aujourd'hui,
dans l'école documentaire, on manifeste un profond dédain pour les maîtres qui se permettent de
parler et d'écrire élégamment. C'est toujours la
fable de La Fontaine, *le Renard et les Raisins*. Au
fond, Caro était dans la tradition française, dans
la tradition qui nous a valu tant d'excellents orateurs et prosateurs philosophes, de Descartes et
Malebranche à Cousin, Jouffroy et Fouillée. On a
dit de ses articles et de ses livres que c'étaient des
traités de vulgarisation ; mais n'est pas vulgarisa-
teur qui veut. Avant de vulgariser, il faut avoir
compris, et quand on a compris, il faut faire
comprendre. Sous ce rapport, tel ouvrage de

Caro, par exemple la *Philosophie de Gœthe*, peut être considéré comme d'une utilité persistante.

Pour en finir avec la *Revue Européenne*, il faut bien avouer que Caro, en tant que lecteur des manuscrits, ne s'y montra tout d'abord ni très encourageant pour les *jeunes* ni très clairvoyant. Il refusa entre autres le charmant épisode de *Pascaline*, qui devait, quelques mois plus tard, contribuer au succès des *Victimes d'amour*. Il eut aussi quelque peine à se faire à moi, et l'un des reproches qu'il m'adressait était d'abuser des majuscules. Nous n'en devînmes pas moins très bons amis, et d'une amitié qui demeura inaltérée jusqu'à la fin. J'ai reçu de lui beaucoup de lettres affectueuses. On me pardonnera d'en donner une ici, malgré ce qu'elle contient de flatteur à mon égard. Elle a été écrite en 1877, après la mort de Mme Thérèse Bourdeau, sa fille, et elle emprunte à cette circonstance un intérêt particulier :

> Mon cher Levallois,
>
> Combien je vous remercie et de votre bon souvenir et de votre excellent article ! Vous m'avez procuré hier une heure bien agréable, et ces heures-là sont rares dans ma triste vie. Cet article m'avait échappé pendant notre douloureux exil de Paris, et j'aurais bien perdu à ne pas le connaître. Un plaisir littéraire et philosophique d'abord, puis un nouveau motif de vous remercier, ce qui m'est particulièrement agréable, car vous savez en quelle estime je tiens votre caractère et votre talent. Merci de tout cœur ! Ma vie

est brisée comme mon cœur. Mais parmi ces débris subsiste le souvenir fidèle à ceux qui comme vous, m'ont aimé
et consolé.

Cordialement.

On voit à quelle profondeur l'avait atteint cette
irréparable perte. Dans le monde, où il fut si
recherché jusqu'en ses années de recueillement et
de tristesse, il lui arrivait de n'être parfois que
l'ombre de lui-même. Il fallait pour le réveiller,
pour piquer au jeu le causeur d'autrefois, un bon
partner. Barbey d'Aurevilly avait ce privilège.
C'était plaisir de les voir tous deux aux prises, et
souvent l'ironie courtoise de l'universitaire mettait
en déroute les paradoxes à tous crins du gentle-
man normand. Quelques impertinences de grandes
dames et surtout la caricature de Bellac dans le
Monde où l'on s'ennuie, furent extrêmement pénibles à Caro. Il assistait à la première représentation et il tint bon jusqu'au bout sans laisser
paraître son émotion, mais il s'en alla navré.
Quelque temps après, je le rencontrai place
Médicis, à l'une des entrées du Luxembourg.
Nous fîmes quelques tours ensemble dans le
jardin. En parlant de sa fille, il avait les larmes
aux yeux. Il ajouta : « Je ne vais plus dans le
monde. Croyez-m'en, mon cher ami, n'y allez pas
trop. Il faut se faire désirer : qui se prodigue se
perd ! »

Dans l'été de 1859, le journal *la Presse*, qui appartenait à M. Millaud, et que dirigeait M. Adolphe Guéroult, fut soudainement mis en vente, et du jour au lendemain changea de rédaction. Si cela devait être pénible pour M. Guéroult, c'était très contrariant pour Malot et moi, car, Malot étant recommandé par un de nos camarades de collège, cousin du rédacteur en chef de la *Presse*, et se chargeant de me recommander à son tour, le pot au lait de Perrette se renversait pour nous d'une façon mortifiante. Malot toutefois ne se découragea point : il fit des visites, des démarches, et disposa si bien les personnes et les choses, qu'il put, vers la fin du mois d'août, m'annoncer, à notre mutuelle satisfaction, la création d'un nouveau journal, *l'Opinion Nationale*, dans lequel nous serions certainement engagés, lui comme romancier, moi comme critique. M. Guéroult, que nous allâmes voir et qui nous reçut de la manière la plus affable, me demanda en effet de lui remettre une *Variété* à titre d'essai. L'*Opinion* devait paraître le 1ᵉʳ septembre. Trois ou quatre jours auparavant, je portai un article sur la *Grammaire et les grammairiens de* Charles Livet. Mes amis me blâmèrent d'avoir choisi un pareil sujet : on me prédit que très probablement je ne serais pas inséré, que, dans tous les cas, cette *Variété*, inévitablement ennuyeuse, serait la première et la

dernière. Je ne fus pas ému de ces fâcheux pro-
nostics. Mon système, qui m'a souvent réussi,
aussi bien pour les articles que pour les conférences, a été de ne jamais rechercher les sujets à
panache, de m'attaquer au contraire à ce qu'il y a
de plus aride et de plus ingrat, me disant avec
raison que, qui peut le plus peut le moins, et
donne ainsi une juste idée de sa force. C'est ce qui
arriva pour l'*Opinion Nationale*. Le journal date
du 1er septembre : mon article parut dans le
deuxième numéro. Il obtint un succès qui dépassa
de beaucoup mon attente. Non seulement M. Guéroult me félicita vivement, mais il me pria de
faire une *Revue littéraire* tous les quinze jours, et
aussi de lire les manuscrits qui commençaient
d'affluer au bureau de rédaction. J'acceptai ces
fonctions délicates : je devais les remplir de mon
mieux pendant treize ans.

Il n'est dans mon goût ni dans mes habitudes
de rien exagérer. Je dois cependant rappeler que
l'*Opinion Nationale* a été l'un des plus brillants
succès du journalisme contemporain. Les éléments
de la rédaction étaient fort variés. Le côté saint-
simonien, phalanstérien, quelque peu socialiste
autoritaire, quoique mélangé de tendances libé-
rales, était représenté avec éclat par le rédacteur en
chef autour duquel venaient se grouper nos amis
de la *Revue Moderne*, Sauvestre, Castagnary,

Méray. Rattachons-y le vieux Laurent (de l'Ardèche). Azevedo était chargé de la musique; le père Babinet, puis Tavernier (de la Nièvre), de la science ; Alexandre Bonneau, du Bulletin ; Sarcey qui était encore de Suttières, du théâtre ; Edmond About, de la partie mondaine et fantaisiste. Hector Malot n'allait pas tarder à publier *Jacques Chevalier*, devenu, dans la collection de ses œuvrès, *les Amours de Jacques*. Plus tard, d'autres Normands vinrent s'adjoindre à nous : Georges Pouchet, Ernest Chesneau, qui remplaça Castagnary au bout de quelque temps ; Eugène Noël, dont les *Lettres rustiques*, suivies de tous avec beaucoup d'intérêt, formèrent plus tard le noyau de l'agréable volume intitulé : *la Campagne*. Plusieurs de ces noms méritent qu'on s'y arrête. Parlons d'abord de l'homme éminent qui, plus que tous les autres, fit la fortune du journal.

Adolphe Guéroult était de Fleury-sur-Andelle, dans la haute Normandie, aimable et riante localité, située non loin de la célèbre côte des *Deux Amants*, et dont la très élégante église réjouit l'œil du voyageur. J'ai dit plus haut que Guéroult avait fait ses études au séminaire d'Écouis, où il connut mon père ; mais pas plus que celui-ci il ne se sentit de vocation pour la prêtrise. Très bon musicien, il s'était fait par ses excellentes études spéciales un nom dans le journalisme. Comme philo-

sophe il avait pris une part très active au mouvement saint-simonien. Comment, après avoir été
consul au Mexique, à Mazatlan, s'était-il lancé
dans la polémique et la haute politique, je n'en
sais rien. Ce qui est incontestable c'est que, du
jour où il prit pied sur ce terrain, il y occupa et
il y garda l'une des premières places. Moins agité
que Girardin, il avait plus de souplesse que Peyrat
et plus de délicatesse que Nefftzer. Guéroult
avait passé au *Journal des Débats*, et il en avait
gardé le bon ton, la courtoisie de langage, en lais-
sant de côté la raideur doctrinaire, — une raideur
de surface. C'est à lui que Saint-Marc Girardin
disait un jour : « Vous blâmez les abus, jeune
homme : c'est très bien ! mais peut-être vaudrait-il
mieux en profiter. »

Un semblable conseil n'était guère fait pour un
homme d'une probité à toute épreuve et d'une
droiture inaltérable. Le rédacteur en chef de l'*Opinion Nationale* appartenait à une race qui paraît
s'être, depuis quelque temps, singulièrement clair-
semée, la race des scrupuleux. En dépit des injures
qu'on lui a prodiguées, des calomnies qu'on a
semées sur son compte et qui ont abrégé sa vie, il
faut bien reconnaître que ce grand journaliste
n'avait pas les habiletés qui conduisent à la fortune durable. « Il est fin sans être adroit » : ainsi
le caractérisait Sainte-Beuve. Michelet en portait

à peu près le même jugement. Ces esprits d'élite ne l'en estimaient que davantage.

Comme écrivain, il a eu pendant longtemps, selon la vieille locution, l'oreille du public. Il plaisait par la clarté, l'honnêteté évidente, le sentiment de l'humanité, une émotion vraie. Ses articles sur le petit Mortara ont été à leur époque un événement européen. L'éducation saint-simonienne, en donnant à sa pensée la culture philosophique, l'avait accoutumé à considérer les choses et les gens avec plus de largeur et d'impartialité que ne le font ordinairement les polémistes. Rédacteur en chef il était poli avec tout le monde, avec ses collaborateurs, avec les solliciteurs et les importuns et même avec les garçons de bureau. L'œil bleu, très clair, était bien celui du Normand, mais sans aucune dureté. Sa physionomie présentait le type des bourgeois de Louis-Philippe, quelque chose d'épanoui, de malin et de reposé. Rentré chez lui à son cinquième de la rue d'Amsterdam, il écoutait ses enfants faire de belle et bonne musique, il causait science avec son fils aîné, Georges Guéroult, le traducteur et le commentateur autorisé d'Helmholtz. Dans les polémiques, on est allé, à bout d'arguments, jusqu'à lui reprocher ce cinquième étage. « Nous savons bien, écrivait impertinemment un rédacteur des *Débats*, que la vertu loge toujours au cinquième, et l'exemple de M. Gué-

11

roult confirme la règle. » C'était d'autant plus
maladroit que le principal rédacteur des *Débats*,
M. John Lemoinne, logeait dans la même maison,
au quatrième, et qu'ainsi la plaisanterie faisait
coup double.

Parmi les anciens saint-simoniens qui concouru-
rent à la fondation de l'*Opinion*, les plus zélés
étaient Laurent (de l'Ardèche) et Azevedo. Laurent
signait presque toujours ses articles d'un pseudo-
nyme, Deleuze, je crois, — parce qu'il craignait
que l'étiquette bonapartiste attachée à son nom
ne nuisît à la réussite du journal auprès des lecteurs libéraux. Pour moi, j'étais tout enchanté de
retrouver l'historien dont le *Napoléon illustré*
avait tant amusé mon enfance. Il avait écrit aussi
sur la Révolution et Sainte-Beuve, à ce propos,
lui avait décerné cet éloge dont il était très fier :
« M. Laurent (de l'Ardèche) a su marcher sans
glisser sur la crête de la Montagne. » Laurent
personnifiait cette nuance d'opinion qu'on a nom-
mée le bonapartisme de 1815, celui des *Brigands*
de la Loire, une sorte de bonapartisme national,
républicain, respectueux de l'Acte additionnel et
ne boudant pas devant un certain socialisme.

A l'égard d'un pouvoir qui n'était tendre ni
pour les indépendants ni pour les neutres,
Laurent, dans l'occasion, devait servir de para-
tonnerre. Bibliothécaire à l'Arsenal, il y occupait le

logement rendu célèbre par le séjour de Charles
Nodier et de sa famille. Il me fit avec beaucoup
de bonne grâce les honneurs de cet appartement
historique; j'étais du reste le seul de la jeune
rédaction avec lequel il entretint des rapports
amicaux. Les autres lui témoignaient une froideur
déplaisante ; Castagnary l'avait surnommé *Casse-*
Noisette.

Azevedo donnait exactement la sensation d'un
de ces jouets qui ont si longtemps amusé les
enfants, d'un de ces diables que l'on voyait sortir
d'une boîte en roulant des yeux effarés et poussant
des cris aigus. Avec son nez crochu, ses pom-
mettes saillantes, son galbe de poupée, sa voix de
castrat, ses mouvements automatiques et cependant désordonnés, il pouvait se flatter d'être un
pantin de premier ordre. Cela ne l'empêchait pas
de se connaître fort bien en musique et d'en
écrire pertinemment. Il valait mieux le lire que
l'entendre. Azevedo n'avait que deux sujets de
conversation : la méthode Galin-Paris-Chevé,
qu'il portait aux nues, ou bien le livre auquel il
travaillait et qui devait s'intituler : *Les Doubles*
Croches malades. Bien entendu ce livre n'a pas
paru, et peut-être est-ce regrettable. Quand une
partition le laissait froid, il lui jetait cet ana-
thème : « Ça manque de gendarmes ! Je ne me
sens pas empoigné. »

Un jour il me happa sur le boulevard des
Italiens, au coin de la rue du Helder, et me demanda ce que je pensais de la *Symphonie héroïque*
et de la manière dont l'interprétait l'orchestre
de Pasdeloup : « Ils n'y comprennent rien ! Ainsi,
par exemple, les flûtes... » Et le voilà qui arrondit
les lèvres et imite la flûte. Puis ce fut le tour des
violons. Avec son bras droit il passait sur son
bras gauche un archet imaginaire. Quand il arriva
aux cuivres, ce fut du délire. Il frappait ses mains
les unes contre les autres et décrivait en même
temps une pyrrhique. Le monde commençait à
s'amasser autour de nous, et le vent qui soufflait
de la rue du Helder me « rendait fou ». Je lui dis
brusquement adieu et m'en allai à grande vitesse.
Mais lui courant après moi, de toutes ses forces,
sur ses petites jambes de dieu indien, me criait,
à l'extrême stupéfaction des passants : « Arrêtez !
arrêtez ! Vous n'avez pas encore pu juger la grosse
caisse ! »

Pour compléter cette esquisse de la rédaction,
il me reste à parler d'un élément que j'ai à peine
indiqué, de ces Normaliens qui n'avaient fait que
traverser l'Université et que représentaient chez
nous, avec un talent original, avec un esprit très
dégagé et très ouvert, Villetard, Sarcey, About,
Alfred Assolant.

CHAPITRE IX

Normaliens et Réalistes.

SARCEY. — ASSOLANT. — CHAMPFLEURY. — MARC-
BAYEUX. — CHARLES BATAILLE. — HENRY MARET. —
EDMOND ET JULES DE GONCOURT.

Les rédacteurs de l'*Opinion Nationale* se réunissaient une fois par mois au restaurant Pestel, qui
faisait le coin de la rue Saint-Honoré et de la rue
des Frondeurs ; cette dernière est aujourd'hui dé-
molie. Ces modestes festins, auxquels Sardana-
pale n'aurait pas voulu s'asseoir, furent pour
nous non seulement d'un agrément réel, mais
d'une très grande utilité. Il y eut une fusion entre
les divers éléments. On apprit à se connaître, à
se tolérer. Les sympathies, hésitantes au début,
s'établirent peu à peu : quelques-unes ont été
durables. A l'heure présente tout s'est si bien tassé,
si bien fondu, et déjà nous sommes à une telle
distance, qu'on ne se rend plus compte des diver-
gences ni des disparates. Il y en avait cependant.

Nous n'étions pas ce qui s'appelle divisés en
deux camps. Toutefois nous venions — je ne
parle que des littérateurs — de trop de points
éloignés et même opposés pour nous comprendre
tout de suite. Les Normaliens étaient un peu
portés à nous considérer en bloc comme des flâ-
neurs de brasserie, et, de notre côté, nous leur
trouvions l'air trop satisfait d'eux-mêmes et de leur
science fraîchement acquise. Le heurt s'était produit au *Figaro*, où Alphonse Duchesne avait confondu à dessein la cause de la Bohème et de la
littérature indépendante, défendant celle-ci, que
l'on n'attaquait pas, pour innocenter celle-là
qu'au contraire Sarcey secouait rudement. Un
malentendu n'en était pas moins résulté. Si les
Normaliens ne nous traitaient pas précisément
en Bohèmes, ils avaient peine, avec leur bonne
discipline classique, à digérer un réalisme où le
romantisme avait laissé plus d'une trace. Le soir,
après nos dîners mensuels, nous entrions quelquefois au café, Malot, Sarcey, Castagnary et moi.
C'étaient alors d'interminables polémiques et
d'amusantes discussions. Le père Hugo ne s'était
point encore manifesté dans sa gloire sur le
chemin de Damas aux yeux éblouis de Sarcey.
Le théâtre du maître, surtout par ses côtés en-
fantins et burlesques, le choquait, et il ne se
gênait point pour en faire des gorges chaudes. La

soirée se terminait généralement par une de ces belles récitations des *Châtiments*, où Castagnary *i* excellait. Cela mettait tout le monde d'accord, et l'on se séparait dans les meilleurs termes.

Sarcey s'intéressait beaucoup à ce que j'écrivais. J'ai de lui, à cette époque, plusieurs lettres charmantes, dans lesquelles, mêlant l'approbation d'About à la sienne, il m'applaudit, m'encourage et me donne des conseils, d'ailleurs fort judicieux. Nos rapports sont toujours restés excellents, et s'il n'en a pas été de même avec About, cela n'a tenu qu'à un fâcheux concours de circonstances. Je m'en expliquerai plus tard, puisque ce désaccord a causé le seul dissentiment qui se soit élevé entre l'*Opinion Nationale* et moi.

Villetard ne m'a laissé qu'un souvenir vague. Je me souviens mieux d'Alfred Assolant, ce garçon de tant d'esprit, de vrai talent, prosateur clair et ferme, d'instruction solide, et qui, malgré toutes ces qualités, n'a jamais pu conquérir un premier rang dans les Lettres. Il ressemblait trop à Edmond About et pas assez : trop parce qu'il voulait se faire aussi léger que lui, pas assez parce que la gaité de l'esprit lui avait été refusée. Sa conversation n'avait rien de folâtre. Nous passâmes tout un déjeuner à l'entendre démontrer qu'il était le meilleur romancier de l'époque et déplorer la stupidité des lecteurs contemporains. En l'écoutant,

je me disais : « Mon pauvre confrère, tu es venu au
monde le lendemain du jour où le couvert
d'About a été mis (l'image venait à propos), et
jamais tu n'auras, même à table, une simple
chaise à côté de lui. » En dehors de la question de
chance, on peut dire d'Alfred Assolant qu'il a
manqué sa destinée pour avoir violenté sa nature.
A la rigueur, les tristes peuvent réussir dans le
comique amer et mordant ; rire eux-mêmes et
d'un rire communicatif, nullement.

Ce ne fut pas du tout des Normaliens, avec lesquels je faisais bon ménage, que me vinrent les
attaques, mais d'anciens camarades de Bohème,
étonnés et irrités de me voir une situation qui
leur aurait parfaitement convenu. Je fus un peu
piqué d'abord, inquiet surtout, craignant que ces
méchancetés envenimées ne me fissent du tort
auprès de notre rédacteur en chef, duquel je
n'étais encore connu que par de simples recommandations. Bientôt je fus rassuré. M. Guéroult,
qui devait tant souffrir de la calomnie et qui en
avait déjà fait l'épreuve, savait ce que valaient ces
colères de ratés et n'en tint aucun compte. Des
inimitiés que put me valoir mon métier de critique je me garderai de parler ici : à peu d'exceptions près, le bien qu'on dit des hommes de lettres
n'a dans leur opinion qu'une valeur relative,

d'abord parce qu'il leur est dû, ensuite parce qu'il
n'est jamais assez complet. En revanche ils
n'oublient ni ne pardonnent, non seulement le
blâme, mais même l'objection ou la discussion.
Ce sont là misères humaines sur lesquelles il faut
se taire et passer.

Les difficultés ne surgirent point de ma critique :
elles tinrent plutôt à ma position de directeur littéraire. Je me trouvais aux prises avec des influences
de toutes sortes. La pression des gros actionnaires
s'exerçait très impérieusement. On en verra un
exemple. Le gouvernement, qui se mêlait de tout,
et principalement de ce qui ne le regardait pas,
intervenait de temps à autre, exprimant un blâme
ou fulminant une menace. Ajoutez à cela que
j'avais mes vues personnelles très arrêtées, que
j'apportais un grand désir de publier du *nouveau*,
de produire des *nouveaux*, c'est-à-dire, autant que
possible, des jeunes, des inconnus, des aventureux.
Je n'y ai pas trop mal réussi, mais au prix de
quelles luttes quotidiennes, de quels efforts sans
cesse renouvelés, de quelle diplomatie !

On aurait tort de s'imaginer que je fusse maître
absolu. Notre rédacteur en chef avait ses inspirations et ses préférences. Il lui vint l'idée de
demander un roman à Champfleury, mais là, tout
de suite, sans respirer, sans débrider, du jour au
lendemain. Bien que l'auteur des *Bourgeois de*

11.

Molinchart n'eût à ce moment rien de préparé, il accourut sur-le-champ, car on ne refuse pas une proposition qui vous arrive spontanément d'un grand journal, et d'un journal alors très en faveur. Après avoir donné un titre (je ne sais plus lequel) et une esquisse très sommaire, il dut sans désemparer écrire le premier feuilleton (1). Or, Champfleury avait le travail très lent, très difficile. Cette obligation de fournir chaque jour douze colonnes de *copie* le mettait au supplice ; son plan s'effondrait, son roman s'en allait en fumée. Il se jeta dans des exagérations comiques, décrivant le quartier Mouffetard, ne parlant que de chiffonniers, de marchands de peaux de lapin qui vendaient de la peau de chat.

Les abonnés commençaient à trouver la plaisanterie mauvaise, quand on apprit tout à coup que des agents du gouvernement avaient fait une descente aux bureaux de l'*Opinion Nationale*, annonçant que l'Empereur se sentait offensé par ce roman immonde, et ordonnant de cesser à l'instant cette

---

(1) Je donne ici très exactement mon impression et celle de plusieurs de mes collaborateurs encore vivants. Mon ami Jules Troubat qui travaillait alors avec Champfleury m'assure que ce roman, *la Mascarade de la vie parisienne*, était tout préparé pour la publication. Ce dont je me souviens fort bien et ce qui a pu me tromper, c'est que Champfleury, au lieu de livrer la totalité du manuscrit, l'apportait au jour le jour. C'est ce qui nous a fait croire à l'improvisation. — Il faut consulter sur ce curieux épisode de l'histoire littéraire sous Napoléon III le livre de Troubat : *Souvenirs du dernier secrétaire de Sainte-Beuve*.

publication révolutionnaire. Quel rapport pouvait
existcr entre les marchands de peaux de chat et
Napoléon III? en quoi les chiffonniers menaçaient-
ils le régime impérial? pourquoi cet antagonisme
entre la rue Mouffetard et les Tuileries? C'est un
mystère que l'on n'a jamais pu éclaircir. Quoi qu'il
en soit, pour « déférer aux exigences du pouvoir »,
on fit appeler immédiatement Champfleury, et
l'on s'arrangea pour colorer cette suppression subite
par un prétexte quelconque. Le plus merveilleux
de l'histoire est que Champfleury, regardant le
souverain comme hors de portée, s'en prit de sa
mésaventure à moi, qui n'avais fait qu'en rire
comme tout le monde. « Je me vengerai de
Levallois, dit-il; je le mettrai dans une de mes
nouvelles. » Et, de fait, il y a de lui une nouvelle
où se rencontre un personnage nommé Levallois,
affligé d'une manie singulière, celle de vouloir
dresser un obélisque devant sa maison. Si c'est
une vengeance, il faut convenir qu'elle était bien
anodine, si anodine que Champfleury, revenu plus
tard de ses préventions et à qui je la rappelai,
l'avait complètement oubliée.

Le gouvernement ne nous ménageait ni les
mauvais procédés ni les alertes. Après l'algarade
de Champfleury, nous eûmes la chaude alarme
de Noël. Le pacifique et charmant causeur des
Lettres rustiques avait eu la hardiesse de raconter

qu'à la suite d'une crise cotonnière très dure, nos
paysans de Normandie n'étaient pas précisément
millionnaires. Cette fois la répression ne se fit
pas attendre. Dès le lendemain, ordre au sieur
Noël de comparaître devant le juge d'instruction
pour répondre du crime de fausses nouvelles
(évidemment les ouvriers étaient très riches) et
d'excitation à la haine des citoyens les uns contre
les autres; même assignation au sieur Guéroult,
coupable d'avoir inséré dans sa feuille ces odieuses
calembredaines, et au sieur Dubuisson, assez per-
vers pour avoir mis les caractères de son imprimerie à la disposition du démagogue Noël. « Là-
dessus, gendarmes de courir, comme dit Paul-
Louis, prison de s'ouvrir! » Non pas tout à fait, mais
il s'en fallut de peu. Le juge d'instruction se
montrait féroce. Un ministre homme d'esprit,
M. Delangle, apaisa l'affaire moyennant une lettre
d'explications publiée dans le journal. Quant au
juge, détail admirable, il refusa de rendre une
ordonnance de non-lieu. Heureusement il y a
prescription.

Ces tracasseries du pouvoir ne m'atteignaient
point personnellement. En voici une d'ordre privé,
comico-tragique, qui m'a touché de plus près. J'ai
parlé de l'influence des actionnaires. L'un d'eux
envoya un manuscrit à Guéroult avec instante
recommandation de le publier. Il s'agissait d'un

roman intitulé : *la Maîtresse de tout le monde*. De
mémoire de critique et de lecteur, on n'a jamais
vu un fouillis pareil. La maîtresse de tout le
monde, c'était la Mort. L'écrivain, qui paraissait
familier avec elle, la tutoyait et, d'un petit nom
d'amitié, l'appelait Sapinette. Cette Mort prenait
toutes sortes de costumes et, entres autres, ce qui
est resté le plus présent à ma mémoire, celui de
gendarme. La Mort en gendarme, on avouera que
ce n'est pas une idée ordinaire. J'eus cependant
la barbarie de rendre le manuscrit en déclarant
qu'il n'était pas imprimable. Fureur de l'action-
naire ; lettre quasi comminatoire à Guéroult. Bref,
celui-ci me renvoie le manuscrit, me priant de
m'entendre pour les coupures avec l'auteur. Il
arriva le lendemain, l'auteur, et des jours lugubres
commencèrent pour moi.

Ce débutant de lettres se nommait Maurice
Dechastelus. Il avait environ soixante-dix ans,
plus peut-être. Grand, osseux, solide, bon mar-
cheur, n'ayant aucune idée de la maladie, on concevait qu'il n'eût pas la moindre crainte de
Sapinette. Bien que né sur les bords du Lignon, il
n'avait rien des bergers de l'*Astrée* et ne descendait pas de Céladon, au moins pour la douceur du
caractère. Ce vieil homme était irascible en diable.
Il me déclara net que je ne ferais point de coupures dans sa forêt vierge. Je lui déclarai à mon

tour que je l'enverrais promener lui et sa forêt,
s'il ne me laissait pas y pratiquer des abatis. Refus.
Fausse sortie, faux départ. Finalement Dechastelus cède. Nous convenons d'un jour pour entamer
l'opération.

Ce furent des semaines, ce furent des mois. Je
traînais en longueur, dans le vague espoir qu'un
tremblement de terre se produirait, un cataclysme qui permettrait de ne pas publier cet affreux
manuscrit. L'auteur prolongeait de son côté, espé-
rant me fatiguer, disputant le terrain pied à pied,
à chaque page coupée soupirant ou me disant des
choses désagréables. La lutte fut si opiniâtre et si
longue qu'il eut le temps d'épouser une jeune
femme et d'avoir un enfant. Tout se lasse, excepté
la patience d'un auteur. Je dus à la fin envoyer à
l'imprimerie *la Maîtresse de tout le monde*, consi-
dérablement émondée.

La publication commence. Deux jours après,
je reçois de Guéroult une lettre foudroyante, m'appelant à Paris sur-le-champ. J'habitais alors Saint-
Cloud. « Coupez-moi cela, » me dit-il en me ten-
dant le manuscrit. Je lui fis observer que j'en avais
déjà coupé la moitié : « Eh bien! reprit Guéroult,
coupez encore la moitié de la moitié. — Et l'auteur? — L'auteur dira ce qu'il voudra. Les abonnés
avant tout! »

Quelques jours se passent : je retourne à l'*Opi-*

nion Nationale. Le garçon de bureau me regarde avec saisissement : « Vite, monsieur Levallois, entrez dans le cabinet de l'administrateur et enfermez-vous. — Et pourquoi? — M. Dechastelus est là. Il sait que c'est votre jour de feuilleton, et il vous attend pour vous tuer. » Pendant ce temps-là, c'était une vraie terreur dans la rédaction : le bonhomme (pas si bonhomme!) fouillait partout, ouvrait toutes les portes, regardait sous les tables, demandant ma tête au secrétaire de rédaction et le menaçant de Sapinette. Mon refuge même fut en péril, et ce fut une poursuite à la Molière. Le colérique romancier finit par s'en aller, en assurant qu'il ne survivrait pas à un pareil coup et qu'il mourrait d'une congestion cérébrale. Ce qui ne l'a point empêché de vivre pendant de longues années encore, en digne émule du père Chevreul, ne manquant pas un des dîners de la Société des Gens de lettres, dont il était l'une des singularités, et recueillant pieusement les débris de Sapinette, dont les éditeurs ne se souciaient pas, même en gendarme.

Résister aux œuvres faibles ou défectueuses qu'on voulait m'imposer n'offrait qu'une difficulté secondaire. Les véritables obstacles commençaient lorsque je proposais à mon tour des ouvrages qui blessaient le goût de notre rédacteur en chef — très libéral cependant — ou du conseil de surveillance. Il me fallut beaucoup de fermeté, quel-

quefois de l'adresse, surtout de la conviction,
pour faire admettre tels romans et supporter tels
auteurs qui effarouchaient la timidité du goût ou
la pureté des doctrines. C'est peut-être là que j'eus
quelque mérite en produisant et en soutenant des
écrivains que je ne connaissais pas, que je n'avais
jamais vus et dont quelques-uns m'étaient personnellement peu sympathiques. Partout où je rencontrais l'amour de la sincérité, l'horreur du
convenu, le dédain des formules, la marque
incontestable du talent, je me faisais un devoir
d'ouvrir cette porte dont on m'avait confié les clés
et qui conduisait souvent l'inconnu de la veille à
la célébrité du lendemain. J'y insiste une dernière
fois parce que, en définitive, ces *Souvenirs* sont
un témoignage, en quelque sorte une déposition
devant le public qui s'occupe et s'occupera longtemps encore, je l'espère, des choses de l'esprit.
Les littérateurs de l'*Opinion Nationale*, bien qu'ils
fussent loin de former un groupe doctrinal, et
malgré les diversités d'origine que j'ai indiquées
plus haut, s'unissaient dans une même pensée :
marcher en avant, sortir du poncif, faire du réel.
Ce n'était pas un programme, c'était une tendance
à laquelle les survivants d'entre nous, comme
Malot et Sarcey peuvent l'affirmer et le prouvent,
sont restés fidèles.

L'un des premiers qui me vinrent trouver et

auxquels je fis accueil fut un garçon mal équilibré, nerveux jusqu'à la maladie, bizarre, sombre
ou bien s'échappant en plaisanteries de mauvais
goût. Il se nommait Auguste Marc-Bayeux. La
nouvelle qu'il m'apporta s'appelait, autant que je
m'en souviens : *Une histoire de petite fille*. Elle
déplut autour de moi, mais je m'obstinai. Je donnai encore une autre nouvelle, *le Dernier Louis
d'un homme de lettres*, et enfin un roman, *Une
femme de cœur*, qui contenait des parties remarquables et des pages très émouvantes. Certainement
il y avait là en germe, et plus qu'en germe, un
talent vigoureux, souple, brillant. Par malheur,
Marc-Bayeux n'avait pas plus l'économie de son
talent que celle de sa vie. Son existence allait à
la dérive et sa production au hasard. Amitiés,
inimitiés, il brouillait tout, ne sachant au juste
lui-même ce qu'il devait penser et sentir. J'ai dit
que, sans tenir compte des antipathies manifestées,
j'avais fait insérer ses deux nouvelles à l'*Opinion
Nationale*. En les réimprimant, il me les dédia.
Mais quelle singulière dédicace !

« Mon cher Levallois,

« Voici un petit volume, composé de deux nouvelles, dont
vous fûtes ennemi déclaré, autrefois, à l'*Opinion Nationale*.

« Aujourd'hui la paix est faite. Je pense, en vous présen-
tant vos anciens ennemis, ratifier ce traité d'une amitié
que je m'efforcerai de rendre bonne et durable. »

Voilà pourtant comme on écrit l'histoire littéraire... et l'autre aussi.

Je fis tous mes efforts pour remettre à flot cet
esprit désemparé. Peut-être y aurais-je réussi,
quoique la tâche fût laborieuse, si à de lourds
ennuis d'argent n'étaient venus s'ajouter dans son
intérieur de cruels déchirements. Sa femme, créature douce et distinguée, avait été prise en mauvais gré par sa mère et sa sœur. Au lieu de trouver la paix et le réconfort au foyer, il y trouvait
la lutte, la discorde, un enfer. Sa femme mourut,
et dès lors ce fut une vie d'aventure, d'expédients.
Sa santé s'altéra, sa raison se troubla, sa dignité
fléchit. Une nouvelle compagne l'aida cependant
à porter le fardeau toujours plus accablant des
dernières années; personne dévouée, mais très
exaltée. Je ne l'ai vue qu'une fois, et c'était après
la mort de son mari, à un grand enterrement
politique. Quelqu'un me nomma devant elle :
aussitôt elle se saisit de mon bras, me décora
d'une immortelle rouge et m'entraîna en tête du
cortège, répétant à chaque minute : « N'est-ce
pas que c'est magnifique? N'est-ce pas que c'est
sublime? » Nous devenions le point de mire de
tous les regards. Place de la Bastille, un remous
se produisit dans la foule, et j'en profitai pour
me dégager. Le soir et le lendemain, je pus lire
tout à mon aise, dans plusieurs journaux, que

M. Jules Levallois s'était fait remarquer par ses
manifestations révolutionnaires. Encore un détail
historique à rectifier ! Cette seconde et incandes-
cente Mme Bayeux a laissé une fille qu'on élève à
Notre-Dame-des-Arts, et qui mérite bien qu'on
s'intéresse à elle.

On m'avait à la longue pardonné les Nouvelles
de Marc-Bayeux; il n'en fut pas de même pour
Antoine Quérard de Charles Bataille. Les grandes
colères furent déchaînées : mon intervention
demeura impuissante. Cette fois la désapprobation
s'étendit fort loin. A Genève, dînant chez M. de
Candolle, le petit-fils du célèbre naturaliste, je
fus vivement interpellé par plusieurs convives
pour avoir osé prendre comme critique la défense
de cette œuvre abominable. Une petite circonstance nuisit au succès de ce livre, qui rencontrait
le scandale sans l'avoir cherché. Bataille n'était
pas riche; de plus, c'était un doux, un timide,
que sa surdité très prononcée rendait plus timide
encore. Il n'était pas homme à faire des démarches,
à courir les éditeurs. Ernest Rasetti, qui avait été
pendant quelque temps administrateur de l'*Opinion
Nationale*, offrit au romancier de lui avancer les
fonds nécessaires pour l'impression du volume, à
condition que son nom figurerait comme celui
d'un collaborateur sur la couverture. Cela jeta

un froid dans le public lettré. Je n'en persiste pas moins à regarder *Antoine Quérard* comme un des plus forts romans de notre époque, le meilleur pendant à *Madame Bovary* que l'on puisse citer. Bataille, mort jeune, n'a pas pu récidiver. Au théâtre il s'était fait très honorablement connaître par plusieurs pièces en collaboration avec Amédée Rolland et Jean Duboys, entre autres *l'Usurier de village*, où l'acteur Vannoy créa le principal rôle d'une façon remarquable. C'est après cet *Usurier de village* que Victor Hugo écrivit à l'auteur : « Vous ne vous nommez pas Bataille, mais Victoire. » A quoi Bataille, prenant mal le compliment, répondit poste pour poste : « Vous vous trompez, cher maître : c'est ma cuisinière qui se nomme Victoire. »

Si les *Nouvelles anglaises* parurent à l'*Opinion Nationale*, où elles obtinrent auprès des lettrés un vif succès, ce n'est pas que l'auteur, Henry Maret, se fût dépensé en fréquentes démarches, en sollicitations réitérées. Je n'ai jamais vu demandeur plus tranquille, moins ému, d'une confiance plus absolue. Du premier jour il me traita en vieille connaissance, et cela me parut si naturel, que j'en fis autant de mon côté. Voilà de longues années de cela, et nous sommes toujours restés dans les mêmes termes. Au début, on pouvait

croire que cette amitié ne serait pas si longue,
car je n'étais point très robuste, et Maret, souffrant,
toussant, grelottant, était un personnage diaphane,
une ombre, une transparence. « Il en a bien pour
quinze jours », pensaient ceux qui le rencontraient
chez moi, et les plus optimistes lui accordaient
six mois, sans trop oser croire eux-mêmes à leur
favorable pronostic. La mélancolie de sa figure
semblait concorder avec nos fâcheux pressenti-
ments. Hâtons-nous de dire que sa physionomie
était essentiellement trompeuse, et que sous cette
apparence grave se cachait une humeur gaie, facétieuse même à l'occasion, qui trouvait à s'épancher
dans plus d'une page spirituelle, quelquefois dans
ces badinages que nous improvisâmes plus tard et
dont l'écho est venu au public par les chroniques
bienveillantes de Claretie, *la Dernière Fugue de
Cléopâtre*, *les Deux Vénus*. Cet esprit qui partici-
pait du Sterne de *Tristram Shandy*, et que le Nodier
des *Sept Châteaux du roi de Bohême* aurait adoré,
ne plut jamais complètement à Guéroult. Il ne put
s'y habituer comme à quelque chose de normal
et d'acceptable. Cette ironie placide dans la raillerie
le déroutait. Aussi Maret, malgré le sincère désir
que nous en avions tous à l'*Opinion*, ne parvint-il
pas à s'y faire une situation durable. On avait eu
l'idée bizarre d'instituer pour la Chronique une
sorte de concours, et son indépendance d'allure,

sa verdeur de ton, le firent écarter. Maret, impatienté, alla porter à d'autres journaux, au *Charivari*,
qui était encore une puissance, sa mordante finesse
et sa causticité narquoise. Ce ne fut pas seulement
une perte pour notre journal, les Lettres aussi en
pâtirent. Il est certain que ces premières résistances,
si accidentelles qu'elles fussent, contribuèrent à
tourner l'activité d'Henry Maret vers le champ
plus ouvert de la politique. A l'époque dont je
parle il n'y songeait guère. La simplicité de ses
goûts, dont il ne s'est jamais départi, ne l'inci-
tait nullement, selon le mot de Charles Bataille,
à régir les potentats. Je crois que son ambition se
fût plutôt dirigée vers le théâtre. Mais que parlé-je
d'ambition à propos de l'homme à qui j'en ai le
moins connu, et chez lequel, même au temps où
il n'avait d'autre voie que la littérature, il eût
été difficile de trouver un atome de la vanité pro-
fessionnelle ?

On n'en saurait dire autant des frères de Goncourt. Il n'y a aucune malice à le constater,
puisqu'ils ont répété eux-mêmes sur tous les tons
que leur vie était en quelque façon concentrée et
condensée en vue d'un but unique, la recherche
du succès littéraire. J'ai été assez heureux, à leurs
débuts, — qui ne furent pas toujours très aisés, —
pour leur tendre une main amie et les mettre en

communication avec le grand public, auquel,
malgré quelques productions ingénieuses, leur
nom était absolument inconnu. L'attrait que
m'inspirait leur talent était si réel, que je n'avais
nul besoin d'être sollicité en leur faveur. Ils le
crurent pourtant et on le crut autour d'eux.
Le 15 novembre 1861, M. Adolphe Guéroult me
transmettait la lettre suivante, à lui adressée :

Mon cher maître,

M. Levallois a eu l'excellente idée d'annoncer dans un
de ses comptes rendus un article sur le livre des frères
Goncourt : *Sœur Philomèle* (sic). L'idée serait encore
meilleure si la bonne promesse de M. Levallois pouvait être
suivie d'exécution. Le livre des frères Goncourt mérite à
tous égards une mention dans votre journal et vaut la
peine de fixer sur lui l'attention de votre éminent critique.
Un mot bienveillant de votre part rappellera à M. Levallois
ses engagements, et justice sera faite.

Les lecteurs de l'*Opinion* y gagneront un excellent
article, et les jeunes écrivains en question se verront
dignement récompensés de leurs peines. Car, je dois le dire,
le livre a été fait d'après nature, et non sans peine, attendu
que pour décrire certaines plaies sociales, les deux auteurs
ont dû eux-mêmes les toucher du doigt.

CHARLES EDMOND.

Cette gracieuse intervention était de luxe. L'article parut peu de temps après, très favorable,
comme on peut s'en convaincre, car je l'ai réim-

primé (1). Les Goncourt furent enchantés. Jules m'écrivit pour me remercier.

Ce n'était là qu'une entrée de jeu. Quelques semaines après, les deux frères arrivaient dans mon ermitage, apportant le manuscrit de *Renée Mauperin*, qui s'intitulait alors *la Jeune Bourgeoisie*. Jules me lut, en très habile virtuose, plusieurs passages de ce roman, entre autres le portrait de l'abbé Blampoix, le prêtre accommodant et mondain. J'achevai le manuscrit en un jour ou deux, et je courus le porter à Guéroult, à qui je le recommandai si vivement, que la publication fut, en principe, décidée séance tenante. Des engagements antérieurs pris par le journal amenèrent seuls un léger retard. MM. de Goncourt n'avaient encore rien donné en feuilleton ; ils trouvèrent à l'*Opinion Nationale* la notoriété et l'applaudissement.

Une liaison, qui ne fut jamais intime, mais qui jusqu'à la mort de Jules resta extrêmement courtoise, s'établit alors entre nous. Quoique notre monde ne fût pas tout à fait le même, nous avions des amis communs, Chesneau, Sainte-Beuve, Michelet. Je les vois encore chez ce dernier, à une soirée costumée où se trouvaient M. et Mme Renan, Flaubert, Dupont-White, Georges Pouchet, M. et Mme Émile Deschanel, Eugène Pelletan et

_____

(1) *Critique militante*, p. 324.

l'une de ses filles en paysanne d'Alvito. On dansa,
et Mme Renan, vêtue tout en blanc, avait pour
vis-à-vis le bon géant Flaubert, peu agile et peu
gracieux dans ses mouvements. Ce qui me frappa
le plus, ce fut la contenance de Michelet : toujours au lit vers neuf heures, il errait mélancoli-
quement de pièce en pièce, se demandant ce que
faisaient chez lui tant d'illustres pierrots et pourquoi il était condamné à se coucher si tard?

Jusqu'à *Germinie Lacerteux*, mes rapports avec
les Goncourt demeurèrent excellents. Plusieurs
fois ils vinrent me trouver à Saint-Cloud pour me
consulter sur cette publication. Malheureusement
je ne pouvais guère leur être utile en ce moment,
m'étant séparé de l'*Opinion Nationale*. Après une
de nos entrevues, je les reconduisis à la gare.
Comme je demeurais sur le plateau de Montretout, il fallait passer devant le cimetière. « C'est
ici, dis-je à mes hôtes, que repose l'auteur d'*Oberman*. Si vous étiez moins pressés, je vous ferais
voir sa tombe, avec cette simple inscription :
« Éternité, sois mon asile! » Ma proposition leur
parut sans doute inopportune. Le lendemain,
Jules disait à un de nos confrères : « M. Levallois
est très gai : dès qu'on arrive chez lui, il vous
propose d'aller voir la tombe de Senancour. »
C'était une pauvre invention pour fabriquer une
méchanceté assez plate.

Après l'article sur *Germinie Lacerteux* publié
dans l'*Avenir National*, où je fis plusieurs mois
la critique, il y eut non pas rupture, mais froideur. Mes réserves étaient fort honorables et la
part de l'éloge restait grande. « Chez eux — telle
était ma conclusion — le talent est aujourd'hui ce
qu'il était hier, ce qu'il sera demain, et, à ne considérer que la forme, *Germinie Lacerteux* n'est au-
cunement inférieure aux remarquables romans qui
l'ont précédée. Les connaisseurs y goûteront une
fois de plus cette richesse de vocabulaire, cette
précision de termes, cette variété de tournures,
cette étonnante ingéniosité de style qui, dans le
monde lettré, ont valu à MM. de Goncourt une réputation rapide et méritée. »

Lors de la bataille d'*Henriette Maréchal*, les auteurs pensèrent à moi et m'envoyèrent un fauteuil
d'orchestre. Je protestai de mon mieux avec
quelques autres lettrés, contre la brutalité stupide
d'une cabale qui ne savait même pas ce qu'elle
voulait, et qui, affichant de hautes prétentions
littéraires, sifflait de confiance *les Précieuses ridicules*, se figurant naïvement conspuer Goncourt.

En face de ce révoltant parti pris, il n'y avait
qu'une chose à faire : applaudir quand même, et
c'est ce que je fis sans hésiter.

L'interprétation était fort remarquable, et les
comédiens Bressant, Delaunay, Got, Mlle Plessy,

Mme Lafontaine, se montrèrent parfaits de tact, de tenue et de courage. Ils se heurtèrent contre un mot d'ordre, contre une de ces consignes féroces que donnent les malins et que les badauds accomplissent.

Moins éclatant, mais plus immérité, l'insuccès de *Madame Gervaisais*, une œuvre pénétrante par excellence et d'une vérité profonde, acheva de décourager et de blesser les deux frères. Quelques journaux, et en tête l'*Opinion Nationale*, où j'avais repris ma place, essayèrent de remonter le courant : ce fut en vain. On était en pleine effervescence politique (1869), et l'indifférence pour les ouvrages de pure littérature s'autorisait des préoccupations patriotiques. A cette époque, il s'étendit comme un voile sur la vie des Goncourt. On ne les rencontrait plus ; ils devenaient d'accès difficile ; bref, ils disparurent à peu près complètement. C'est à quoi faisait allusion une parole singulière que me dit George Sand, un jour que nous nous promenions ensemble dans son jardin de Palaiseau.

CHAPITRE X

« L'AVENIR NATIONAL » DE PEYRAT. — VISITE CHEZ
GEORGE SAND. — EDMOND ABOUT. — UNE LETTRE
INÉDITE DE RENAN SUR « LA RELIGION DE JÉSUS ».

Pendant les dernières années du second Empire,
George Sand, infidèle au classique et célèbre
Nohant, était venue se fixer à Palaiseau. Elle
habitait à l'extrémité du bourg, presque dans la
campagne, une maison modeste, à laquelle attenait
un petit jardin clos de murs. L'horizon avait
quelque chose de resserré, d'étouffant. Mme Sand
a décrit ce paysage et l'a transformé avec sa magie
habituelle dans quelques-uns de ses romans de
cette époque, notamment le *Dernier Amour* et *Monsieur Sylvestre*. Nous étions en rapports amicaux
depuis plusieurs années, mais seulement par correspondance. Cette liaison intellectuelle avait pris
un caractère particulièrement affectueux à dater
du mois de mai 1861, où j'avais publié sur son
œuvre et son caractère, à propos du grand prix
proposé par l'Académie française, une étude éten-

duc et sympathique dans l'*Opinion Nationale*. Elle
me sut gré aussi d'avoir fait paraître en feuilleton
les Deux Orages, un roman de son vieil ami
Charles Duvernet, devenu aveugle. George Sand
m'écrivait rarement pour son propre compte, elle
savait n'en avoir pas besoin. En revanche, j'étais
à peu près sûr, chaque fois que son fils Maurice
donnait un nouveau roman, de recevoir une
lettre de recommandation bien aimable et bien
pressante.

J'ai dit à quel point, dans ma jeunesse, les *Lettres
d'un Voyageur* avaient agi sur mon imagination.
Pour moi et pour quelques-uns de mes camarades,
les personnages dont le nom revient si souvent
dans ces pages admirables, Rollinat, le Malgache,
Everard, semblaient de vieilles connaissances, et
Nohant nous paraissait de loin une petite patrie.
Comment, malgré cette relation si bonne et si
accueillante, n'ai-je pas fait le voyage du Berry?
Comment appelé à Nohant, après un autre article,
en 1865, ne suis-je point allé me promener sur le
chemin des Couperies, aux ruines de Crozant, ou
le long de la Gargilesse? Il y a dans notre conduite des choses absurdes, incompréhensibles,
et que l'on ne se pardonne pas. Je puis bien ranger
mon abstention parmi ces choses-là. Pourquoi
aussi, invité à dîner à Palaiseau, n'ai-je fait
qu'y passer quelques heures de la journée? Au

12.

moins en ai je gardé un vif et profond souvenir.

Après les compliments qu'elle crut devoir au critique et que j'abrégeai, George Sand me conduisit dans son jardinet. Elle me parut très préoccupée d'un ami, le graveur Manceau, qui l'aidait à supporter cette solitude, et dont la mauvaise santé l'inquiétait vivement. Il était dans sa destinée d'être garde-malade. Après Musset, Chopin ; et comme ce dernier, Manceau se mourait de consomption. Sa figure était douce, résignée, bien que dans ses yeux gris passât parfois une légère flamme. Au bout de quelques instants, nous tombâmes dans un profond silence, car ce n'était point une petite affaire que d'entretenir une conversation avec George Sand. Elle écoutait avec attention, vous considérait de son beau regard fixe et vous laissait monologuer à votre aise. On était tenté de se dire : « Elle doit être en ce moment à cent lieues d'ici, en train de composer quelque roman, et mon bavardage l'importune. » Je parvins cependant à la dégourdir un peu et à la réveiller, à force de jeter des noms propres et des historiettes dans l'entretien. Mᵐᵉ Sand se mit alors à me parler très en détail de nos communes relations, prenant chaque nom à part, s'y arrêtant avec complaisance, pelotant, non sans malice, le tiers et le quart ; très malicieuse quand elle le voulait, cette illustre bonne femme !

Elle se plaignit de ne plus voir Fromentin, qui
« s'était laissé glisser dans un exquis petit pot-au-
feu »; puis elle s'informa des Goncourt avec beaucoup d'intérêt, me questionnant sur leurs travaux,
sur leur santé; et comme je répondais que je
n'étais guère au courant, les deux frères étant
assez mystérieux, George Sand reprit avec sa lenteur berrichonne, d'un ton passablement narquois :
« Mystérieux? Dites clandestins! »

Cette clandestinité tenait — nous le savons
maintenant par le *Journal*, et déjà l'on s'en doutait
— à l'état de santé de plus en plus déplorable où
se trouvait Jules. Peu de temps après ma visite à
Palaiseau, je passai un matin chez les Goncourt.
Edmond me reçut, très triste, quoique dissimulant
de son mieux la fâcheuse situation de son frère.
A la fin, pris d'impatience, il me quitta presque
brusquement en me disant : « Excusez-moi, il faut
que j'aille le lever. » Il le traitait dès lors en
enfant sur lequel on doit veiller avec une sollici-
tude toute particulière. Une fois à Saint-Gratien,
à l'un des dîners chez la princesse Mathilde, Chesneau dut conduire à la salle à manger Jules
de Goncourt, qui ne pouvait plus trouver son
chemin.

Le pauvre malade s'éteignit le 20 juin 1870.
J'écrivis sur-le-champ quelques lignes de regrets
et d'éloges également sincères. Le 10 juillet — six

jours après la déclaration de guerre — je reçus la
lettre suivante, datée de Bar-sur-Seine :

Cher monsieur,

Réfugié à la campagne, dans ma famille, je reçois seulement ces jours-ci un paquet de journaux, parmi lesquels je
trouve votre article. J'en suis tout touché, tout reconnaissant, en même temps qu'un peu consolé, dans ma douleur,
de retrouver, cher monsieur, votre nom, dont l'autorité
comme critique avait déjà tant fait pour les deux frères, au
bas d'une nécrologie si bienveillante, si émue, si sympathique.

Tout à vous tristement.

Je m'en tiens à cette bonne parole, et je veux
rester sur cette marque d'amitié.

Au mois de janvier 1865, un mauvais procédé
d'Edmond About me fit abandonner l'*Opinion Nationale* pendant quelque temps. Je fus parfaitement accueilli à l'*Avenir National* par Alphonse
Peyrat, avec lequel mes études sur la question
religïeuse m'avaient mis en rapport. Pourquoi j'ai
quitté l'*Opinion* et comment, après un court passage à l'*Avenir*, j'y suis rentré, c'est ce que je voudrais expliquer brièvement.

J'y ai d'autant plus d'intérêt que la personnalité d'About est mêlée à cette affaire, et que,
parmi ses amis et les miens, il en est peu qui aient
su ou qui sachent au juste quelle mouche nous a

piqués l'un et l'autre ; comment, après avoir été en
très bons termes, une froideur qui, chez About,
dégénéra parfois en hostilité, succéda aux franches
camaraderies du début.

Le très vif attrait qui, indépendamment de nos
relations personnelles, me portait vers Edmond
About tenait à diverses causes : en premier lieu,
à son talent, que j'aimais beaucoup, que l'on
goûtait alors avec une faveur marquée, et dont, à
ce qu'il me semble, on ne fait plus aujourd'hui
assez de cas. Cette forme si française, si alerte,
cette prose si claire, si sobre, d'une verve soute-
nue et d'une correction admirable, m'enchan-
taient. Une autre raison plus intime et moins
esthétique agissait aussi : j'avais eu, toutes proportions gardées, beaucoup à souffrir comme
About, à mes débuts, de l'envie et de la méchanceté. Fils de veuve comme lui, boursier comme
lui, arrivé comme lui à la force du poignet et de
la plume, je m'étais trouvé en butte aux mêmes
injures, et, chose singulière, aux mêmes adversaires que lui. Le Vaudin ne m'avait pas plus
épargné, et les fureteurs de bas-fonds littéraires
trouveraient encore mon nom accolé à celui
d'About dans le même ramassis de turpitudes et
de grossièretés. Le débordement des faux puri-
tains de lettres au sujet de *Tolla* avait révolté ma
conscience, ennemie de toute hypocrisie, et je ne

m'étais privé ni de le dire ni de le répéter. Il en
était résulté entre About et moi une affinité cordiale, sur laquelle je me dispenserais d'appuyer si
je n'en pouvais produire ici un précieux témoignage. C'est une lettre datée de Saverne, le 9 novembre 1863, en réponse à mon article sur *Madelon*. La valeur de ces documents, que je suis
amené à faire connaître au fur et à mesure que
s'étendent mes *Mémoires*, consiste moins dans la
confirmation de ma véracité ou dans la fixation de
tel détail que dans l'expansion familière d'écrivains qui ne posaient pas et se laissaient ainsi
prendre sur le vif. Voici donc ce que m'écrivait
Edmond About :

Mon cher confrère,

Je suis enfoncé jusqu'aux oreilles dans un grand, gros,
énorme travail intitulé : *la Religion du Progrès*. Cela vous
passera bientôt par les mains, car les trois premiers quarts
du volume sont sous presse. Je ne vous en parle donc que
pour m'excuser de n'avoir pas répondu plus tôt à l'article
sérieux et vraiment amical que vous avez consacré à mon
dernier roman. Soyez persuadé que vos conseils de haute
critique ne sont pas tombés dans un sol ni dans un cœur
ingrat. Vous êtes, sans le savoir, un des inspirateurs du
livre que j'écris. C'est vous qui, un matin, rue de Boulogne,
m'avez donné la première idée de résumer dans un livre
tout ce que je pense en politique et en religion. Je vous ai
dit alors, mais un peu en l'air, que je m'y mettrais plus
tard, quand je serais assez riche. Ce n'est pas un gros lot
de la loterie monténégrine (hélas ! non), mais un article

de Mme Sand, qui m'a décidé tout à fait. J'étais déjà au
milieu de ma nouvelle besogne quand vous êtes venu en
Alsace recueillir les matériaux de ce charmant et si nouveau
travail sur l'égoïsme olympien de Gœthe. J'ai su trop tard
que vous étiez près de moi, et lorsque nous nous sommes
rencontrés à Bade, vous n'étiez pas seul, à mon grand
regret, car vous m'auriez donné de bons conseils. Nous
servons dans la même armée, et malgré quelques diver-
gences, nous allons au même but. Seulement vous êtes
plus mûr que moi, quoique plus jeune, parce que vous avez
plus vécu et plus pensé. Je ne vivrai plus guère de la vie
du monde, car j'ai dit adieu à Paris sans esprit de retour,
mais j'ai pris mes mesures pour penser beaucoup et vivre
par le cerveau. Si vous revenez en Alsace, j'espère que
vous vous arrêterez à mon ermitage, et que vous connaîtrez
le petit monde intime qui m'entoure.

. . . .

Merci donc et à bientôt. J'espère vous serrer la main à
Paris dans les premiers jours de décembre.

Tout à vous.

Avais-je forcé la note en louant *Madelon* de
manière à me couper la retraite, à m'interdire des
réserves sur les œuvres suivantes? Ces réserves
exprimées d'avance, je les trouve non dans l'article
de George Sand dont parle About, et que je ne
connais pas, mais dans une très belle lettre d'elle
précisément sur *Madelon*. Après avoir relevé ce
qu'il y a d'amère et précoce expérience dans ce
roman, Mme Sand, s'adressant au romancier, concluait ainsi : « Il ne vous est pas permis, avec cette
magnifique puissance que vous avez, de ne pas

faire du bien. Il faut en faire. Il faut vous venger
ainsi de tout le mal qu'on vous a fait, faute de vous
comprendre. »

Comment une critique très modérée du *Progrès*,
évidemment inspirée de ce même esprit sympathique, put-elle blesser About à tel point qu'il ait
cru devoir s'en venger à sa manière quelques mois
après, et s'obstiner jusqu'à la fin dans sa rancune ?
C'est ce que je ne puis encore, à l'heure qu'il est,
comprendre. Non seulement je n'ai pas réim-
primé ce malencontreux article, mais je n'ai voulu
ni le relire ni le conserver. Je me souviens seulement que ma discussion, toute théorique, roulait
sur le différend entre la grande et la petite propriété. Je tenais pour cette dernière, étant fort
épris à cette époque des idées de Paul-Louis et les
développant de mon mieux. About inclinait vers
la solution contraire. Entre nous il n'y avait que
des nuances de théorie et une question de mesure.
Quoi qu'il en soit, le coup était porté, la blessure
faite.

L'auteur mécontent, tout d'abord ne souffla mot.
Mais lorsque, vers le commencement de 1865, il
prit ou reprit la Chronique à l'*Opinion Nationale*,
le premier feuilleton me fit sentir son mauvais
vouloir. Ce feuilleton contenait une appréciation
de tous les rédacteurs du journal, appréciation
flatteuse, cela va sans dire. Tout le monde était

couvert de fleurs, depuis le modeste Bonneau
jusqu'à Pauchet, le secrétaire de rédaction. Seul
je n'étais pas nommé, je n'existais pas : c'était
l'extermination radicale par omission. Je me
plaignis à Guéroult, qui répondit en levant les
bras au ciel : « Que voulez-vous ? About est
comme cela ! » A ce même moment, Peyrat venait
de fonder l'*Avenir National*. J'allai le trouver sur-
le-champ, et, à mon tour, sans crier gare, sans
tambour ni trompette, dès le lendemain, je publiai
dans l'*Avenir* un article très étudié sur *la Cité
antique* de Fustel de Coulanges. A distance, il me
semble que je me suis montré bien susceptible et
peut-être en jugera-t-on ainsi. Je dois dire cependant que de très sages, très sérieux esprits, ap-
prouvèrent ma conduite. Le consciencieux historien de la Fronde, Alphonse Feillet, et l'éminent
théologien Félix Pécaut, m'écrivirent pour me
féliciter.

Si ce fut un plaisir pour About de me voir
quitter l'*Opinion*, il n'en jouit pas longtemps, car,
avec sa mobilité habituelle, il la quitta bientôt
pour aller au *Constitutionnel*. Je reprenais ma
situation et j'assistai à son départ. J'entends encore
Guéroult lui dire en souriant finement : « *Facilis
descensus Averni...* »

Cette instabilité d'allures fut le grand défaut
d'About et finalement le réel obstacle à sa carrière.

13

Lorsqu'il publiait au *Moniteur* les *Mariages de
Paris*, il déjeunait tous les dimanches, je crois,
avec Dalloz, Turgan, Paul de Saint-Victor,
Théophile Gautier, Dumas fils et quelquefois
Sainte-Beuve. Un jour que, plus qu'à son habitude, About s'était montré pétulant et sautillant,
Dumas lui dit : « Toi, mon bonhomme, tu irais
bien sur la corde raide, mais ce qui te manquera
toujours c'est le balancier. »

Je n'ai revu About que plusieurs années après et
dans une circonstance singulière. Une personne
distinguée et d'esprit accueillant, Mme Eugène Klotz,
la mère de notre jeune et brillant confrère Lucien
Klotz, la sœur de l'éminent professeur Georges
Hayem, avait invité à dîner, sans trop prévenir
son monde, plusieurs hommes de lettres qui
n'étaient pas tout à fait du même diocèse. Barbey
d'Aurevilly se trouvait là, Louis Ulbach, Edmond
About. L'ardeur des anciens combats était tombée,
mais quelque fâcheux ressouvenir flottait encore
dans l'air, et la conversation s'en ressentit. Elle
ne fut pas aussi intéressante qu'elle aurait dû
l'être. Ulbach pouvait-il avoir oublié ce mot cruel
d'About : « C'est une burette d'huile dans laquelle
on a versé du vinaigre. » On parla d'éducation,
des enfants. C'était un sujet auquel About se plaisait. Il me parut très père de famille. J'étais
placé à côté de Mme About, un peu ma compatriote.

Je lui exprimai tous mes regrets du malentendu
qui s'était prolongé entre son mari et moi. Elle
m'assura gracieusement qu'elle s'emploierait à le
faire cesser. Des événements survinrent qui
rendirent cette bonne volonté inutile. About mourut sans que le joint se fût présenté pour une réconciliation. J'en garde le regret, car s'il y a des
inimitiés qui sont négligeables, il y a aussi des
amitiés qu'on aurait désiré conserver. L'auteur
du *Roi des Montagnes*, des *Mariages de Paris*, de
la Question romaine ne saurait rester indifférent à
qui aime les lettres, le talent et la verte fleur de
l'esprit français.

L'*Avenir National* ne ressemblait nullement à
l'*Opinion*. Je ne parle pas des idées, mais du personnel de la rédaction. A vrai dire, de rédaction
en tant que groupe il n'y en avait pas. On se
voyait peu, on causait rarement. Le secrétaire
chargé de la cuisine du journal était un bon
garçon nommé J. Mahias. Il pratiquait avec trop
d'abandon le sans-gêne démocratique, et c'était
souvent en bras de chemise qu'il recevait les visiteurs. Vous auriez juré qu'il sortait de l'estaminet
et qu'il allait y retourner bientôt terminer sa
partie de billard. Le Quatre-Septembre en a fait
un préfet; je crois même qu'il est mort dans
l'exercice de cette haute fonction. J'aime à penser

qu'il se débraillait moins volontiers et qu'il ne se mettait pas en bras de chemise pour haranguer ses administrés.

J'alternais pour la critique avec Frédéric Morin, homme de mérite, savant professeur, écrivant bien, mais offrant cette variété, à laquelle je n'ai jamais pu m'accoutumer, de jacobin catholique, de révolutionnaire religieux, à la manière de Buchez et Roux. Cela paraissait d'autant plus étrange, que Peyrat était un adversaire déterminé du christianisme et que sa crudité voltairienne s'accordait mal avec le fanatisme nuageux et trouble de Morin. J'ai rarement vu au même degré que chez celui-ci un cerveau rempli, bourré, farci de notions disparates. Ses idées se battaient entre elles, et ce manque d'harmonie nuisait singulièrement à la portée et à l'autorité de sa polémique. D'humeur atrabilaire, de caractère cassant, c'était un camarade incommode. Frédéric Morin répondait parfaitement au type de l'homme extrêmement estimable et encore plus désagréable.

Il était difficile de rencontrer un visage plus ingrat et moins attirant que celui d'Elias Regnault, rédacteur du Bulletin quotidien. Chez lui, le masque était si chagrin et si dur, qu'on éprouvait à la fois un malaise physique et une oppression morale à lui parler. En réalité, c'était un homme très bon, très droit et d'une incontestable capa-

cité. Il avait été avec Alfred Delvau secrétaire de
Ledru-Rollin pendant le Gouvernement provisoire,
mais un secrétaire autrement sérieux que l'irascible et maladif bohème. Son *Histoire de Huit ans*
est le complément indispensable de Louis Blanc,
et son livre sur *la Province*, révèle un penseur
politique, observateur pénétrant et original. Ces
très réelles qualités ne lui servirent guère. Il ne
parvint pas, comme on dit, à mordre sur le public.
L'*Avenir National* ayant cessé de paraître ou ayant
dû réduire sa rédaction, Elias Regnault vint à
l'*Opinion*. J'ai regret de dire que, sauf Guéroult,
toujours bienveillant, la rédaction se montra peu
aimable pour ce digne homme et demeura comme
fermée à son égard.

Sans doute sa physionomie rébarbative entra
pour quelque chose dans cette réserve demi-hos-
tile. On lui eût témoigné plus de sympathie, on
lui eût accordé une place plus large à la table de
travail et une meilleure part à la répartition des
articles si l'on avait connu la détresse à laquelle
il était en proie et que sa fierté l'empêchait
d'avouer. Il s'éloigna peu à peu, ne reparut plus.
On m'a raconté sur sa mort des détails navrants.
L'un de nous qui était allé le voir vers le Jour de
l'An le trouva au lit, grelottant, dans une chambre sans feu. Il avait pourtant reçu quelque argent la veille. « Mais, dit-il tout bas et comme pris

en faute, mes petits-enfants sont venus me voir,
et je n'ai pas eu le courage de leur refuser des
étrennes. »

Le docteur Véron dans ses *Mémoires* qualifie
Peyrat de « grand écrivain ». L'éloge est peut-être
excessif. Il manquait à Peyrat pour être un écrivain hors ligne, la qualité française par excellence,
la flexibilité, l'élasticité. Bien que d'un naturel
très pacifique et très humain, il se montrait toujours, dès qu'il prenait la plume, rigide, cassant,
absolu ; on aurait dit qu'il posait à la barre de fer.
Sa polémique était trop élevée pour être blessante ; mais aussi elle était trop dogmatique pour
devenir persuasive. Dans son parti, on le respec-
tait, on le craignait même ; on le suivait peu. Il
m'a fait comprendre le type du jacobin pur, dénué de tactique et incapable de concessions.
Comme les Pelletan, comme les Reclus, Peyrat
descendait d'une de ces familles réformées, de ces
pasteurs du désert persécutés à outrance sous
l'ancien régime. Les petits-fils, émancipés comme
religion, ont gardé quelque chose de l'âpreté com-
bative des ancêtres. Cette âpreté, Peyrat en avait
fait preuve en deux circonstances marquantes :
dans sa réponse à *la Révolution* de Quinet, où son
orthodoxie jacobine s'était donné pleinement carrière, et dans son *Histoire élémentaire et critique
de Jésus*, livre de vues un peu étroites, mais d'une

rigoureuse dialectique et d'une netteté parfaite.
Appelé à parler de cet ouvrage, j'avais pris plaisir
à en faire ressortir les qualités. De là une disposition favorable de Peyrat à mon égard, disposition
qui facilita mon entrée à l'*Avenir National* et
qui persista même quand j'eus réintégré l'*Opinion*.

Si je quittai l'*Avenir*, ce ne fut nullement par
mécontentement personnel. Je me trouvais dépaysé dans ce milieu trop puritain, trop ardent et,
à ne rien celer, trop révolutionnaire pour moi,
qui n'ai jamais été qu'un vil libéral. Afin de rester
en accord avec mon entourage et en communion
avec mon public, je sentais qu'il faudrait forcer la
note, et cela me déplaisait. Je regrettais ma bonne
et large tribune de l'*Opinion*, et l'on m'y regrettait
aussi. Un excellent homme, souvent heureusement
inspiré, et qui n'a jamais fait que du bien autour
de lui, le pasteur Martin-Paschoud, me ménagea
une surprise en m'invitant à dîner avec Guéroult '
et avec le respectable Arlès-Dufour, l'un de nos
principaux actionnaires. Au dessert, la réconciliation était décidée, et de même que ma sortie,
ma rentrée s'opéra le plus simplement du monde.

Comment avais-je connu M. Martin-Paschoud,
et pourquoi avait-il mis tant de bonne grâce à me
rapprocher de mon ancien rédacteur en chef?
C'est que nous étions, comment dirai-je, non pas
coreligionnaires, non pas davantage complices,

mais un peu serviteurs de la même cause, et cette
cause était celle du protestantisme libéral. Il y a
eu là un très beau mouvement, qui sans doute n'a
pas produit tout ce qu'on pouvait espérer, n'a pas
donné tout ce qu'on était en droit de s'en promettre, mais qui cependant n'est point demeuré stérile et a eu ses conséquences heureuses. A cette
tentative légitime et judicieuse dans sa hardiesse,
nous avons dû des orateurs, des érudits, des penseurs, des éducateurs tels que Félix Pécaut, Albert
Réville, Fontanès, Jules Steeg, Ferdinand Buisson, Emilien Paris, Auguste Dide, et, pour ne pas
oublier les morts, Coquerel et Colani. L'*Opinion
Nationale*, où dominait le déisme du *Vicaire sa-
voyard*, anticléricale autant qu'on voudra, aucu-
nement antireligieuse, s'était franchement asso-
ciée à ce mouvement, et, plus que personne, j'y
avais pris une part active.

Beaucoup de personnes me croyaient protestant,
et, parmi ceux-ci, parmi les libéraux bien entendu,
je m'étais acquis quelque sympathie, quelque
autorité. Mes articles sur la *Vie de Jésus* de Renan
avaient précédé mes études sur *le Christ et la
Conscience* de Pécaut, de même que l'émancipation philosophique s'était faite avant-courrière de
la rénovation religieuse. Dans mon désir de parler
dignement du livre de Renan, je m'étais jeté en
pleine théologie, et il paraît que je ne m'en étais

pas trop mal tiré, puisque Renan me fit l'honneur, en me remerciant, d'entrer dans le détail de mes appréciations.

Parmi les diverses lettres qu'il m'a écrites, je donnerai celle-ci de préférence, parce qu'elle me semble d'une importance particulière, non en ce qui me touche, mais en ce qui a trait à la pensée intime de Renan. Je sais bien que, par une affectation singulière, il a pris soin de nous prévenir contre la sincérité de sa correspondance. Croyons en lui, malgré lui-même. Nous y sommes d'autant plus intéressés qu'en ce moment les interprétations abondent sur les intentions et les idées de Renan.

Jersey, 30 août 1863.

Monsieur,

Je suis bien [en] retard pour vous remercier de vos beaux articles. Mes fréquents déplacements et les difficultés d'un voyage que je fais avec toute ma famille en sont la seule cause. Jusqu'à la fin, Monsieur, vous vous êtes tenu à une très grande hauteur. Vos articles forment un ensemble excellent, une étude approfondie de la question, avec des connaissances tout à fait solides et étendues. Certainement votre travail égale au moins celui de M. Scherer, qui cependant a passé des années à méditer le sujet et l'a presque traité pour son compte dans ses divers articles de la *Revue de Théologie*. Je suis très fier d'avoir inspiré ces remarquables articles et plus fier encore de l'approbation générale que vous me donnez. J'espère bien, après mon retour à Paris, avoir le plaisir de causer avec vous de ces graves et attachantes études.

Vous m'avez prouvé que la conclusion du livre a besoin

d'être un peu expliquée; car la façon dont vous l'avez comprise n'est pas celle que j'avais en vue. La « religion de
Jésus » que j'envisage comme la religion définitive n'est
pas le culte hiératique de Jésus : c'est la religion comme
Jésus, à certains moments du moins, l'a conçue, la religion
pure, la religion en esprit et en vérité, le culte du Père
céleste, sans prêtres ni cérémonies. Voilà, en somme, ce qui a
duré et ce qui durera dans l'ombre de Jésus. Cela est indu-
bitablement dans l'Évangile, et cela y est à l'état de pensée
dominante. Si l'Église a déplorablement manqué à ce programme du maître, il y a toujours eu des protestations, au
sein du christianisme, dans le sens évangélique pur. Enfin
la forme la plus avancée de l'Église de Jésus, qui est le protestantisme, aspire de plus en plus à ce culte pur. Un tel culte
est donc le point de départ et l'aboutissant du christianisme.

C'est en ce sens, et en ce sens seulement, que j'ai pu
appeler le christianisme la religion définitive. Je croyais
cela suffisamment expliqué par mes chapitres v et xiv et
par mes pages 444 et suivantes.

Quant aux miracles, je crois aussi que notre malentendu
n'est que superficiel. Page 260 et suivantes, j'explique dans
votre sens les petits miracles, fruits de l'imagination ou
de la naïveté. Quant aux miracles « impossibles », certes
il m'aurait été plus commode d'en faire des légendes
inventées après la mort de Jésus. Mais cela n'est pas permis :
j'aurais manqué à ma sincérité d'historien en escamotant
le côté répulsif de mon sujet. Laissons de côté le quatrième
Évangile, quoique pour ma part je le trouve authentique
au même sens que les autres et, à un certain point de vue.
plus historique. Mais l'Évangile de Marc, qui est à beaucoup d'égards le plus original des synoptiques, est la
biographie d'un exorciste et d'un thaumaturge. Jésus a
évidemment plus d'une fois accepté un rôle qui de nos
jours ne conviendrait qu'à un charlatan. Quand cela
arriva-t-il? je n'en sais rien, et en ce qui concerne Lazare
je n'ai fait qu'entasser des *peut-être*. Mais il fallait laisser

entrevoir la *possibilité* de tels incidents. Rien de grand dans l'humanité ne s'est fondé en politique et en religion qui n'implique à ses origines des taches qu'on voudrait effacer. Une des plus belles choses du monde, la France moderne, a été fondée par des siècles de crimes, de perfidies, de mensonges. Chicanerons-nous la royauté française sur la Sainte- Ampoule et la guérison des écrouelles ? Le xviii⁰ siècle expliquait toute l'histoire religieuse par l'imposture : le mot était très impropre, et nous avons bien fait de le laisser tomber en désuétude. Mais sans contredit un peu de fraude (oh ! je dis mal, d'illusion consciente d'elle-même) est un élément essentiel de l'histoire religieuse.

C'est la science seule qui pratique l'absolue sincérité, car seule elle n'a en vue que la vérité pure, seule elle porte une complète sévérité dans le choix des moyens de conviction. En ce sens, certainement, un caractère comme celui de M. Littré est très supérieur à celui de Jésus.

Mais la science expie sa sévérité dialectique par son impuissance. Car, pour agir sur l'humanité, il faut, ou, pour mieux dire, il a fallu jusqu'ici la tromper un peu. Admirables sont ceux qui s'y refusent, et pour moi, dans ma faible mesure, je veux être de ceux-là. Mais ce serait briser toute critique que de juger sur ce mètre-là tous les grands hommes du passé.

Ceci s'applique surtout à l'Orient. La passion chez ces races est si intense, l'absence de critique si complète, qu'elles ne reculent devant aucun moyen. Ce n'est pas là de la fourberie, car ils sont convaincus de l'idée qu'ils ont embrassée avec une énergie que nous pouvons à peine concevoir ; mais c'est justement cette condition qui éteint chez eux tout scrupule, car le but leur apparaît comme si absolument bon et vrai, que tout ce qui peut y servir est légitimé à leurs yeux.

Je n'en finirais pas avec vous sur ce grand sujet. Nous reprendrons cela si vous le voulez bien. Croyez aux rares et tout particuliers sentiments, etc.

Cette lettre si ferme et si lumineuse se passe de commentaire. Elle apporte un document de haute valeur à ceux qui voudront pénétrer plus avant dans les conceptions de l'esprit le plus délicat, le plus souple et probablement le plus étendu de ce temps-ci.

CHAPITRE XI

Penseurs et croyants.

CHARLES FAUVETY. — JEAN WALLON.
AUGUSTE DESMOULINS.
HIPPOLYTE DESTREM. — FÉLIX PÉCAUT.

Un sénateur du second Empire, M. Blondel, disait naïvement après avoir lu la *Vie de Jésus :* « Je ne croyais pas du tout à l'existence de Jésus-Christ et maintenant j'y crois un peu. » Je ne répondrais pas que le livre de Renan ait produit le même effet sur ses nombreux lecteurs, mais il est certain qu'à partir de sa publication, le goût des recherches religieuses fut réveillé et qu'il se fit dans l'ordre de la psychologie historique un mouvement très accentué. A vrai dire, cette curiosité de l'au-delà, que rien ne peut satisfaire ni décourager, n'avait point attendu l'apparition de tel ou tel ouvrage pour se donner carrière. Dès 1854, Jean Reynaud avait ouvert la voie par son beau livre de *Terre et Ciel*, par sa magistrale Étude sur saint Paul; en 1855, Alfred Dumesnil, dans le *Livre de Consolation*, éclairait d'un jour nouveau les figures de Jésus, de saint Paul, de saint Augustin et préludait à l'*Immortalité*.

Les croyances indépendantes ou excentriques s'étaient produites avec plus d'intensité et de variété que jamais peu après le 2 Décembre. On a remarqué qu'à la suite des grandes secousses politiques, du désarroi qu'elles jettent dans les conditions de la vie, dans les consciences et aussi dans les espérances, les poussées de mysticisme ne sont pas rares. Une des plus curieuses qu'il m'ait été donné d'observer et qui eut lieu vers cette époque, fut la fureur des tables tournantes. C'est de cela seulement que je veux parler, non du spiritisme, que je n'ai point à juger, et qui d'ailleurs a renoncé depuis longtemps à ce mode de consultation, ni des spirites, parmi lesquels j'ai connu des esprits très distingués comme Charles Fauvety, et des hommes de haute bonne foi comme mon ami Bouvéry.

La folie des tables prit subitement, violemment, après une brochure de Victor Hennequin intitulée : *Sauvons le genre humain*. Ce Victor Hennequin, avocat de talent, s'exalta tout d'un coup en lisant les récits qui arrivaient d'Amérique sur les esprits frappeurs. A la longue, il devint fou et mourut après s'être coupé la langue avec ses dents.

Mais on ignora cette mort, et l'impulsion donnée
était trop forte pour que cet incident l'arrêtât.

Le sérieux danger de ces pratiques étranges
c'était, en effet, la folie. J'en ai vu un exemple
saisissant. On me conduisit un soir rue Montmartre, chez un médecin nommé Bonnard, où se
passaient, disait-on, les plus étonnantes diableries. L'appartement était grand, très mal éclairé.
Une lampe, placée au milieu d'une vaste table,
laissait dans l'ombre les quatre coins de la pièce et
ne jetait qu'une lueur douteuse sur les initiés assis
tout autour.

Il y avait là une vingtaine de personnes, dont
quelques-unes appartenaient au meilleur monde.
Avant de procéder à l'interrogatoire de la table,
on nous donna un spectacle assez récréatif et surtout assez troublant pour des gens nerveux. Le
fils de la maison, un gamin de dix à douze ans,
medium très remarquable, et qui, selon la légende,
avait été dans une vie antérieure un roi nègre des
plus puissants, se plaçait au milieu de la chambre
et, d'un air avisé, ordonnait aux meubles de venir
le trouver. Ce qu'il y a de plus curieux c'est qu'ils
obéissaient. Quel truc, employait-on ? Je n'en sais
rien, mais j'ai vu de lourds fauteuils se déplacer à
la parole et rouler çà et là d'une manière insensée.
L'énorme table se dressait de toute sa hauteur,
comme un cheval qui se cabre.

Ceci n'était qu'une entrée de jeu. On s'asseyait autour de la table calmée, quoique vibrante et frémissante encore. Les questions alors se croisaient, impatientes, désordonnées, souvent saugrenues. Je remarquai parmi les personnes qui prenaient le plus souvent la parole une jeune femme mise élégamment et de figure expressive. On me la nomma. C'était une artiste de haute distinction, peintre habile, miniaturiste de talent et qui a laissé un nom, Mme O'Connell. Les interrogations portaient généralement sur deux points : l'existence antérieure et l'avenir. Un monsieur, orné d'une superbe barbe rousse, ayant demandé quel personnage il avait rempli dans le drame de l'histoire, la table répondit : « Judas l'Iscariote. » Je pense que ce monsieur soupçonna Mme O'Connell d'avoir *impressionné* la table, et qu'il lui ménagea un tour de sa façon. Toujours est-il que l'artiste demandant avec insistance ce qu'elle deviendrait dans l'avenir, la table, nettement et brutalement écrivit : « Tu seras folle. » On m'a dit (je n'ai point vérifié le fait) que la prédiction s'était réalisée.

Les séances, dans d'autres milieux, n'étaient pas toujours si lugubres, et les tables avaient quelquefois des réponses très amusantes. Un soir — car c'était toujours le soir que s'accomplissaient ces sortilèges — je me rencontrai dans un cercle

bourgeois avec le marchand de jouets, Alexandre
Schanne, cet ancien compagnon de Murger, que
le roman et le théâtre ont rendu célèbre sous le
nom de Schaunard. Ce Schanne était un bon garçon, ayant le bagout parisien, modérément spirituel et très infatué de lui-même. Il a laissé des
Souvenirs, qui seraient plus intéressants s'il y parlait moins de son pantalon de nankin et de sa
pipe. Assez bon exécutant en musique, — Champfleury l'a fait figurer dans les *Quatuors de l'île
Saint-Louis*, — il se mêlait de composer, et la fameuse symphonie du *Bleu dans les arts* n'est pas
un mythe. Enfin, il voulait peindre aussi, ne dou-
tant de rien. Ce soir-là, Schanne avait fatigué la
table de questions sur ses œuvres, et trouvant
probablement ses réponses un peu tièdes, il lui
dit d'un ton impatienté : « Définitivement, qu'ai-
mes-tu le mieux de ma peinture ou de ma musique? » Et la table, sans perdre une seconde : « Ni
l'une ni l'autre. »

On n'a pas oublié le nom de Chavée, que ses
recherches philologiques ont fait honorablement
connaître. Ce que valait au juste l'érudition de
Chavée, je n'en sais rien et ne m'en porte pas
garant. C'était dans tous les cas un homme d'esprit. Il avait été prêtre. Un jour, il convoqua
deux de ses amis, anciens prêtres comme lui (du
moins j'en suis sûr pour l'un d'eux), Héraudeau,

l'un de nos collaborateurs au *Dictionnaire La
Chatre*, et le maître de pension Deshoulières, à
une séance de tables tournantes. Nos trois ex-
curés s'installent autour du guéridon : « Y a-t-il
quelqu'un? — Oui. — Comment te nommes-tu?
— La Vierge Marie. » Stupéfaction profonde et
protestations des défroqués. « — Allons, tu plai-
santes, dis-nous ton vrai nom. — Je suis la Vierge
Marie. — Prouve-le alors. — Soit, je vais vous
apparaître. » Sur ce, voilà les trois anciens prêtres pris d'une peur folle. Ils lâchent le guéridon,
dégringolent l'escalier, n'osant même pas retourner la tête. Héraudeau me conta l'histoire le soir
même, encore tout courbé de trayeur, comme s'il
avait senti la Sainte Vierge sur ses épaules.

Cet Héraudeau était un drôle de corps. Il croyait à
la métempsycose et prétendait tenir cette croyance
de Mickiewicz. Passant avec celui-ci, par une
chaude après-midi d'été, sur le Pont-Neuf, ils
virent arriver en face d'eux un pesant omnibus
qui montait péniblement vers le terre-plein, traîné
par deux chevaux couverts de sueur, harassés de
fatigue. « Regardez bien, dit Mickiewicz à son
compagnon, que voyez-vous? — Deux chevaux
bien essoufflés. — Vous n'y connaissez rien. Ce sont
deux papes qui ont commis sacrilèges sur sacrilèges et que Dieu a condamnés à revivre chevaux
d'omnibus. »

Ce qui dégoûta beaucoup de croyants et fit perdre aux tables tournantes une grande partie de
leur clientèle, c'est qu'il y avait des esprits non
pas frappeurs, mais farceurs. Leur plus vif plaisir était de mystifier les néophytes en leur indiquant où gisaient des trésors que naturellement
on ne trouvait jamais. Les gens de lettres — et
non les moins malins — tombaient fréquemment
dans ce panneau. Ce qui était amusant, c'est que
les désignations topographiques étaient précises
et correspondaient souvent à la réalité : « Allez,
disait telle table, rue de Denain, numéro 7, vous
trouverez un marchand de bois et de charbons;
à droite, au fond de la cour, un hangar; derrière
ce hangar, un jardinet et, dans ce jardinet, un
trésor. » Quelqu'un que je ne veux pas nommer,
quoiqu'il ne soit plus de ce monde, vint me prier
de l'accompagner par simple curiosité. Nous
allons rue de Denain. Tout y était conforme à la
description donnée. Chantier, hangar, jardinet.
La conversation avec le marchand de bois fut une
vraie comédie. Ce charbonnier nous soupçonna
des plus noirs desseins et nous interdit de pénétrer chez lui. Il y a longues années de cela et une
belle maison s'élève à la place du chantier. Quant
au trésor, on n'en a jamais entendu parler. Eh
bien! le croiriez-vous, cette aventure ne découragea pas mon trop naïf ami! Une autre table

l'envoya dans une forêt près de Nantes, la forêt
de Gâvre, vingtième allée à partir du rond-point,
quinzième arbre à gauche ; et sous cet arbre, la
fortune. « Nous n'avons rien trouvé », m'écrivit-
il quelques jours après. Et il ajoutait philosophi-
quement : « Mais nous avons tué cent sept vipères
en un jour. »

Que Charles Fauvety appartînt au spiritisme,
on l'a nié, mais on a eu tort. Je donnerai tout
à l'heure un document qui établit d'une manière
incontestable ce qu'on pourrait appeler sa foi
immortaliste. Comme philosophe cependant et
comme écrivain, il ne relève pas de la littérature
spirite au même titre que l'apôtre Allan Kardec.
Son spiritualisme déiste qu'il a résumé dans un
dernier ouvrage, *Théonomie*, avait pour organe
dans la presse un recueil intitulé : *la Religion laïque*, estimable brochure de laquelle on aurait pu
dire, comme Théodore de Banville de l'*Artiste* :
« Journal paraissant quelquefois. » Cette *Religion laïque* ayant peu d'abonnés ou n'en ayant
point, ne paraissait en effet que grâce à des sacri-
fices d'argent continuels, et bien qu'il eût une
assez jolie fortune, Fauvety n'était pas toujours
en mesure de les renouveler. Ses doctrines sont
nobles d'intention, subtiles de dialectique, nua-
geuses de forme. Il semble aussi difficile de les

réfuter que de les approuver pleinement. Notons pourtant à sa louange que, sans être expressément socialiste, il a beaucoup contribué, après Charles Fourier, à populariser la doctrine de la solidarité, — le nom, l'idée et l'application.

La conversation de Fauvety était non seulement agréable, mais remarquable. Il le savait ; aussi se faisait-il un plaisir d'inviter ses amis, de les recevoir dans sa maison et son jardin d'Asnières. Sans être celui d'Académus, ce jardin a entendu bien des discours intéressants, et les banquets offerts par le Sage hospitalier avaient une petite couleur platonicienne tout à fait souriante. C'est peut-être là qu'a été prononcée pour la première fois, sur la nature, cette belle parole digne de mémoire : « La république des êtres. »

Non certes, le maître du logis n'eût pas été dépaysé parmi les disciples de Platon. L'ironie socratique lui était familière. Il en usait souvent, en abusait quelquefois. Je l'avais défini « un esprit suave et pointu ». A un dîner chez notre regrettée amie Maria Deraismes, il avait tellement multiplié les nuances, les distinctions, les rétractations, les si, les car, les mais, que Maria, impatientée, lui dit tout à coup : « Écoutez, Fauvety, j'ai une grâce à vous demander, c'est, si je meurs avant vous, de ne pas prononcer mon oraison funèbre, de ne pas même me faire un article nécrolo-

gique. Vous seriez animé, je le sais, des meilleures
intentions, votre début serait enthousiaste et la
louange ne vous coûterait point. Seulement, la
crainte d'exagérer, le désir de l'exactitude rigoureuse, la probité de votre conscience se reflétant
dans votre langage, vous arriveriez, de nuance en
nuance, de rectification en rectification, à tellement amincir le sujet, qu'il ne resterait plus rien
de la pauvre Maria Deraismes. »

Par un contraste toujours frappant, quoiqu'il
ne soit pas rare, ce fluet et mignon philosophe,
cet éthéré dialecticien, avait pour femme une personne physiquement très forte, aux traits accen-
tués, à la voix rude, prompte à l'exaltation, à l'in-
dignation, d'une franchise sans pareille. La vérité
sur les lèvres et, comme on dit, le cœur sur la
main ; une vraie « paysanne du Danube ». Avant
de porter, et très dignement, le nom d'un penseur
original, cette personne s'était fait applaudir au
théâtre sous le nom de Maxime, qui n'était pas
le sien, comme on va le voir. La tragédie, lorsqu'elle est traitée avec talent, a quelque chance
encore d'intéresser le public ; mais on ne se pas-
sionne plus pour ou contre les tragédiennes,
comme on le faisait à une certaine époque,
comme on le fit, notamment, lors des grands
succès de Rachel, à qui l'on s'ingéniait à découvrir, à opposer des rivales. Maxime fut une de

celles qui firent le plus de bruit et qui jetèrent
le plus d'éclat. De ces temps de lutte ardente, de
ces batailles héroïques, elle avait gardé un profond souvenir.

Chez cette femme très simple, très rangée au
devoir et à la tranquillité de la vie domestique, la
tragédienne ne voulait pas mourir. A la première
occasion, au moindre prétexte, elle se réveillait,
elle surgissait. Que ce fût à la réception du dimanche, dans sa charmante retraite d'Asnières, ou
à Paris, chez des amis intimes, il ne fallait pas la
prier longtemps pour qu'elle consentit à déclamer
quelque scène d'*Horace* ou de *Phèdre;* et alors
un phénomène singulier se produisait : cette
personne qui, l'instant d'auparavant, paraissait
lourde, vulgaire, essentiellement prosaïque, au
bout de quelques minutes semblait absolument
transfigurée. Sans l'illusion de la scène, de la
rampe, du décor, du costume, par le seul prestige du talent elle nous faisait éprouver l'impression la plus profonde et, dans un cadre restreint,
donnait le sentiment du grandiose. On compre-
nait alors son passé, ses succès et le regret qu'elle
devait avoir conservé d'une carrière brusquement
interrompue.

Un détail touchant et qui, cependant, pouvait
faire sourire, c'était de voir le philosophe Fauvety
tenant la brochure, attentif à la réplique comme

un simple confident de tragédie. Contrairement
au refrain populaire, ces époux, si peu assortis
en apparence, s'entendaient parfaitement et l'on
passait avec eux des moments fort agréables.
Maxime, dans sa vie d'artiste, avait beaucoup vu,
et comme aussi elle avait beaucoup retenu, elle
savait sur toutes sortes de personnages des histoires curieuses. Si elle eût écrit ses *Mémoires*,
ils auraient certes été très piquants. Elle me demanda, en plaisantant, si je voulais l'aider à les
rédiger. Je regrette de n'avoir pas accepté la
proposition. Nous y avons perdu un recueil de
très intéressantes anecdotes.

Mme Fauvety partageait les idées et les croyances
de son mari. C'est donc d'accord avec elle, de son
plein consentement et, en quelque sorte, d'après
ses recommandations, que fut composé et envoyé
le billet de faire part suivant. Il en dit plus long
sur certains états d'esprit que tous les commen-
taires de la critique :

« Monsieur Charles Fauvety a l'honneur de vous
faire part de la mort terrestre de madame Fauvety, son épouse, née Fortunée Gariot, et vous
prie de vous joindre à lui pour reconduire pieusement le corps à sa dernière demeure.

« Son âme s'est envolée le 13 mars 1887, à
4 heures 1/2 du matin.

« *Après s'être améliorée par une longue existence*

de travail et de devoir, elle est allée, avec toutes ses vertus et ses forces acquises, se recueillir et se préparer à une vie nouvelle. »

J'ai anticipé sur les années en transcrivant ce document caractéristique. Je ne crois pas que vers 1865 Charles Fauvety fût acquis d'une façon aussi absolue aux espérances spirites. Ce n'est pas du moins cet élément qu'il apporta dans une société où tout le monde s'honorait de l'avoir pour collègue : *l'Alliance religieuse universelle.*

Nous passions dans la rue Saint-Honoré, devant le café de Danemark, et j'allais y entrer. Antony Méray, qui m'accompagnait, me mit la main sur le bras en me disant : « Gardez-vous-en bien. Ce café est rempli de dieux. » C'était à peu près exact. Il y en avait bien quatre ou cinq, ayant chacun leur groupe de fidèles et leur culte. L'un d'eux, nommé Tourreil, avait hérité comme influence du célèbre Ma-Pa, que quelques braves gens avaient en grande vénération. En dehors de ces petites communautés excentriques, d'anciennes agglomérations subsistaient comme les Gallicans; d'autres se formaient comme les Vieux-Catholiques.

Qui parle aujourd'hui des Gallicans; qui se souvient de l'austère et laborieux Bordas-Demoulin? Son *Éloge de Pascal*, couronné par l'Académie

14

française, lui avait cependant donné la notoriété, et par sa vie rigide, par sa pauvreté volontaire, il avait su conquérir une véritable autorité morale. Aujourd'hui, la question des rapports entre l'Église et l'État a, sinon perdu de son importance, du moins changé d'aspect. Avant 1870, elle se posait encore pour plusieurs entre l'Église de Rome et l'Église de France. A l'ultramontanisme, on ne concevait d'autre réplique ou d'autre barrière que le gallicanisme. On évoquait ce fantôme, car c'en était un (et rien de plus), aux moindres incartades de la papauté. Quelques publicistes se réunissaient chez François Huet, le successeur et le continuateur de Bordas-Demoulin. Adolphe Guéroult m'y conduisit et j'assistai à de fort intéressantes conversations.

Ce François Huet était un écrivain de mérite, très compétent en philosophie, et qui a laissé deux ou trois volumes assez remarquables. Il nous quitta pour devenir précepteur d'un roi quelconque, devers les Carpathes ou les Balkans, et le cénacle improvisé se dispersa. J'avais fait dans ces réunions intimes la connaissance de Destrem, que je devais retrouver à l'*Alliance religieuse* et aux *Amis de la Paix*.

En fait de Vieux-Catholiques, je n'en ai connu qu'un, mais c'était un bel échantillon. Jean Wallon représentait le parti avec conviction, et

je me suis même quelquefois demandé s'il ne cons-
tituait pas le parti à lui tout seul. Le hasard devait
me faire rencontrer successivement les anciens
compagnons de Murger. J'avais vu Champfleury à
l'*Opinion*, Schaunard autour d'une table tournante,
et Wallon m'apparut sous les traits d'un apôtre,
très pacifique d'ailleurs, et très tolérant. Murger,
pour mieux déguiser ce Wallon en avait fait
Gustave Colline, et c'est sous ce nom qu'il est
connu des personnes qui lisent encore la *Vie de
Bohème*. Le portrait que le romancier en a tracé
est du reste assez ressemblant. Wallon resta
jusqu'à la fin de sa vie un bouquiniste émérite et
passionné. Ses poches étaient littéralement bon-
dées de bouquins, et il m'a rarement fait visite
sans que je visse pleuvoir autour de lui quelques
vieux volumes qu'il venait d'acheter sur les quais.
Il avait travaillé auprès d'Augustin Thierry, et
M. Amédée Thierry se l'attacha quelque temps
comme secrétaire.

Wallon était curieux à entendre sur les dernières années de l'illustre aveugle. Il savait plus
de choses qu'il n'en disait, mais il en laissait assez
deviner pour que l'on entrevît quelles obsessions
avaient pesé sur la fin de cette glorieuse existence.
A défaut d'une conversion déclarée, il s'agissait
d'obtenir des adoucissements, des atténuations à
certaines pages trop vives de la *Conquête de l'An-*

gleterre. Il paraît que le Père Gratry, qui n'était
pas d'un esprit embarrassé, alla jusqu'à promettre
au pauvre paralytique de lui rendre la santé, le
mouvement, la vue, s'il consentait à modifier son
texte primitif. La plupart de ces obsessions furent
conjurées par la fermeté de M. Amédée Thierry,
âme religieuse, conscience très droite, caractère
incapable de se prêter à une fâcheuse transaction.

Il n'est jamais bon, quand on court la même
carrière, d'être le frère d'un homme trop célèbre.
Thomas Corneille, si ingénieux, Marie-Joseph
Chénier, si brillant, Paul de Musset, si distingué,
en ont fait la dure épreuve. Amédée Thierry com-
pléterait aujourd'hui cette démonstration. Sa réputation s'est perdue dans la gloire de son frère.
Peut-être, au point de vue de la science, ses recherches sur les origines gauloises ont-elles besoin d'être rectifiées en quelques points, mais ses
belles études sur le monde romain, sur les premiers siècles de l'Église, son *Saint Jérôme*, son
Saint Jean Chrysostome, son *Nestorius* offrent les
plus hautes qualités d'impartialité, de lumière ou,
pour mieux dire, de vivante couleur. Cet homme
excellent m'a honoré de son amitié jusqu'au dernier jour, et c'est grâce à ses chaudes recommandations que j'ai trouvé en Suisse, particulièrement dans la famille de Candolle, l'accueil le
plus bienveillant.

Amédée Thierry pensait avec raison qu'on ne lui rendait pas une entière justice, et il en souffrait, mais sans colère ni amertume. Wallon avait pour lui une juste vénération. Ces deux âmes droites étaient faites pour se comprendre. Ce très simple Colline eut pourtant son moment de *grandeur*. Sous le ministère Ollivier, il fut rédacteur en chef de l'*Étendard* et directeur de l'Imprimerie impériale. Il est vrai qu'il ne conserva ces hautes fonctions que trois jours. En philosophe pratique, il rentra dans son modeste appartement de l'île Saint-Louis où, lorsqu'il ne se plongeait pas dans ses bouquins, lorsqu'il ne composait point de solides ouvrages comme *Emmanuel* et *Le clergé de 89*, il faisait de la musique ; car les fameux quatuors de Champfleury se tenaient chez lui (1). Cet ancien bohème était le plus sobre des hommes. Je ne lui ai jamais vu absorber que des flots de tisane, dans la persuasion qu'il aurait raison de son asthme à force d'eau chaude. C'est l'asthme qui a triomphé et le digne Wallon est mort sans avoir pu m'expliquer ni peut-être s'expliquer à lui-même ce que c'est qu'un Vieux-Catholique.

« Qui trop embrasse mal étreint. » Cette expression proverbiale pourrait s'appliquer avec jus-

(1) Un musicien aussi modeste que distingué, M. Arthur Boisseau (de l'Opéra) a composé sur un thème de Champfleury *le Quatuor pittoresque.*

tesse à l'*Alliance religieuse universelle*. Assurément il y avait dans cette tentative de réconciliation,
ou tout au moins de conciliation entre les diverses
communions et même les diverses opinions religieuses, une haute et généreuse pensée. Ce que
les fondateurs de l'œuvre ne savaient pas, ce
qu'aucun de nous n'avait encore suffisamment
observé, c'est que si les religions se rattachent
pour ainsi dire les unes aux autres par leurs som-
mets, par leurs affirmations générales, elles ne se
précisent et n'existent réellement que par les détails de leurs rites, les particularités de leurs traditions, la rigueur formaliste de dogmes essentiels.
Au point de vue de la doctrine, l'*Alliance religieuse* ne pouvait donc aboutir qu'au déisme. Est-
ce à dire que son action ait été complètement
infructueuse? En aucune façon. Des esprits distingués s'y sont formés et produits dont les enseignements n'ont point été perdus, dont la parole n'a pas été vaine.

Notre ami Durandeau, le professeur, le poète,
l'érudit, cantonné aujourd'hui dans ses recherches bourguignonnes, toujours plein de verve et
de feu, pourrait, aussi bien que moi, raconter
l'histoire de cette association dont il fut l'un des
membres les plus actifs, je pourrais dire les plus
remuants, car il était singulièrement mouvementé.
Se souvient-il au moins, dans sa champêtre re-

traite, de l'impatience que provoquait chez lui
l'idée d'une présidence quelconque aux séances de
notre comité? « Pourquoi, s'écriait-il avec un
geste plein d'ardeur, un monsieur qui m'empêche
de parler quand j'en ai envie et qui me somme de
discourir quand je veux me taire? Point de président! Tout au plus un *Modérateur* comme chez
les quakers américains. » Dieu sait cependant si
notre président se montrait pacifique et peu autoritaire ! C'était un modeste répétiteur pour le bac-
calauréat, abritant et enseignant quelques jeunes
étrangers dans son appartement de la rue Claude-
Bernard. Henri Carle possédait, je crois, un ba-
gage littéraire et philosophique très mince. Il avait
écrit quelques pages sur la théophilanthropie et
se flattait de pouvoir la ressusciter. Du reste, parfaitement humble et doux, dénué de tout prestige
à cause de sa voix et de sa démarche qui évo-
quaient invinciblement l'image du canard domestique, et n'usant de sa prépondérance présiden-
tielle que pour supplier Charles Hayem de ne pas
tourner constamment autour de l'assemblée, sous
prétexte de délibérer.

Sur ce milieu un peu confus et assez neutre,
deux personnalités originales se détachaient : Auguste Desmoulins et Hippolyte Destrem.

Desmoulins était un des gendres de Pierre Leroux. Sa femme, au bout de quelques années,

devint folle. Il demeura pour elle très affectueux
et supporta ce malheur avec une grande égalité
d'âme. Quand elle mourut, il épousa une personne
de mérite qui lui témoigna beaucoup de dévoue-
ment. Conseiller municipal de la ville de Paris,
Desmoulins a fait preuve de connaissances étendues, et certainement il serait arrivé à la députation si sa santé, depuis longtemps ébranlée, ne
l'avait forcé de se retirer en province. Il s'y éteignit doucement, toujours occupé, jusqu'à sa dernière heure, de la liberté politique et des réformes
sociales.

Orateur, Auguste Desmoulins ne l'était pas,
mais parleur incomparable, au plus haut degré.
Je l'ai entendu à l'*Alliance* et aussi, plus tard, aux
Amis de la Paix où il siégeait près de moi ainsi
que Destrem. La lucidité de sa parole avait quelque chose de si séduisant et de si pénétrant que,
même à ses plus résolus adversaires, il était difficile d'y résister. C'était un enchaînement calme,
un tissu d'arguments se déroulant avec une force
tranquille. Le sophisme ne l'effrayait pas, et il
savait si bien le colorer, il le développait en si
bons termes, qu'on ne pouvait point lui en savoir
mauvais gré.

Auguste Desmoulins avait un désir, une idée
fixe, très légitime d'ailleurs, c'était de faire réim-
primer les œuvres de Pierre Leroux. Nous n'é-

tions pas très riches à l'*Alliance*, et nous ne pûmes jamais réunir les fonds nécessaires à une publication qui s'annonçait comme devant être volumineuse. Quand on pense à l'influence longtemps exercée par Pierre Leroux, et quand on s'est rendu compte de tout ce que nos philosophes (je dis les plus illustres) lui ont *emprunté*, — pour employer un mot honnête, — on s'afflige d'un pareil abandon, d'un tel oubli, et l'on aime à croire que pour lui aussi le jour de la justice viendra (1).

Destrem paraissait taillé pour vivre cent ans. Il le croyait, le disait et avait établi sa vie, ses projets, ses travaux en conséquence. Dans sa quatre-vingtième année, il devait composer tel ouvrage; tel autre dans sa quatre-vingt-dixième. On peut dire de lui, sans que cette fois la locution soit banale, que la mort l'a surpris. Dans les conversations privées, dans les réunions publiques, dans nos comités, Destrem apparaissait toujours comme un être à l'état continu d'ébullition. Une fille du duc de Noailles raconte que quand Saint-Simon venait chez son père et qu'il s'animait (ce qui n'était pas rare), on voyait sa tête fumer. Il me semble qu'avec des organes plus affinés nous au-

(1) Un monument doit être élevé à Boussac par la famille et les amis de Pierre Leroux pour le centenaire de sa naissance (1798), mais n'est-ce pas à Paris où il est né qu'un buste, à défaut d'une de ces statues dont on est si prodigue, devrait rappeler et honorer sa mémoire?

rions vu fumer la tête de Destrem. Cette grosse
tête, cette chaudière où bouillonnaient les idées
et les systèmes, je la considérais avec un respect
mêlé de crainte, redoutant toujours de la voir
éclater et cherchant en vain la soupape.

Quoique ou parce que philosophe, il n'aimait
pas la controverse. Son visage se congestionnait
facilement à la moindre objection, mais cette con-
trariété n'allait jamais jusqu'à la colère. Disciple
de Fourier, il avait gardé du maître le goût des
séries détaillées. Par exemple il avait trouvé, à
ce qu'il appelait notre décadence, trente-deux
causes positives, pas une de plus, pas une de moins.
Métaphysicien de vieille roche, il a écrit un beau
livre, *le Moi divin.* C'est là qu'il a émis cette pensée, que d'autres ont reprise en l'étendant : « Un
Dieu libre ne peut avoir créé que des êtres libres. » Le seul tort de Destrem était d'être son
propre tourbillon à lui-même, et de ne rien voir
au delà. On en jugera par ce fait. Il nous invita
un jour pour *concerter nos travaux* en séance de
comité. Tout d'abord il nous lut un très gros manuscrit de sa façon; ensuite il nous entretint des
réponses qu'on pourrait lui faire et des répliques
qu'il pourrait opposer à ces réponses. Cela dura
deux heures. Aucun de nous n'avait encore ouvert la bouche. Alors Destrem se levant et prenant son chapeau : « Allons, Messieurs, nous pou-

vons nous séparer, nous avons fait aujourd'hui de bonne besogne. »

Si l'*Alliance* n'avait pas réussi à fonder l'éclectisme religieux auquel nous visions innocemment, elle avait du moins contribué à répandre et à honorer l'esprit de tolérance. Mais de là à revenir au culte des théophilanthropes, comme l'insinuait timidement Henri Carle dans notre journal, *la Libre Conscience*, il y avait un abîme, et personne de nous ne s'avisa de le franchir. Notre plus sérieuse ou, pour mieux parler, notre unique manifestation publique fut un congrès présidé par Henri Martin, où nos théories furent exposées par divers orateurs. J'y lus un mémoire sur les églises unitaires d'Europe et d'Amérique, ce qui fit dire à un journaliste que j'avais porté « le coup du mémoire ». C'était dans tous les cas un bien petit coup et très peu efficace.

Il y a quelques années, me trouvant en Angleterre, je vis annoncer que le dimanche, à Londres, dans la chapelle de Little Portland, l'église unitariste célébrerait son service hebdomadaire. Je ne manquai pas d'y assister et je fus profondément impressionné par le recueillement de l'auditoire, la simplicité du rite, la gravité passionnée du jeune pasteur, M. Janko. Son discours, autant qu'il me fut possible de le suivre, me parut très simple. Il insista sur l'ordre naturel et sur les bienfaits qui en résultent pour l'homme. Sa belle figure exprimait véritablement la joie évangéli-que. Quand il eut terminé, on chanta, non sans ferveur, quelques cantiques avant de se séparer. Point de cierges, point de mendiants, point de quête. En sortant, je vis Little Portland rempli de beaux équipages et l'on me dit que ces personnes riches pourvoyaient aux frais, d'ailleurs insigni-fiants, du culte. Il y avait d'autres églises unitai-riennes à Londres, plus considérables et très suivies. A Boston, à Baltimore, les unitaires ont des cathédrales. Les déistes français n'ont même pas su fonder une chapelle.

Un seul homme, peut-être, lorsqu'il opéra sa conversion du protestantisme libéral au théisme chrétien, aurait pu donner une impulsion décisive et lancer le déisme dans une voie pratique, c'est M. Félix Pécaut. Ce nom n'éveille aujourd'hui, chez la plupart de nos contemporains, que l'idée d'un des meilleurs et des plus dévoués éducateurs de la jeunesse. Le Pécaut dont je parle avait trente ans de moins. D'origine béarnaise, ardent comme les gens de son pays, il avait passé une partie de sa vie dans le Midi et s'était établi à Salies-de-Béarn avec sa famille. C'est là que, pasteur pro-testant, il médita sur l'Evangile et en tira ce livre d'une importance capitale : *le Christ et la Con-*

science. Comme Théodore Parker et contre M. Albert Réville, il osa poser la thèse de l'humanité imparfaite du Christ, comblant ainsi la lacune qui sépare la créature du créateur et faisant, en quelque sorte, rentrer Jésus dans le rang de l'humanité (1).

Probablement à cette époque eut lieu sa démission de pasteur qui avait beaucoup frappé Scherer, et dont celui-ci m'a plusieurs fois parlé. Pour moi j'entrai en rapports avec Félix Pécaut, lorsqu'il publia l'*Avenir du théisme chrétien*, non seulement par des articles, mais par une correspondance suivie. Ces lettres si élevées, si pures, d'un souffle si généreux, je me suis fait un devoir de les garder. Il y a là le son et la candeur d'une conscience d'ivoire et une éloquence latente qui ne demandait qu'à se manifester. Cette éloquence, j'en eus plus tard une preuve bien convaincante.

C'était au synode, où les orthodoxes et les libéraux se livrèrent une dernière bataille. Coquerel avait très brillamment discouru, M. Guizot avait répondu par un discours superbe et d'une flamme étrange chez un homme de quatre-vingts ans pas-

---

(1) Voir à l'*Appendice* la très intéressante lettre qui me fut adressée à ce sujet, le 10 avril 1895 par M. Albert Réville ; non seulement cette lettre contient une rectification nécessaire, mais elle nous apporte sur la situation actuelle des esprits religieux l'inestimable témoignage de l'écrivain le plus autorisé en ces matières.

sés. Qui oserait parler après ce maître orateur ?
Quand je vis Pécaut se lever de son banc, j'eus
un battement de cœur, mais je fus bien vite rassuré. Rarement un langage plus approprié, plus
net, plus sobre et pourtant plein d'une chaleur
concentrée, fut mis au service d'une conception
religieuse plus étendue et plus profonde. Si les
comparaisons bibliques sont permises quand il
s'agit de théologie, je dirai en prenant M. Guizot
comme Goliath que Pécaut fut le David qui resta
triomphant. Depuis, sa fronde est demeurée oisive.
Le militant des grandes luttes s'est tourné vers la
pratique de la haute éducation, et il y a fait des
merveilles. Mais le moment le plus glorieux de sa
vie n'a-t-il pas été celui où il combattait le bon
combat, même sans espoir de succès ?

CHAPITRE XII

De 1860 à 1870, j'ai habité Sèvres puis Saint-Cloud. Ce qui me fit choisir le séjour de Sèvres, c'était le voisinage de mon compatriote et ami Ernest Chesneau. Dès mes premiers articles à l'*Opinion Nationale* il m'avait écrit, me rappelant nos communes origines rouennaises et s'autorisant de l'amitié d'Eugène Noël. Nous fûmes promptement liés, et pendant des années nous travaillâmes fraternellement à côté l'un de l'autre. On nous appelait volontiers *Vieux Sèvres*, ce qui n'avait rien de blessant. Un jour que nous avions écrit à Sainte-Beuve pour le féliciter de ses articles sur Béranger, celui-ci nous répondait : « Je suis bien sensible à l'approbation de l'école de Sèvres. Elle compte beaucoup pour moi. Cœur et esprit, l'école de Sèvres ! »

Nos directions cependant étaient assez diffé-

rentes. Il y avait en Chesneau un fonds de romantisme dont il ne s'est jamais départi, même quand
il a donné la main aux impressionnistes, japo-
nistes et autres prétendus sectateurs de la réalité
absolue. En outre, il ne tarda pas à devenir bonapartiste. Comment? je ne le sais trop. Peut-être
à cause de son passage à la *Revue Européenne*
(laquelle ne produisait pas semblable effet à tout
le monde), peut-être en raison de ses fréquents
rapports, comme critique, avec l'administrateur
des Beaux-Arts. M. de Nieuwerkerke — celui à
qui Préault disait : « Qu'est-ce que ça vous fait de
n'avoir pas de talent puisque vous êtes le bel
homme! » — avait pris Chesneau en particulière
faveur. Il fut son introducteur dans le salon de la
princesse Mathilde et consentit même à tenir un
de ses enfants sur les fonts de baptème. Ce qu'il
y a de curieux c'est que cet impérialiste très sincère s'était brouillé avec son père, honorable
avoué à la cour d'appel de Rouen, bourgeois con-
servateur, qui ne pouvait pardonner à son fils
l'excès du républicanisme. Malgré nos diver-
gences d'appréciation sur la vie et sur l'art, nous
nous entendions par un même besoin de sincérité,
par une même recherche de l'original et du nouveau.

Au fond, Ernest Chesneau était un aventureux.
Il l'était en matière de goût, comme dans les pre-

mières résolutions de sa jeunesse, dans les premiers actes de sa carrière. Ne disons pas trop de
mal des aventureux. Quand ils ne se cassent point
le cou, ils ont des rencontres heureuses et des
réussites brillantes. Chesneau a découvert plus
d'un talent, stimulé plus d'un artiste, mis en relief
et en lumière plus d'un nom qui, sans lui, serait
resté obscur. Moins philosophe que Castagnary
il avait plus que lui l'instinct des choses de métier
(ayant un peu pratiqué lui-même), le flair immé-
diat du critique. Atteint de bonne heure et peu à
peu miné par la maladie, il ne lui a pas été
accordé de donner entièrement sa mesure. On peut
cependant affirmer que ses travaux sur la peinture
anglaise doivent être considérés comme définitifs
et font autorité pour les plus fins connaisseurs. Les
Anglais ont traduit plusieurs de ses ouvrages ; ils
estiment beaucoup l'ami, le correspondant et l'interprète de leur grand critique Ruskin.

Chose singulière et pourtant pas aussi rare
qu'elle le devrait être, Chesneau, qui avait appris
l'anglais assez tard, le lisait, l'écrivait fort bien,
mais ne pouvait ni le parler ni le comprendre
oralement. Dans ses voyages en Angleterre, quand
il n'avait pas un truchement avec lui, il se sentait absolument isolé. Même aventure était arrivée
à Jean-Jacques, qui en perdit quelque peu la tête.
C'est qu'en effet la langue parlée a si peu de rap-

port avec la langue écrite! Je puis citer à ce propos un fait qui se passa comme nous étions à Sèvres, histoire dont un de nos amis ne se tira pas tout à fait à son honneur.

Après avoir longtemps professé les humanités, au lycée de Versailles, Alfred de Sadous s'était établi dans cette ville. Souvent il venait nous voir, ayant conservé avec son ancien élève Chesneau d'excellentes relations. Il nous parlait de ses traductions qui faisaient l'occupation de sa retraite et l'empêchaient d'en sentir le poids. Ce n'était point à de minces ouvrages ni à de petits auteurs qu'il s'adressait. De prime-saut il s'était attaqué à l'*Histoire de la Grèce* de Grote. Dix-neuf volumes, s'il vous plaît, du texte le plus compact qui se puisse imaginer! M. Grote fut enchanté. Une correspondance toute cordiale s'engage entre l'auteur et le traducteur. Appelé à Paris par ses recherches, l'illustre historien anglais, désireux de voir son fidèle interprète, lui annonce sa prochaine visite. Rendez-vous est pris dans un restaurant.

Nos deux augures se rencontrent, se serrent la main et après... Une répétition en miniature de la Tour de Babel, chacun parlant sa langue avec conviction et n'entendant point celle de l'interlocuteur. Avec de l'encre et du papier on sortit d'embarras. Mais il est dur de venir de Londres pour faire avec son traducteur un dîner à la muette.

Disons pourtant, afin de sauvegarder l'amour-propre français, que M. Grote était le plus coupable, puisque notre langue parlée s'écarte beaucoup moins que l'anglais de la langue littéraire. Du moins c'est nous qui le prétendons.

Entre l'école de Sèvres et la colonie de Versailles de courtoises relations s'établirent et se maintinrent pendant plusieurs années, grâce à l'amicale et persévérante initiative d'Alfred de Sadous. Reçu sur le pied d'intimité chez Édouard Laboulaye il m'y présenta et me fit aussi connaître Ernest Bersot. Par ce dernier je devais également faire connaissance avec Edmond Scherer et, ce qui me fût beaucoup plus agréable, avec l'aimable Charles Lévêque, professeur de philosophie grecque au Collège de France, qui était venu chercher près des bois de Bellevue liberté, calme et santé pour achever une œuvre longuement caressée, *la Science du Beau.*

On ne saurait se dissimuler que le nom de Laboulaye a perdu aujourd'hui beaucoup de son éclat. Sa grande édition de Montesquieu n'a pas satisfait les esprits difficiles, et les recherches des contemporains sur Benjamin Constant amoureux ont momentanément rejeté dans l'ombre son Benjamin Constant politique. Tout cela n'est ni

très juste, ni très définitif. Il n'en est pas moins vrai
qu'une ombre s'est étendue sur cette figure,
éclairée d'un jour si vif pendant les dernières
années du second Empire. Lorsque je vis Laboulaye dans sa demi-solitude du parc de Clagny,
la fameuse histoire de l'encrier n'avait pas encore
eu lieu ; cependant sa popularité visiblement diminuait, et son humeur, qui, je crois, n'a jamais été
très commode, s'en aigrissait. Il m'accueillit fort
bien, mais non sans me reprocher, avec une
insistance quelquefois déplaisante, ma sympathie
pour Renan et le concours que je lui avais
apporté dans l'*Opinion Nationale*. Sa conversation était plus instructive qu'intéressante, parce
qu'elle était hachée de mille petites épigrammes
contre les contemporains. Ce qui excuse Laboulaye, c'est qu'il avait une maladie d'estomac, et
que ce genre d'affection ne prédispose pas à l'égalité d'humeur. Bien que Mme Laboulaye, souffrante
elle-même d'une maladie de cœur, fît avec bonne
grâce les honneurs de cette maison, je ne m'y
sentais pas à mon aise, et je n'y vins à la fin que
par simple politesse.

Il n'en fut pas de même pour mes rapports avec
Bersot. Sa bienveillance à mon égard ne se
démentit jamais et j'en ai eu jusqu'au bout de sa
carrière des preuves incontestables. De mon côté,
je lui ai toujours gardé et témoigné la plus vive

sympathie. Sa modeste chambre, rue de la Chan-
cellerie, m'a souvent fait penser au logis de La
Bruyère tel que nous le décrit Vigneul-Marville.
C'était bien aussi le vrai philosophe, laborieux et
souriant, que l'on trouvait à sa table de travail,
en train d'écrire quelques chapitre de philosophie
ou quelque article des *Débats*, et que l'on ne surprenait ni ne dérangeait jamais. « Je vous empêche
de travailler, disait le visiteur un peu confus.
— Quel service vous me rendez, au contraire ! Je
suis horriblement paresseux et le tête-à-tête avec
mon papier ne m'offre rien de réjouissant. Mettons-
le de côté et causons tout à notre aise. »

Ce n'était assurément pas un révolutionnaire
que Bersot, mais ce n'était point non plus un ,
esprit pliant et mou. Professeur de philosophie à
Bordeaux au moment où le Père Lacordaire
venait y prêcher une sorte de mission, il s'était
si nettement expliqué sur la manière paradoxale
et sophistique du célèbre dominicain, que ses
très timides supérieurs universitaires en avaient
pris peur et s'étaient scandalisés. On le mit à
l'épreuve, et le recteur, qui n'était pas probablement un grand théologien, lui demanda : « N'admet-
tez-vous pas que Dieu ait enseigné à Adam le nom
des choses dans le Paradis Terrestre ? » Plutôt que
de répondre à de pareilles sottises et de faire des
concessions, Bersot quitta sa chaire. Replacé

bientôt à Dijon, grâce à l'intervention de Cousin,
puis à Versailles, il avait donné sa démission le
lendemain du 2 Décembre, et se serait trouvé
presque sans ressources si les démarches de
quelques personnes ne lui avaient procuré des
répétitions. Le mobilier sommaire de son appartement indiquait avec évidence que, même depuis
son entrée au *Journal des Débats*, la fortune
n'était point venue le visiter. Je crois d'ailleurs
que de ce qu'il pouvait gagner il disposait en
faveur d'une sœur et d'une nièce auxquelles il
portait le plus sérieux intérêt. Ces dames habitaient
Arcachon. Bersot allait y passer des mois entiers,
et ce séjour lui a inspiré les plus ravissantes pages
qu'il ait écrites.

Quand il était à Versailles il venait quelquefois
me chercher à Sèvres ; de là nous montions à Bellevue, chez les amis Lévêque, et après une halte plus
ou moins longue, je le reconduisais à travers bois
jusque chez lui. Nous étions de solides marcheurs
devant l'Éternel, et surtout de fiers causeurs, car
l'entretien ne languissait pas une minute. Ce qui
me frappait dès lors et ce qui m'a frappé bien
davantage plus tard, en y réfléchissant, c'est que
le ton de la causerie chez Bersot était un enjoû-
ment constant, aussi loin de la plaisanterie mordante que de la grosse gaîté. Cette disposition
lui était naturelle et rendait son commerce aussi

agréable dans le monde, où il aurait été très fêté s'il l'avait voulu, que dans la vie intime. Dès cette époque il commençait à ressentir les atteintes du mal qui devait le ronger et l'emporter. Son teint était toujours fort échauffé, son visage couvert de rougeurs qui dénotaient l'âcreté du sang. Quoi qu'il en fût, il ne faisait jamais la moindre allusion à ses inquiétudes ou à ses malaises, et tel il est demeuré stoïquement jusqu'à la fin.

La dernière fois que je le vis, c'était à Paris, rue d'Ulm, dans son cabinet de directeur, à l'École normale. L'hiver approchait, cet hiver qu'il ne devait point passer. Les après-midi se faisaient noires. On apporta une lampe. Bersot, assis dans son fauteuil, appuyait le bras sur le bureau et sa main retenait un mouchoir sur la joue malade, sans cesse creusée, toujours saignante. J'avais un renseignement à lui demander, il s'empressa de me le donner, avec son obligeance habituelle. Nous causâmes ensuite de diverses personnes que nous avions connues et qui s'étaient éloignées ou dispersées. Il fit sur quelques-unes d'entre elles de ces remarques fines et spirituelles auxquelles il nous avait accoutumés. Quand je me levai pour prendre congé, il me serra la main un peu plus fort et un peu plus longuement que d'habitude. Peu de jours après, j'appris sa mort.

Mais à notre heureuse époque de Sèvres et de

Versailles, nous étions loin d'entrevoir un si sombre avenir. Nous nous réunissions parfois pour des agapes très frugales, tantôt chez Bersot, tantôt chez un original de premier calibre nommé Langlacé. Ce brave et digne garçon, aussi estimable que peu équilibré, poussait l'amour des philosophes et de la philosophie à un degré vraiment maladif. Charles Lévêque, malgré sa mansuétude, en était souvent excédé.

Langlacé se faisait un plaisir de nourrir et de désaltérer les philosophes. Je me rencontrai à dîner chez lui avec Émile Saisset, et j'assistai à une conversation très intéressante entre ce brillant causeur et Bersot, qui était bien de force à lui donner la réplique. Il s'agissait de Cousin. Saisset, avec sa pointe acérée de langage, emportait le morceau et disséquait le maître tout vivant. Bersot le défendit modérément, selon sa nature, et obstinément. Il ne laissa passer aucun reproche sans le réfuter ou du moins le discuter. J'avoue que je fus surpris, sachant à quoi m'en tenir sur la dureté de Cousin et son avarice envers ses secrétaires. Il fallait que cet homme étrange eût un bien grand don de fascination, puisque des personnes comme Bersot et Lévêque, qui n'avaient guère eu à se louer de lui, ne laissaient jamais échapper un mot de blâme à son égard. Tels de ses secrétaires furent moins résignés, par exem-

ple le malheureux Lamm, de qui Taine m'a parlé
avec une pitié profonde, et dont la fin tragique a
inspiré à Sarcey l'un de ses meilleurs ouvrages.

Quant à Langlacé, nos relations cessèrent brusquement. Après quelques entrevues, il me glissa
un article pour l'*Opinion Nationale*, me priant de
l'appuyer auprès de Guéroult. Je n'eus qu'à jeter
les yeux sur ce papier pour être persuadé que
l'insertion au journal n'en serait pas possible.
C'était une déclamation en dix ou douze paragra-
phes, commençant chacun par ces mots : « J'aime
la philosophie ; » du reste un vide parfait. Je remis l'article à notre rédacteur en chef en le recommandant de mon mieux. Cela ne servit de
rien. Au beau milieu de ce morceau d'éloquence,
Guéroult plia les feuillets et me les rendit en me
disant : « J'aime la philosophie, mais pas celle de
ce monsieur. » A partir de ce jour mémorable les
agapes cessèrent et l'amphitryon disparut.

En 1859, lorsque nous commencions d'écrire
ou plutôt de publier, les jeunes c'était nous.
A mesure que s'écoulèrent les années, d'autres
jeunes, plus jeunes, survinrent, désirant aussi une
part de cette publicité dont ils nous savaient ou
nous croyaient les dispensateurs, et la revendi-
quant avec une vivacité qui aurait pu être quelquefois blessante si elle n'avait paru toute natu-

relle. Ma situation de directeur littéraire me
mettait sans cesse en contact, souvent aux prises
avec des esprits impatients de se produire et que
l'encombrement chaque jour croissant irritait. La
lettre suivante, signée d'un nom que tout le
monde connaît aujourd'hui, donnera une idée de
ces impatiences :

> Monsieur,
>
> Il y a quelques mois, un de mes bons amis, M. Emmanuel
> des Essarts, étant de passage à Paris, a eu le plaisir de vous
> voir et vous a parlé d'un roman que j'ai déposé à l'*Opinion*
> au mois de juillet dernier. Le roman a pour titre : *l'Abbé
> Jérôme.*
>
> Ce qu'il est devenu, je l'ignore. Peut-être sur la recom-
> mandation d'Emmanuel avez-vous pris la peine de le lire.
> Si le temps vous a manqué pour cette corvée, je vous
> demande comme un service de confrère à confrère de
> vouloir bien me transmettre une décision. Songez que
> j'attends depuis un an et que cette attente peut être inutile.
>
> Je vous prie d'agréer l'expression de mes sentiments dis-
> tingués.
>
> FRANCIS MAGNARD.
>
> P. S. — Serait-ce trop d'importunité que de vous prier
> de m'envoyer un bout de réponse ?

La vérité est que le secrétaire de rédaction,
beaucoup plus occupé de la politique que de la
littérature, avait enfoui le manuscrit de *l'Abbé
Jérôme* dans les profondeurs d'un carton où nous
eûmes quelque peine à le retrouver.

J'avais pris juste le temps d'aller à Paris et d'en revenir ; j'ouvrais le manuscrit lorsque je reçus une deuxième lettre, dans laquelle l'auteur se recommandant d'un autre ami, Jules Claretie, me pressait encore davantage ; puis une troisième. Ah ! celle-là n'était pas mignonne. Des lueurs fulgurantes s'en échappaient et l'on y entendait comme le cliquetis des épées. Heureusement, j'avais déjà trop l'expérience des amours-propres pour me beaucoup émouvoir ; je répondis une lettre qui commençait par ces mots : « Mon cher confrère, si j'étais aussi vif que vous, nous ferions de belles affaires ! » Et qui se terminait par une très cordiale invitation à dîner, le temps me manquant pour lui expliquer en détail les causes du retard qui l'avait si fort irrité. Magnard accepta, mais avec cette expresse réserve qu'il lui serait permis d'amener sa femme dont il ne voulait à aucun prix se séparer. Ainsi se forma une relation qui se prolongea pendant plusieurs années et qui a toujours laissé subsister entre nous une bienveillance réciproque.

Magnard, tel que je l'ai connu dans cette première période de sa vie littéraire, m'apparaissait comme un garçon très intelligent, d'un esprit fort dégagé, assez incertain de sa direction, tantôt s'amusant à des fanfaronnades de scepticisme, tantôt au contraire inclinant au mysticisme, et

déclarant que s'il se faisait dévot il ne le serait
pas à moitié. Il avait, je crois, en Belgique, passé
par le séminaire, et quelque chose lui en était
resté. Pourtant il n'était pas tendre pour ses anciens confrères, si j'en juge par ce mot que je lui
ai entendu dire sur Vermorel, mot d'ailleurs parfaitement injuste : « Il a l'air d'un séminariste
forçat. » La conversation de Magnard était spirituelle, mais très fatigante, parce qu'elle était trop
décousue et trop visiblement paradoxale. Il faut
avoir les reins solides et la main alerte pour jouer
du paradoxe. C'est l'affaire d'un Baudelaire ou
d'un d'Aurevilly. Le jeune Magnard n'était pas
de force à soutenir cet exercice, et il y aurait gâté
la très réelle finesse de son esprit si les avertissements du bon sens ne l'y avaient fait renoncer.

Or, sous ses airs évaporés et à travers ses exagérations voulues, la qualité dominante et résistante de Magnard était justement le bon sens.
Ajoutez-y, en dépit de sa nervosité de surface,
une volonté de fer et une patience que rien ne
lassait. Je l'ai vu quand il débutait au *Figaro*,
quand il s'exerçait à diriger *le Grand Journal*, en
contact avec Villemessant. Certes le docteur Véron
n'était pas poli, François Buloz était un brutal
personnage ; mais pour la dureté méchante, déprimante et grossière, je n'ai jamais rencontré
personne de comparable à Villemessant. Quand

j'allais chercher Magnard aux bureaux de son
journal et que je voyais ce qu'il avait à souffrir
des incartades de son triste supérieur, je me disais
qu'il faut une bien impérieuse nécessité ou une
fameuse vertu pour se résigner à un pareil régime.
Magnard a été tenace et il a eu partie gagnée. Il
a beaucoup appris à cette rude école ; il en est
sorti plus maître de lui et aussi des autres.

C'est surtout avec Claretie qu'il était lié, bien
qu'il se fût recommandé auprès de moi d'Emmanuel des Essarts. Emmanuel n'était d'ailleurs
qu'un visiteur intermittent. Arrivé très jeune à
un grade supérieur dans l'Université, professeur
de Faculté à Dijon puis à Clermont-Ferrand, il a
toujours vécu en province et n'a jamais rêvé que
de Paris. Pourquoi n'y a-t-il pas été appelé ? Il
aurait tenu sa place en Sorbonne aussi bien et
même mieux qu'un autre.

Républicain, il l'était dès 1863, et républicain
classique. Harmodius, Aristogiton, Brutus, Rienzi,
les Constituants, Danton lui-même, tels étaient
ses amis, les gens avec lesquels il frayait quotidiennement, familièrement. On raconte qu'un
jour, apercevant l'un de ses camarades sur l'impériale de l'omnibus, il lui fit signe de descendre
avec des gestes tellement expressifs, tellement
désespérés, que l'on pouvait croire qu'il était en
proie à quelque noir chagrin ou menacé de quel-

que catastrophe : « Qu'as-tu, que se passe-t-il ?
— Je suis heureux de te voir, répond Emmanuel,
j'avais à te parler. — Me voilà tout oreilles. — Eh
bien ! mon cher, j'ai absolument besoin de savoir
ce que tu penses de Charlotte Corday. » Tête du
camarade !

Cette histoire légendaire et symbolique peint au
naturel des Essarts. L'histoire, l'esthétique, la
poésie ont été l'occupation, l'enchantement et le
but de sa vie. Elles n'en ont pas fait seulement la
joie, elles en ont fait aussi la pureté, la dignité.
Il a eu la religion du beau, le culte de la Révolution française, il a même eu les superstitions de
la famille. Son père, Alfred des Essarts, longtemps
bibliothécaire à Sainte-Geneviève, et l'un des derniers représentants de la courtoisie nationale, a
toujours été aux yeux de son fils un grand poète.
Il y a des illusions moins respectables. En somme,
si la part du rêve a été grande dans la vie d'Emmanuel, il faut reconnaître que ce rêve avait sa
noblesse, et je souhaiterais volontiers aux jeunes
gens d'aujourd'hui d'oublier telle idole de passage
pour se consacrer avec lui à célébrer Pallas Athênê.

On n'apercevait qu'à de rares intervalles des
Essarts retenu en province par ses fonctions; il
n'en était pas de même de Claretie qui ne manquait jamais une occasion de venir à Montretout
et que l'on était toujours heureux d'y voir arriver.

Nous étions entrés en rapports d'une manière
assez bizarre. Un petit article, dans lequel Chesneau et moi nous étions tout doucettement égra-
tignés, avait paru dans un journal littéraire, *le
Diogène*, sous la signature « Pérégrinus ».

L'égratignure était si gentille, que nous eûmes
envie d'en connaître l'auteur. J'allai au bureau du
journal et je trouvai là une espèce d'invalide à la
tête de bois qui ouvrit des yeux démesurés quand
je lui remis une lettre à l'adresse de Pérégrinus.
« Le Régrinus, connais pas ça, dit l'invalide. Nous
n'avons pas ça au journal. » J'insistai, et malgré
ses grognements je lui laissai la lettre, qui parvint en bonnes mains. La relation commença et
en même temps l'amitié. Elle n'a pas cessé depuis.

Souvent j'ai parlé de Claretie et je me suis extrêmement intéressé à sa carrière littéraire. Mais
écrivant sur lui au fur et à mesure de ses productions, je n'ai jamais eu le loisir de me mettre
en quelque sorte à distance, d'embrasser l'ensemble de cette vie si active et si brillante. Je ne le
ferai pas encore aujourd'hui ; au moins dirai-je
pourquoi il nous a tous séduits, pourquoi il a
désarmé les inimitiés, gagné les confiances, conservé les affections. Un mot suffira. Claretie a été
la jeunesse de son temps dans ce qu'elle avait d'aimable, de cultivé, de généreux. Nous qui n'étions
plus jeunes et qui n'étions pas vieux, nous pre-

nions un grand plaisir à retrouver dans ce jeune
homme de talent, simple dans ses manières, droit
dans sa conscience, sage en sa conduite, nos impressions d'antan auxquelles venaient s'ajouter
les espérances de l'avenir.

J'avais quarante ans lorsqu'un jour, un de nos
jeunes collaborateurs de la *Libre Conscience,*
Albert Baume, s'avisa de dire devant moi, sans
y prendre garde : « Le père Levallois. » Cela me
fixa, j'étais classé et j'en pris mon parti. Puisque
l'on m'élevait à la dignité de père, il m'était permis de me choisir des enfants. Sans en abuser,
j'ai usé de la permission, et de ces enfants, quelques-uns n'ont pas laissé que de me faire honneur dans le monde intellectuel, témoin mes fils
Vallery-Radot et Albert Cim. Je suis un assez
heureux diseur de bonne aventure et, dans mes
paternités, j'ai été généralement guidé par un
sûr instinct. Dès le début, j'ai cru au succès de
Claretie. Ce qui me frappait chez lui c'était la
précision du coup d'œil et la netteté du rendu.
« Il voit vite et bien », ai-je écrit à propos d'un
de ses premiers livres de voyages. L'éloge reste
entier, toujours applicable malgré les années.
Cette jeunesse qui allait avoir à traverser tant
d'épreuves, et qui les pressentait, n'en était pas
moins allègre, ayant comme une divination de
l'affranchissement futur, de la rénovation inévi-

table. Chez nul peut-être cette inspiration de vail-
lance optimiste ne se marquait mieux que chez
Claretie. Dieu sait la bonne humeur qu'il apportait dans nos soirées de Montretout !

« L'administrateur de la Comédie-Française à
l'ancien directeur des Folies-Montretout », m'é-
crivait Claretie bien des années après, en m'en-
voyant une loge le jour même où il entrait en
fonctions. Ces Folies-Montretout, on en a tant et
si souvent parlé, avec une si grande bienveillance,
que j'ose à peine en parler moi-même. Il faut
bien pourtant qu'on le sache, il n'y avait là qu'un
élément, tout-puissant, j'en conviens, la cordialité
dans ce qu'elle a de plus élevé et de plus sincère.
Des gens de lettres qui se rencontrent avec plaisir, qui ne se jalousent point, qui mettent en
commun leurs espérances et leurs ambitions, cela
se voit-il donc si rarement qu'il convienne de
se tant émerveiller ? La diversité des opinions ne
nuisait nullement à notre mutuelle entente. Elle
s'atténuait et se perdait dans un vif sentiment de
sympathie. Les chansonnettes, les charades et la
danse réunissaient bonapartistes, orléanistes et
républicains. Le ballet des Pieuvres est resté célèbre. Il n'était alors, après les *Travailleurs de la
Mer*, question que de pieuvres. Je ne sais pourquoi
nous nous affublâmes de ce vilain nom, mais il

est certain que parmi les pieuvres les plus distinguées figurèrent Francis Magnard, Claretie et
Henry Maret.

C'est bien de nos réunions que Boileau aurait
pu dire :

> Dieu, pour s'y faire ouïr, tonnerait vainement.

Un dimanche de grand entrain et de pleine
gaîté, la foudre tomba sur la maison voisine
sans que personne d'entre nous daignât y faire
attention. Nous étions trop agréablement occupés
pour nous inquiéter de ces bagatelles. Nous
ne connaissions pas la fatigue. Après une terrible promenade à la Malmaison, Mᵐᵉ Arthur
Arnould (la première) ôtait ses souliers pour mieux
danser.

Et ce n'étaient pas seulement les dimanches
d'été où l'on se réunissait. En plein hiver nos
amis n'étaient pas moins fidèles. Par le mauvais
temps, le retour offrait quelquefois certaines
difficultés. Quoique notre maison fût très petite,
on gardait les hôtes d'humeur frileuse et de délicate santé. Chesneau, dont l'habitation se trouvait
à côté de la nôtre, nous aidait volontiers dans ces
sauvetages qui n'étaient pas toujours couronnés
de succès.

Mal en advint — un jour des Rois dont on
parle encore — à ce pauvre Maret que l'on ins-

talla dans un lit où les draps gelés se mirent à dégeler subitement. Il en sortit comme un fleuve et parcourut en grelottant toute la maison endormie. Après avoir ouvert plusieurs portes, il pénétra enfin dans la chambre de Chesneau en poussant des plaintes lamentables. Chacun se leva. On fit grand feu, on lui prodigua les boissons les plus chaudes et les plus réconfortantes, et le matin, quand il s'en vint déjeuner chez nous, on le plaça immédiatement contre le poêle de la salle à manger. Après avoir été gelé, il fut rôti, mais ne s'en plaignit pas. Le soir précédent, il avait joué dans une charade le rôle muet du cardinal de Richelieu couché sur son tombeau. A chaque instant, Magnard et Claretie, figurant le chœur antique, venaient lui dire : « Grande ombre, permets-nous de t'évoquer. » Vers la troisième ou la quatrième sommation, nous assistâmes à un spectacle saisissant. Le cardinal, se dressant sur sa tombe, s'écria d'une voix forte : « Faudrait voir à ne pas tant m'évoquer que ça. » Le succès fut immense.

On ne venait pas uniquement à Montretout pour y danser. Nous avions des visiteurs sérieux qui formaient un public complaisant pour nos enfantillages. Par exemple Alfred de Bréhat, le romancier longtemps populaire, auquel nous devons des livres d'enfants qu'on lit encore. Il

était doux, fin et mélancolique. Atteint d'une
maladie de poitrine dont les progrès s'accen-
tuaient chaque année, il avait le pressentiment
d'une issue fatale trop prochaine ; des ombres s'en
répandaient souvent sur son front et voilaient son
regard, qu'il avait fort beau. Tout le monde l'aimait et lui faisait fête pour adoucir autant que
possible cette pénible impression. Bréhat n'avait
qu'un défaut. Grand *écriveur* de billets et de lettres,
il avait la plus illisible des écritures. Je n'ai
connu que Mme de Gasparin qui fût, sur ce chapitre, en état de rivaliser avec lui. Dans l'impossi-
bilité de rien déchiffrer, je m'étais arrêté à un
parti fort simple. Je collectionnais les lettres de
Bréhat, et lorsque j'allais à Paris, je les lui por-
tais, le priant de vouloir bien me les lire, ce à
quoi il ne parvenait pas toujours.

Un autre visiteur, plus important et plus imposant, était Dupont-White, l'économiste, le philosophe politique... J'allais dire bien connu, mais le
mot ne serait pas juste. Sauf auprès de quelques
bons esprits studieux, Dupont-White n'a ni la
réputation ni l'autorité qu'il mérite. On ne rend
pas non plus chez lui suffisamment justice à
l'écrivain. Son style est très personnel, très original, et je ne sais pourquoi Buloz lui répétait
avec insistance : « Vous avez un style d'alluvion ».
Il n'y avait au contraire aucune trace d'alluvion

dans la prose si française, si nette de ce vigoureux penseur.

En Dupont-White je retrouvais un compatriote.
Sa mère était une demoiselle White, du quartier
Saint-Sever, à Rouen. De son mariage avec
Mlle Olympe Corbie (ou Piot-Fonval), il avait eu
deux filles, l'une, aujourd'hui, si douloureusement
frappée, veuve de Sadi Carnot, l'autre qui a épousé
M. Gaston David. Dans son cabinet de travail,
l'écrivain avait le portrait de Mme Sadi Carnot dont
la jeune physionomie apparaissait pleine de bonne
grâce.

Aucun pressentiment ne l'éclairait relativement
à la future élévation de son gendre. Il parlait de
cet honnête homme avec considération, mais sans
aucun enthousiasme. Quoique sa vie eût été traversée et comme coupée par de très grands et
très bizarres chagrins, Dupont-White se montrait
gai et familièrement mondain. S'il ne fut pas l'un
des danseurs de Montretout, j'ai vu plus tard cet
ancien et aimable *beau* « pincer » son petit quadrille dans l'intimité. Il n'avait qu'un ennemi, la
goutte, qui le tracassait cruellement, sans altérer
toutefois son humeur. Ce ne fut pourtant pas elle
qui l'emporta, mais une fluxion de poitrine, en
décembre 1878.

Les plus graves parmi nous étaient — et cela
arrive souvent — les plus jeunes. Concentrés

16

en leur passion littéraire, ils entraient dans la
lutte quand nous nous flattions d'entrevoir déjà le
repos. Le plus distingué représentant de cette
génération ardente et cultivée était Albert Cim.
Nous en faisions grand cas, à cause de la sincérité
qu'il apportait dans sa vocation et du soin qu'il
mettait à son travail. Volontiers nous l'eussions
offert en exemple aux autres jeunes gens. Claretie
disait plaisamment : « Si Albert Cim n'existait
pas, il faudrait l'inventer. » L'invention, certes,
eût été bonne et nous n'aurions qu'à nous en féliciter.

J'avais rencontré Cim dans un journal impossible, *l'Ami des Arts*, dirigé par Henry Maret, et
dont le bureau de rédaction était situé rue du
Mail, au milieu d'un magasin de pianos. C'est
là que nous nous mîmes à causer de toutes choses
et plus spécialement de littérature, de cette langue
française que Cim connaît si bien dans son
histoire et manie avec tant de précision. Il nous
a été donné de continuer jusqu'à présent ces bonnes
conversations. Cim possède et la tradition éloignée,
et la tradition plus voisine de ce milieu de siècle.
Il est assurément l'écrivain qui a le mieux compris
les rapports d'un passé récent avec l'époque actuelle
et qui a le plus heureusement marqué cette transition.

CHAPITRE XIII

Le Siége et la Commune.

UN DINER CHEZ VICTOR HUGO. — EDGAR QUINET. — GUSTAVE FLAUBERT ET FRÉDÉRIC BAUDRY. — POUCHET. — LES MORTS TRAGIQUES. — LOUIS SALLES.

Nous avions à Saint-Cloud un voisin lequel, — bien qu'il ait fait plus d'une folie — n'appartenait pas à la troupe des Folies-Montretout : c'était Napoléon III. On ne peut pas dire qu'il fût encombrant. Parfois, dès le matin, il accompagnait dans le parc public le prince impérial en train de prendre sa leçon d'équitation. Deux ou trois fois pendant l'été, il passa devant la fenêtre ouverte de notre salle à manger, au rez-de-chaussée, sur la route, pour s'assurer sans doute que ses sujets ne mouraient pas de faim. Un peu au-dessus de notre maisonnette, située sur le chemin de Garches, une route s'ouvrait à gauche, suivait le parc réservé et conduisait à l'entrée de Ville d'Avray, à deux pas des Jardies, doublement célèbres

aujourd'hui par le séjour de Balzac et la mort de
Gambetta. Au coude de la voie se trouvait une
grille qu'on appelait, je crois, la grille d'Orléans.
C'est de là qu'un matin, avec quelques curieux
clairsemés, je vis partir l'empereur pour la guerre
de 1870. Je le distinguai très bien au milieu des
officiers généraux qui l'entouraient. Sa physionomie était triste, soucieuse ; l'immense fatigue des
événements accomplis, le doute du succès, l'inquiétude de l'avenir semblaient s'y réfléter. Vingt ans
auparavant je l'avais vu en Normandie, à Rouen,
à Laigle, mais combien différent, assuré du
triomphe, le regard séduisant et confiant ! En 1870
ce n'était plus cela. Bien qu'on fût au milieu de
l'été, il faisait un ciel et un vent d'automne. Des
arbres déjà quelques feuilles tombaient. Je rentrai
le cœur serré, en proie à de pénibles appréhensions.

Et pourtant, ne nous faisons aujourd'hui ni plus
clairvoyants, ni plus profonds que nous ne fûmes
alors. Tout le monde maintenant se donne le genre
d'avoir prédit la défaite et annoncé la débâcle. Nos
conditions militaires n'étaient meilleures ni pires
en Crimée et en Italie. Après Villafranca, un colonel avec lequel je dînais chez Michelet, nous dit,
en parlant de Solférino : « C'est la victoire du soldat ;
les généraux n'y ont été pour rien ». Un même
espoir n'était-il pas permis en 1870 ? Je laisse de
côté les policiers qui criaient : « A Berlin ! » et

qui assommaient les gens paisibles. La masse moutonnière avait plutôt confiance. Dans l'opposition on redoutait, et avec raison, le réveil et la prépondérance du militarisme. Quelques casse-cou prenaient leurs mesures en vue d'un désastre. L'un d'eux vint me trouver, et à brûle-pourpoint : « Quelle préfecture désirez-vous ? — Mais je ne sache pas qu'il soit question de moi. — Dans un mois nous serons les maîtres et nous manquerons de préfets. » Je déclinai *avant* cette préfecture que j'aurais refusée *après*. Toutefois, je l'avoue, cela me rendit rêveur. Un tel aplomb me confondait, au lendemain d'un suffrage de six millions. Il est vrai qu'il y avait de bien drôles de plébiscitaires, et bien peu solides. Je venais de déposer mon bulletin dans l'urne, un *non* calligraphié avec amour, lorsque le maire de Saint-Cloud, mon excellent compatriote, le docteur Tahère me dit tout bas : « Je parie que vous avez voté non ». Et il ajouta sans attendre ma réponse : « J'ai grande envie d'en faire autant ». Que de maires et de fonctionnaires aussi flottants que celui-là ?

Pour moi qui ne songeais pas à être préfet et qui ne prévoyais ni Sedan ni Metz, je m'en allai passer mes vacances à Fontainebleau, où depuis plusieurs années m'attirait une relation très agréable avec la vieille demoiselle de Senancour, la fille d'Oberman. Au bout de peu de temps, il

16.

fallut revenir. Les déroutes succédaient aux déroutes. Quand j'arrivai à Montretout, on avait déjà déserté la plupart des maisons. Les moyens de transport faisaient défaut. Les intermédiaires se montraient insolents et rapaces. Je pus à peine sauver quelques meubles et une faible partie de ma bibliothèque. On ne saurait se figurer, à moins de l'avoir vu, l'effondrement matériel et moral qui se produisit alors. La France semblait se réfugier dans la banlieue et la banlieue se précipitait dans Paris. Seuls, les gabelous, immuables comme le juste d'Horace, voyant qu'on ne pouvait acquitter les droits, se payaient en nature, mangeant comme Gargantua et buvant comme Silène. Nous allâmes loger rue de l'Oratoire-Saint-Honoré, dans une boutique que Chesneau avait louée pour y installer un journal illustré, et dont nous manœuvrions soir et matin la fermeture mécanique.

Le 4 septembre, quand on apprit par les affiches la défaite de Sedan et la captivité de l'empereur, il se fit dans Paris un mouvement extraordinaire et absolument unique en son espèce. Ce n'était ni une émeute, ni une révolte, ni une révolution, mais bien un soulèvement immense et pacifique, comme une marée montante et certaine que rien ne pourra l'arrêter. Maris et femmes endimanchés s'en allaient bras dessus, bras dessous, par les

rues, suivis de la marmaille qui se croyait à la
fête. Le même mot sur toutes les lèvres : « L'empire est fini ».

Mon métier de littérateur étant en chômage
forcé, je suivis ma vocation de curieux. L'immense
foule s'en allait roulant vers la place de la Con-
corde et se dirigeant vers le Corps législatif.
Quelques escadrons de cavalerie en défendaient
l'abord, mais rien qu'à les regarder, il était évi-
dent qu'ils ne tenteraient pas la plus légère résistance. Je me plaçai à l'entrée du cours La Reine
et de là je vis arriver les légions de la garde nationale, peu brillante de tenue et très misérable
de discipline. Tous les tortillards et tous les ga-
vroches que la terre a produits gambadaient au
tour des soldats citoyens et leur formaient une
escorte grotesque. Il y eut là un moment qui aurait été solennel si un semblant de conflit eût
paru possible. Tout se passa en famille. Les cavaliers ouvrirent leurs rangs. La garde nationale
et la foule passèrent. Dès lors l'issue de la journée
n'était pas douteuse. Comme je ne me souciais
pas d'être englobé dans le tourbillon, j'exécutai
un mouvement tournant et je continuai ma flâ
nerie jusqu'aux Invalides, comptant revenir au
Palais-Bourbon en longeant le quai d'Orsay. Je
le trouvai barré par un cordon de sergents de
ville. Cela dura peu. Une immense clameur

s'éleva, et chose que je n'oublierai jamais, un
sergent de ville, me prenant les mains, me dit
avec une émotion joyeuse : « La déchéance est
prononcée ».

Quel prodigieux spectacle offrait le péristyle du
Corps législatif. Toutes les marches étaient oc-
cupées par des hommes, des femmes et des enfants qui rigolaient, ne fût-ce que pour l'imprévu
de l'événement et l'étrangeté du spectacle qu'ils
s'offraient à eux-mêmes. Assis sur les degrés, les
plus prévoyants partageaient avec leurs voisins les
provisions qu'ils avaient apportées. On mangeait
le cervelas, on cassait la croûte et les marchands
de coco, surgissant à propos, prodiguaient comme
à Venise l'acqua fresca. Ces braves gens n'étaient
ivres que de joie, mais ils l'étaient bien. En ma
double qualité de philosophe et de préfet récalci-
trant, je ne pouvais m'empêcher de penser : Et
les six millions d'électeurs ! et le plébiscite et les
neiges d'antan?

Ma curiosité n'était pas entièrement satisfaite.
Je devais une visite aux Tuileries. C'était la première et ce devait être l'unique. Les grilles donnant sur la place du Carrousel étaient fermées.
En arrière, contre le château se tenait une compagnie de chasseurs à pied. Près d'eux, un coupé.
On disait que l'impératrice allait y monter. La
foule d'ailleurs n'était point menaçante. On eût

dit des badauds désheurés en quête d'un spectacle. Tout à coup j'entendis un cri qui remplissait la place : « Vive Trochu ! » Et j'aperçus à
deux pas de moi, sur son cheval, qui n'en pouvait mais, au milieu des fluctuations et des bous-
culades, le général que les Parisiens devaient
idolâtrer, railler, maudire et finalement oublier.
Il avait l'air d'un homme fatigué, maussade, peu
touché des démonstrations populaires, impatient
de s'y dérober.

Dans la rue Saint-Honoré, je rencontrai Georges
Pouchet qui me dit : « Viens-tu à l'Hôtel de
Ville ? » Je lui répondis : « Non, je viens de donner
ma démission de préfet et je m'en vais dîner. »
Un peu plus loin, Auguste Dide et Vermorel se
trouvèrent sur mon chemin. Tous deux, à mes
questions, firent à peu près la même réponse :
« Cela n'irait pas trop mal si nous n'avions les
Prussiens à l'horizon. »

Du 4 au 18 septembre la physionomie de Paris
fut extrêmement curieuse. Une population d'éco-
liers, inopinément délivrée des maîtres, en congé
et, comme on dit vulgairement, en ballade. Sur
les places, dans les jardins, notamment au Palais-
Royal, des franc-tireurs verts, bleus, bruns faisaient
l'exercice avec acharnement. On prenait les ba-
teaux-mouches pour aller voir à Charenton et

surtout à Auteuil, les fortifications improvisées,
les fameux pieux fichés en terre qui devaient être
« le tombeau de la cavalerie prussienne », comme
si Moltke s'était jamais proposé de prendre Paris
avec des uhlans.

Le temps était splendide. On ne pouvait pas
croire à un siège. Chacun disait : ça s'arrangera
puisque l'empereur n'y est plus. Un honnête rêveur
m'assurait qu'au seul nom de république les Prussiens tomberaient foudroyés. Je savais cependant
par l'*Opinion Nationale* et par Martin-Paschoud,
qui voyait les membres du Gouvernement provisoire, que ce foudroiement ne s'opérait pas. On
en eut le sentiment quand on vit arriver dans
Paris les troupes éreintées de Vinoy. Le 19 au
matin, les forts commencèrent à tonner. Le con-
cert d'artillerie s'ouvrit, qui devait nous bercer
pendant de longs mois. J'étais à la porte de Châ-
tillon quand nos soldats rentrèrent après une
échauffourée où ils s'étaient très bien battus (j'ai
été à même de le savoir plus tard), mais où le nouveau gouverneur de Paris n'avait pris la peine ni
de s'inquiéter ni même de s'occuper d'eux.

Avant l'investissement, nous avions reçu un
renfort sérieux. Victor Hugo et Edgar Quinet,
rentrant de l'exil, étaient venus s'enfermer avec
nous dans Paris. Je n'ai pas la moindre envie de

plaisanter. C'était bien un renfort, et le plus précieux qui nous pût advenir, le plus propre à nous
rehausser le cœur. Nous avions toujours suivi
avec une fidélité passionnée cette littérature de
l'exil. Dans l'*Opinion Nationale*, où l'on avait pleine
confiance en moi, je n'avais laissé passer aucune
production du maître sans en parler avec autant
de sympathie que de respect. Une correspondance
s'était établie entre nous à ce sujet, et je puis dire
que les lettres de Hugo sortaient pour la plupart
du cadre banal où trop souvent il a coulé ses féli-
citations.

Quand je connus son arrivée à Paris, j'allai
porter ma carte au pavillon de Rohan où il s'était
momentanément établi. Je reçus peu de jours
après une lettre où le grand poète me disait qu'il
désirait connaître personnellement le critique si
bienveillant de son œuvre, et il concluait en m'invitant à dîner frugalement le lendemain ou le
surlendemain. Comme on le pense bien, je ne
manquai pas au rendez-vous, et je fus très cordialement accueilli au pavillon de Rohan. Je trouvai
chez Victor Hugo une très grande bonhomie, une
simplicité de conversation et d'allures qui éton-
naient au premier abord. Il n'avait rien d'Olympien,
quelque chose plutôt de familier et de paternel.
Dès le premier mot il me demanda si j'avais des
enfants. Ce lui fut un thème pour s'étendre sur

cette matière dont il aimait à parler et où il excellait.

Au dîner, je fus placé auprès de Mme Drouet, la célèbre Juliette de jadis, belle encore sous ses cheveux blancs, très distinguée, causant avec finesse et répondant avec tact. Charles Hugo arriva au milieu du repas. Son père le gronda fort d'avoir manqué le potage, qu'il regardait comme la partie la plus substantielle et la plus nécessaire de la nourriture. Il lui en fit apporter une bonne assiettée et voulut qu'il la mangeât séance tenante. J'avais lu autrefois dans l'*Artiste* quelques jolies pages de Théophile Gautier sur la manière dont se nourrissaient les écrivains illustres de notre temps, et j'y avais noté ce détail, que Hugo, gastronome formidable, se contentait pour tout le repas d'une seule assiette où venaient se succéder tous les mets. Ce jour-là je ne constatai rien de pareil, mais je pus voir que l'appétit du maître s'était maintenu à la même hauteur ; il fit disparaître en peu de temps une belle quantité de macaroni. Après quelques paroles graves et qui s'imposaient sur la situation, il donna cours à son humeur assez facétieuse et se hasarda jusqu'au calembour. Il nous raconta que pendant la guerre de 1859, une bonne femme de Jersey lui avait appris que les autruches avaient battu les sardines, voulant parler d'un avantage obtenu par les Autrichiens sur les Sardes. Cela le divertissait beaucoup ; il avait le rire facile.

Vers la fin du repas, quelqu'un fit demander Mme Charles Hugo. Elle sortit, rentra presque aussitôt : c'était un solliciteur, un pauvre. La jeune femme se pencha vers l'oreille de son beau-père et lui murmura quelques mots de pitié touchante que j'entendis distinctement. Hugo ouvrit son porte-monnaie et en tira, autant que je m'en souviens, une pièce de vingt francs, que sa bru alla remettre sur-le-champ au destinataire. Quelques personnes vinrent pendant la soirée, mais l'entrain relatif du dîner ne se soutint pas au salon. Les nouveaux arrivants étaient de jeunes littérateurs, des débutants poètes (1), qui venaient contempler une idole et l'encenser. Une sorte de cérémonial s'établissait, qui arrêtait l'élan et glaçait les paroles. Je trouvai la même étiquette aux visites suivantes, ce qui, malgré le bon accueil que je recevais, me fit les espacer de plus en plus.

Pour Edgar Quinet, je l'avais vu en Suisse, pendont l'exil. J'avais même passé quelques jours chez lui, à Veytaux. De cette visite et de ce séjour j'ai gardé un profond souvenir. Quoique la maison dominât le Léman, elle semblait triste et privée de lumière. On y parlait bas comme chez un malade, on y causait à peine. C'est là que j'ai senti combien c'est une chose amère, déprimante

_____

(1) Entre autres Paul Verlaine.

et décevante que l'exil. Sans doute Edgar Quinet
ne regrettait pas les distractions de Paris, car je
pense qu'il n'en prenait guère; sans doute il ne
connaissait point les longues heures accablantes
et monotones de l'ennui, ayant toujours sur le
métier quelque travail considérable, *Marnix de
Saint-Aldegonde*, *Merlin l'enchanteur*, *la Création*,
la Révolution. Ce qui le tourmentait et le faisait souffrir, c'était, avec son patriotisme blessé, une imagination ardente et assombrie. Dix ans après le
2 Décembre, je trouvai M. et Mme Quinet persuadés que l'on vivait à Paris sous le régime des fu-
sillades au coin des rues et des assassinats quoti-
diens. Aussi de très bonne foi s'étonnaient-ils que
l'on pût se résigner à supporter des conditions
semblables, et cet étonnement se nuançait de dédain pour les personnes demeurées en France et
qui paraissaient accepter tacitement ces conditions.

Absorbé dans la continuité de cette vision lu-
gubre, Quinet était peu expansif, presque toujours replié sur lui-même. Ce n'est pas Mme Quinet qui aurait pu faire diversion à cette tendance
d'esprit. Justement fière de son mari, justement
froissée de l'ingratitude publique, sensible jusqu'à
la susceptibilité à tout ce qui pouvait paraître de
la part des étrangers un manque d'égards, de la
part des compatriotes un commencement d'aban-

don et d'oubli, elle était sans cesse en éveil, et sa
vigilance avait quelque chose de douloureux, de
surexcité, d'exalté.

Je donne ici, non seulement mon impression
personnelle, mais celle des personnes très distinguées que je vis en Suisse à cette époque, notamment de M. et Mme de Gasparin, de M. Ernest Na-
ville, de Mme la comtesse Amélie de Sellon. Ni la
bonne volonté ni la sympathie ne faisaient défaut,
« mais pourtant, me disait un homme d'esprit,
Genève ne peut pas déclarer la guerre à la France ».
Ajoutez que l'état de santé de Quinet ne lui permettait guère de jouir des beautés de la nature qui l'en-
tourait et de ce qu'elle pouvait avoir de réconfor-
tant. Il était atteint d'une affection de l'arachnoïde
qui lui faisait craindre la vive lumière de ce pays
et lui interdisait les promenades pendant le jour.
Chillon était à deux pas. Je proposai à mes hôtes
d'y descendre. Quinet se contenta de me ré
pondre : « Il y a bien assez de prisons en Europe
sans aller visiter celles du passé ». Je sortais
quelquefois avec Mme Quinet, mais malgré son
amabilité et mon très grand désir de lui être
agréable, je n'étais jamais à son diapason et je
commettais fréquemment des maladresses. Une
fois notre entretien roulait sur les régions danu-
biennes, d'où je la croyais originaire. Il m'arriva
de lui dire : « Vous, madame, qui êtes Roumaine ».

Elle me répondit avec une promptitude vibrante :
« Non, Monsieur, je suis Française. » C'est corné-
lien, mais cela ne favorise pas le dialogue.

Resté très reconnaissant à ces bons cœurs de
l'hospitalité charmante qu'ils m'avaient donnée, je
faisais en les quittant des vœux pour que leur
exil fût abrégé. Des années s'écoulèrent encore et
il ne fallut pas moins qu'un cataclysme pour
leur rouvrir les portes de la patrie. Plus d'une fois
j'avais eu occasion de leur témoigner mon souvenir soit par des lettres, soit par des articles. Dès
que je fus informé de leur arrivée à Paris, je
m'empressai d'aller les trouver, d'abord chez
M. Paul Bataillard, rue Notre-Dame-des-Champs,
puis au 36 de la rue de Vaugirard, dans le modeste logement qu'ils occupaient en face de l'église
des Carmes. Les circonstances au milieu desquelles ils revenaient n'étaient pas de nature à
changer les dispositions acquises de leur esprit.
Je les trouvai aussi sombres qu'à Veytaux, avec
l'inquiétude fiévreuse en plus et le besoin d'activité qui d'ailleurs à ce moment nous dévorait tous.
Quinet, se souvenant de son enfance militaire et
des belles études de son *1815* se faisait tacticien,
et chaque fois que j'allais le voir, il me déroulait
des plans de campagne magnifiques, dont il confiait quelquefois des parties aux journaux. Sollicité à plusieurs reprises de prendre la parole dans

des réunions publiques, il s'y refusa, je crois, constamment. « Voulez-vous me remplacer? » me demanda-t-il une fois. On était venu le chercher du fond des Batignolles. Je me récusai vivement, car j'étais muet encore, et ce périlleux honneur échut à Ferdinand Buisson. On sait que Quinet ne rentra point au Collège de France. Il préféra siéger à l'Assemblée constituante, où sa belle forme oratoire frappait les esprits, sans exercer peut-être beaucoup d'influence.

On ne saurait dire que dans ce Paris où les principaux journalistes étaient restés à leur poste, où Émile Bergerat écrivait sa belle pièce sur les cuirassiers de Reichshoffen, Théophile Gautier ses *Tableaux de Siège* et Théodore de Banville ses *Idylles prussiennes*, la vie littéraire fût absolument arrêtée. Ce qui est certain c'est que l'activité intellectuelle et morale était très grande. Une foule nombreuse se pressait aux matinées des théâtres pour entendre réciter des poésies patriotiques, politiques, particulièrement des morceaux tirés de l'œuvre de Victor Hugo, des *Contemplations*, des *Châtiments*. Il est à remarquer cependant que tout ce qui était empreint de violence satirique, tout ce qui débordait de ressentiments et de personnalités laissait généralement le public très froid. On aimait mieux entendre le *Crapaud* ou *Stella*, dits

par MM. Got et Montigny. La colère contre le
passé faisait place à l'impérieuse préoccupation
de l'avenir, à une secrète espérance qui surmon-
tait toutes les tristesses du présent.

Jamais les cerveaux n'ont tant travaillé. Les
clubs offraient un curieux spectacle. On n'y entendait que théories militaires et propositions straté-
giques. Un chef d'institution, candidat futur à la
députation de la Seine, Genillier, citait les exploits
des Carthaginois et des Romains, et se faisait
« enlever » par un auditoire peu érudit. Les
discussions entre capitulards et outranciers se
poursuivaient hors du club, dans la rue.

A ce sujet voici ce que j'ai vu de plus fort. Sur
le boulevard Saint-Michel, devant moi, marchaien
deux employés des pompes funèbres, des croque-
morts, comme on les appelle, portant chacun sous
le bras une boîte en bois blanc, le cercueil de
quelque petit être, et Dieu sait s'il en mourait à
cette époque. Ils se dirigeaient tout en discutant
vers le cimetière Montparnasse. Fatigués sans
doute, ils s'arrêtèrent place de la Sorbonne et
s'assirent sur un banc près de l'église, les deux
cercueils placés entre eux; puis la discussion
s'échauffant, ils appuyèrent leurs arguments de
gestes démonstratifs, et finalement, dans le feu du
discours, ils en vinrent à marteler de coups de
poing les pauvres petites boîtes en sapin.

Et maintenant voici ce que j'ai vu de plus triste.

C'était le 25 décembre. L'exaltation des premiers jours diminuait à vue d'œil et faisait place à une crise d'abattement. Personne dehors. Dans la rue Saint-Jacques, entièrement déserte, je ne rencontrai qu'un gamin de dix ans qui chantait de toutes ses forces :

> Monsieur de Bismarck
> Sur la rout' de Châtillon,
> Avecque son casque
> A tête de cornichon.

Quand la voix de l'enfant se taisait, le canon se chargeait de rompre le silence. Bicêtre, Ivry, les Hautes-Bruyères tonnaient tour à tour. Je descendis jusqu'à l'École de médecine. Là, sur l'un des piliers, des petites bandes de papier contenaient chacune une annonce manuscrite. La première annonçant une conférence déiste par M. Sordel; la seconde un récit de la prise de la Bastille par M. Maurice Joly. J'entrai dans le grand amphithéâtre. Nous étions une soixantaine de personnes. Le monsieur Sordel, dont je n'ai jamais revu le nom nulle part, était un vieux bonhomme très respectable, très peu éloquent et qui débita son modeste boniment sur l'existence de Dieu, sans que personne y fît attention.

J'attendais davantage de Maurice Joly; il avait

une sorte de nom, un peu compromis, assez équivoque, mais on lui reconnaissait du talent. Il était
en habit noir et grelottait. Son secrétaire, en
habit noir aussi, ne faisait pas beaucoup meilleure
figure. Évidemment ils avaient compté sur un
public plus nombreux, plus cossu, et non sur cette
poignée de pauvres diables à moitié morts de besoin,
de froid et qui n'écoutaient guère, ventre affamé
n'ayant point d'oreilles. Le récit de la prise de la
Bastille fut vite bâclé, sans aucun détail nouveau
ni curieux, la conférence expédiée en quatre mots,
et alors je vis avec un serrement de cœur inexprimable, le secrétaire quitter les marches de la
chaire et, tenant son chapeau comme une sébile,
commencer humblement une quête qui ne paraissait pas devoir être fructueuse. C'était le dîner du
patron et le sien qu'il s'agissait de conquérir. Cela
parut poignant et fut senti de tout le monde :
aussi chacun y alla-t-il de son gros sou, de sa petite
pièce, j'allais presque dire de sa petite larme.

Je n'écris pas l'histoire et je n'ai à raconter ni
le siège de Paris ni les commencements de la
Commune. A servir dans les vétérans sous un
ancien officier de marine, Chaplain-Duparc, à veiller nuit et jour sur les boucheries, les boulangeries
et les marchés, j'avais pris des rhumatismes qui
me contraignirent à un repos absolu. Le 27 mars,

je partis pour Rouen, ce qui n'était déjà pas très facile, et je courus, sans m'en douter, un véritable danger. Dans le compartiment, en face de moi, trois messieurs avaient pris place, deux très jeunes, le troisième assez âgé. Quand le train eut passé le pont d'Asnières, il s'arrêta brusquement. Les portières du wagon furent ouvertes avec violence, et les fédérés, la baïonnette au bout du fusil, nous sommèrent rudement de montrer nos papiers. Ma pancarte de garde civique les contenta. Il se trouva que mes voisins étaient en règle également, et l'on nous laissa continuer notre route. Les trois messieurs gardaient un profond silence. Lorsque nous fûmes à Vernon, un des jeunes gens, se tournant vers le monsieur âgé, lui dit : « Eh bien, mon général, nous l'avons échappé belle! » J'appris alors que je voyageais avec le général Blanchard et ses deux aides de camp. Or, le général était activement recherché par la Commune, et s'il avait été arrêté à Asnières, on m'aurait compris dans la rafle, et j'aurais bien pu finir rue Haxo ou dans quelque abattoir semblable.

L'impression que je reçus à Rouen fut celle d'un bain de glace en sortant d'une étuve. Nous autres Parisiens étions très fiers de nous être si bien et si longtemps défendus, mais en province on ne voyait pas les choses du même œil. On nous accusait d'avoir par notre obstination rendu

la paix plus onéreuse et ruiné le commerce. Ce
qui surprendra peut-être le lecteur, c'est que le
personnage qui me débita le plus violent réquisi-
toire contre Paris et les Parisiens, fut, non pas
un notable commerçant ou un rentier troublé
dans sa tranquillité, mais tout simplement Gustave
Flaubert.

Nos relations avaient été fort inégales. Tout
d'abord Flaubert m'avait su gré d'avoir quelque
peu tourmenté Sainte-Beuve pour l'engager à lire
Madame Bovary et, comme conséquence, à en parler
favorablement. Le jugement sévère que je portai
sur *Salammbô* l'irrita profondément. On sait qu'il
lui était impossible de supporter la contradiction.
Aussi dans la lettre où il répondait aux critiques
de Sainte-Beuve et à d'autres encore, il m'appli-
qua un fort coup de patte ou de poing, comme
vous voudrez. Je suis peu sensible à la mauvaise
humeur littéraire et je ne bronche pas aisément.
La boutade de Flaubert ne m'empêcha donc point,
lorsque parut l'*Éducation sentimentale*, de rendre
justice à cet ouvrage très étudié, très consciencieux.
Le romancier fut touché, vint me voir à Saint-
Cloud. Nous causâmes longuement, cordialement,
étant du même pays, connaissant les mêmes personnes : un de mes cousins était l'un des meilleurs
élèves de son père ; son frère Achille était le
médecin de ma mère. Nous fîmes la paix en bons

Rouennais, mais non pas une paix normande. ,

Il était donc tout naturel que, me trouvant à Rouen, j'allasse jusqu'à Croisset (et non pas au Croisset ainsi qu'on l'imprime toujours) situé au pied des belles collines de Canteleu. Croisset regarde la Seine et rien n'est plus vivant que ce paysage, toujours animé par le passage des voiliers, des embarcations de plaisance, des vapeurs et du célèbre bateau de la Bouille. Flaubert, qui s'ennuyait mortellement dans cette solitude, se montra charmé de me voir. Il me félicita d'être sorti sain et sauf de la gueule du loup et partit de là pour prononcer contre Paris une invective formidable. J'avoue que la Commune ne nous mettait pas en très bonne posture devant l'opinion, et que son succès possible se présentait comme une hypothèse peu rassurante. Était-ce une raison pour déclarer que Paris était désormais un lieu condamné, funeste, qu'il ne pouvait plus être la capitale de la France, que jamais une personne riche, tranquille, civilisée, n'y voudrait rentrer; que la populace s'en emparerait, le mettrait en ruines, n'en laisserait pas pierre sur pierre? Quant à la littérature, il n'en pouvait plus être question. Je m'enfuis tout épouvanté de cette sombre prophétie. Eh bien, par une ironie singulière, ce qui a été rasé, ce n'est point Paris, c'est la maison de Croisset, et non par des communeux, mais par

des descendants de M. Homais qui ont construit
à la place une belle raffinerie, dont la fumée
réjouit le cœur des bourgeois en route vers la
Bouille.

Les lettrés parisiens, dérangés de leur travail et
réfugiés en province, n'étaient pas non plus d'humeur très mignonne. Avez-vous remarqué que le
lettré, homme généralement très doux, devient
aisément féroce quand on le trouble dans ses
habitudes et qu'on intervient brutalement dans sa
vie de recherches ou de méditations? Frédéric
Baudry, que j'appelais mon cousin et qui l'était un
peu, représentait à merveille ce type du manda-
rin jeté hors des gonds par quelque agression des
barbares. Cette Commune alcoolique qui brûlait
les bibliothèques et qui ne se serait pas gênée pour
fusiller les bibliothécaires déplaisait essentiellement à Baudry, l'un des conservateurs de la Maza-
rine. Je le connaissais de longue date, l'ayant souvent rencontré chez Michelet et ayant eu pour
condisciple au collège de Rouen son frère cadet,
Alfred, le célèbre collectionneur. Nous nous étions
retrouvés voisins à Montretout, où Baudry habitait
près de son beau-père, Senard, l'un des confrères
de mon père dans sa jeunesse, le défenseur bien
connu de Flaubert, devenu, plus tard, président de
l'Assemblée constituante et ministre de l'intérieur.
Comme d'une maison à l'autre il n'y avait que la

route à traverser, Baudry venait fréquemment
flâner chez moi, et je ne m'en plaignais pas, car
sa conversation volontiers épigrammatique et
mordante était extrêmement instructive. Il savait
beaucoup, de tout, et sur tout.

Lorsque Frédéric Baudry apprit que j'étais à
Rouen il vint me trouver et me proposa de faire à
peu près tous les jours une promenade sur les
boulevards qui entourent la ville. Du Mont-Ribou-
det à Cauchoise, à Beauvoisine, à Saint-Hilaire,
finalement à l'Hospice général, il y a, comme on
dit chez nous, une trotte, et bien que je fusse
encore très souffrant de mes rhumatismes, je ne
songeais nullement à la longueur du chemin, tant
m'intéressait et me charmait la conversation de
mon compagnon de promenade. Il me fallait bien
au début essuyer quelques diatribes contre les
communeux et les socialistes. Mon interlocuteur
appelait.sur Paris révolté toutes les foudres de la
vengeance divine, à laquelle il ne croyait guère, et
toutes les sévérités de la répression humaine, à
laquelle il croyait davantage. Comment des théories de Saint-Simon, de Fourier, d'Auguste Comte
en était-on arrivé à ces excès sauvages, à cette
folie incendiaire, à cette spoliation éhontée? Cela
le confondait et l'irritait. Il en prenait texte pour
parcourir toute l'histoire des civilisations, et en
même temps que le point de vue s'élargissait, le

langage s'élevait aussi. Nous étions emportés et nous flottions sur le courant des âges.

Que de détails amusants et d'anecdotes curieuses ! Baudry me fit un jour toute l'histoire de la pomme à cidre. Il m'assura qu'elle venait primitivement de Roncevaux, d'où les paladins de Charlemagne (comme compensation sans doute au désastre de Roland) l'avaient rapportée en Normandie. D'abord on y accueillit fort mal cette intruse. Orderic Vital raconte quelque part que les abbés du Mont Saint-Michel faisaient boire du cidre à leurs moines quand ceux-ci étaient en pénitence. La Normandie était alors une contrée « vineuse », et elle ne cessa de l'être (les changements de température aidant) que lorsque Louis XI, pour punir l'humeur indocile des Normands, eut fait arracher toutes les vignes du pays. D'autres fois mon compagnon me parlait linguistique. Pendant son exil, il s'était mis à étudier le sanscrit, et voici qui est bien du savant exclusif : « Je souhaite ardemment, me disait-il, la chute de la Commune ; cependant, si ça pouvait durer encore quelques semaines, je n'en serais pas trop fâché, parce que je posséderais mieux mon vocabulaire. »

Tous les Rouennais ne se montraient point aussi effrayés que Baudry ou Flaubert. Chez Eugène Noël qui gardait tout son sang-froid et ne

croyait pas que la France allait périr, si rude
pourtant et si cruelle que fût la secousse, je rencontrai l'illustre savant Pouchet, très calme, tout
entier dans ses recherches, et bien que ses deux
fils James et Georges fussent dans la fournaise,
persuadé que l'ordre se rétablirait et que la violence de la crise en abrégerait la durée. C'était au
premier chef une figure intéressante et respectable
que celle de cet homme éminent, dont les beaux
travaux n'ont pas été appréciés à leur juste valeur,
et qui sera remis à sa vraie place par une équi-
table postérité. Sa surdité très grande empêchait
malheureusement avec lui toute conversation suivie, mais on profitait à l'entendre, et l'on recueillait toujours de sa bouche quelque notion nouvelle,
quelque idée suggestive.

A mesure qu'on s'éloignait de Paris, le retentissement des événements s'atténuait. Dans les
campagnes de la Manche que la guerre n'avait
point touchées, où le fonctionnement de la vie
régulière n'avait été altéré en rien, l'indifférence
qui est au fond de nos paysans dominait presque
exclusivement. Aussi fût-ce sans beaucoup
d'émotion que les habitants de Marigny, la petite
localité où j'avais transporté mes pénates, apprirent
la chute de la Commune, la mort de Delescluze,
de Vermorel et de Millière, « fameux par ses

crimes », ainsi que le disait emphatiquement l'affiche collée dans la halle du village.

J'avais un peu connu ces trois hommes. Je m'étais entretenu avec Delescluze chez l'avocat Eugène Manchon, de qui j'ai parlé au commencement de ces *Mémoires*. Le personnage me parut froid, incisif, de manières distinguées, presque un aristocrate. Il me fit de grands compliments sur ma littérature, m'assura que sa sœur était ma lectrice habituelle et me demanda si je voulais entrer au journal qu'il allait fonder, *le Réveil*. Je déclinai l'offre poliment. Ce vieux révolutionnaire m'intriguait, mais ne m'attirait pas. Ses yeux perçants avaient une expression inflexiblement dure. Je remarquai qu'ils étaient jaunes comme ceux des oiseaux de proie.

Mes relations avec Vermorel ont été purement littéraires. J'avais rendu compte de son premier livre, un roman intitulé *Desperanza*. Il m'en sut assez de gré pour mettre plus tard son journal, *le Courrier français*, à ma disposition. L'un de mes amis qui faisait la chronique au *Courrier* s'étant absenté, je le remplaçai (ce dont personne ne s'est jamais douté) pendant quelques semaines. Vermorel était un homme instruit, sérieux, travailleur. Il avait de grands mérites comme publiciste, et son ferme jugement lui a valu certes plus d'ennemis dans son camp que, chez ses adversaires, la violence de ses opinions.

J'ai connu Millière de plus près. Un de mes parents avec lequel il dirigeait le contentieux d'une Compagnie d'assurances, l'amena chez moi. Je pus l'observer tout à mon aise. Ce n'était nullement un homme ordinaire. Ses défauts, à ce qu'il paraît, étaient insupportables, et ses passions poussées à l'extrême, mais ses qualités étaient fort réelles. Naturellement emporté, exalté, il avait eu beaucoup à souffrir, avait été fort maltraité lors de la création des commissions mixtes. Il en conservait une haine implacable, non seulement contre le régime impérial mais contre une société qui avait pu tolérer de si effroyables iniquités. Il parlait facilement, bien, avec lucidité, avec esprit. Au Parlement, où il fut appelé et où il ne fit que passer, on l'avait remarqué cependant.

Pourquoi brisa-t-il sa carrière politique qui s'annonçait fort brillante ? et pourquoi se jeta-t-il dans la Commune ? C'est ce que je n'ai jamais pu comprendre. Il périt victime d'une dénonciation et aussi, je crois, d'une confusion de noms. Un autre Millière, colonel de fédérés à Montmartre, s'était signalé par ses excès. Il réussit à s'enfuir lors de l'entrée des troupes ; l'autre Millière paya pour lui. Quoi qu'en dise la proclamation de M. Thiers, le républicain démocrate qui tomba fusillé sur les marches du Panthéon en criant : Vive la Ré-

publique! n'était point fameux par ses crimes,
attendu qu'il n'en avait commis aucun. C'était un
homme de talent et un honnête homme.

Dans ce petit bourg de Marigny nous attendions
impatiemment la possibilité de rentrer à Paris. Je m'étais remis tant bien que mal au travail,
préparant mon volume sur Sainte-Beuve et clas-
sant les notes qui devaient servir au *Corneille inconnu*. Un hasard heureux avait mis sous ma main,
dans ce coin perdu de Normandie, une assez
riche bibliothèque, celle du docteur Louis Salles.
Il me permit d'y avoir recours, et j'usai largement
de la liberté qu'il me donnait. Louis Salles n'était
pas seulement un curieux, un érudit, il avait reçu
aussi, comme quelques-uns des Normands de nos
parages, comme Segrais ou Vauquelin de la Fres-
naye, le don de poésie. Il me communiqua un
manuscrit de très agréable lecture, d'une inspiration sincère, d'expression très délicate souvent.

Ce petit livre avait pour titre *les Amours de
Pierre et de Léa*. J'eus l'honneur d'en être le parrain et le plaisir d'en écrire la préface. D'autres
volumes suivirent où l'auteur cherchait une voie
nouvelle, qu'il eût certainement trouvée si la mort
n'était venue prématurément le frapper. *Les Amours
de Pierre et de Léa* restent une œuvre originale
et que les fins connaisseurs apprécieront toujours.
Pour moi, dans ce désarroi d'existence où nous

étions tous alors, l'amitié de cet homme aimable
et cultivé, et celle de sa très intelligente compagne
me furent assurément d'un précieux secours.

Pendant mon séjour en Alsace, on m'avait signalé auprès de Turckheim, dans un endroit
nommé Saint-Gilles, d'immenses et très hautes
fourmilières. Je m'occupais alors beaucoup des
fourmis et je voulus faire à leurs dépens une expérience assez raide. Ce fut, au risque d'être fortement mordu par ces fauves peu accommodantes,
de démolir avec ma canne un de ces édifices
qu'elles avaient si laborieusement élevés. Trois
jours après j'y retournai. La fourmilière était re-
construite comme si n'avait pas eu lieu le cataclysme provoqué par ma malice et ma curiosité.

Et nous autres hommes dont la fourmilière venait d'être bouleversée si outrageusement de fond
en comble, aurions-nous moins de ténacité et
d'industrie que les fourmis de Saint-Gilles? N'était-
il pas urgent de nous remettre à l'œuvre, de combler les brèches, de substituer aux ruines des
constructions nouvelles? Un monde avait péri;
c'était un monde à refaire et un monde différent. Le milieu de siècle était accompli. Une
nouvelle époque commençait, et dans notre travail de réparation d'autres générations allaient
venir nous aider.

APPENDICE

Paris, 10 avril 1895.

Monsieur,

Me permettrez-vous de vous soumettre quelques réflexions au sujet d'un alinéa de votre dernier article dans la *Revue Bleue*, où vous m'avez fait l'honneur de me nommer ?

Je lis régulièrement cette *Revue*; donc j'ai suivi la série d'articles que vous y avez publiés sur la société littéraire, philosophique, religieuse de votre jeune temps (qui était aussi le mien); donc j'ai tout d'abord à vous remercier du vif plaisir que vous m'avez procuré en m'ouvrant les portes de tant de salons et cabinets qu'alors je ne pouvais contempler que de bien loin, vivant à l'étranger, et pourtant bien intéressé par ce qui en sortait. Le charme de vos réminiscences s'accroit de la bienveillance générale, de l'esprit de justice et de véracité du narrateur, et c'est là-dessus que je compte en vous soumettant quelques observations relatives au paragraphe où vous parlez de notre excellent ami commun, Pécaut. Vous en dites beaucoup de bien et n'en pouviez trop dire. C'est certainement un des plus beaux et des plus nobles caractères de notre génération. Le différend momentané qui s'éleva dans le temps entre nous sur une question christologique s'est aplani à la suite

de nos correspondances et explications mutuelles. J'étais
encore trop « johannique » et ne comprenais pas encore
clairement qu'il y a des choses qui ne sont réelles qu'à la
condition d'être relatives. De son côté, je ne crois pas tra-
hir sa confiance en vous le disant, Pécaut serait moins per-
simiste aujourd'hui dans son appréciation de quelques
points concernant le caractère de Jésus. Mais ce qui m'a
surpris et le surprendra probablement lui-même (il est en
ce moment dans le Sud-Ouest auprès de sa fille toujours
bien affligée et de Mᵐᵉ Pécaut, toujours bien malade),
c'est que vous ayez présenté sa position de théiste comme
une rupture avec le protestantisme libéral. Sa démission
des fonctions de pasteur tient à des raisons personnelles
et locales, et depuis lors il n'a cessé de faire cause commune
avec nous qui sommes toujours attachés à ce prolonge-
ment logique selon nous du protestantisme et qui le défi-
nirions volontiers pour ceux du dehors par le nom de
théisme chrétien. Ce qui peut expliquer votre sentiment,
c'est peut-être que, lui comme moi, par une réserve que
vous approuverez, nous pensons que nous devons aux
fonctions qui nous ont été confiées et qui ont l'une et
l'autre leurs « délicatesses », de ne point afficher de pré-
dilections confessionnelles et de nous inspirer de toute la
neutralité compatible avec la conscience. Mais cela résulte
si bien de notre point de vue religieux lui-même que nous
n'y trouvons aucune difficulté. Quel dommage que le
mouvement qui portait sous le dernier Empire bon nombre
de libres-penseurs religieux à la rencontre du protestantisme libéral qui, lui aussi, marchait vers eux, n'ait pas
abouti! C'était, du moins ce pouvait être le salut moral de
notre pauvre pays, toujours tiraillé entre le nihilisme
brutal et la superstition abrutissante.

Vous me pardonnerez d'avoir cédé à la tentation de remettre au point — du moins à mes yeux — le rapport qui
nous unit, Pécaut et moi, et plus généralement celui que
nous croyons exister entre le théisme chrétien et le pro-

testantisme libéral. D'autres amis autorisés et représentants connus du même mouvement religieux vous tiendraient le même langage.

Ceci n'est pas destiné à la publicité et je n'ai pas l'outrecuidance de vous demander une rectification. Mais, comme j'espère bien avoir encore le plaisir de vous lire, je serai heureux de voir, sous forme indirecte, si vous avez goûté l'éclaircissement que je soumets à votre haute impartialité.

Croyez, etc.

Albert RÉVILLE.

TABLE DES MATIÈRES

3502-96. — CORBEIL. Imprimerie Éd. CRÉTÉ.

www.ingramcontent.com/pod-product-compliance
Lightning Source LLC
Chambersburg PA
CBHW072350030726

47505CB00014B/1450